社会心态蓝皮书

BLUE BOOK
OF SOCIAL MENTALITY

2011年
中国社会心态研究报告

主 编／王俊秀 杨宜音

ANNUAL REPORT ON SOCIAL MENTALITY
OF CHINA（2011）

U0127706

社会科学文献出版社
SOCIAL SCIENCES ACADEMIC PRESS (CHINA)

法律声明

　　"皮书系列"（含蓝皮书、绿皮书、黄皮书）为社会科学文献出版社按年份出版的品牌图书。社会科学文献出版社拥有该系列图书的专有出版权和网络传播权，其 LOGO（▧）与"经济蓝皮书"、"社会蓝皮书"等皮书名称已在中华人民共和国工商行政管理总局商标局登记注册，社会科学文献出版社合法拥有其商标专用权，任何复制、模仿或以其他方式侵害（▧）和"经济蓝皮书"、"社会蓝皮书"等皮书名称商标专有权及其外观设计的行为均属于侵权行为，社会科学文献出版社将采取法律手段追究其法律责任，维护合法权益。

　　欢迎社会各界人士对侵犯社会科学文献出版社上述权利的违法行为进行举报。电话：010 - 59367121。

社会科学文献出版社

法律顾问：北京市大成律师事务所

社会心态蓝皮书编委会

主要编撰者简介

王俊秀 男，内蒙古呼和浩特人。中国社会科学院发展社会学博士，中国社会科学院社会学研究所副研究员。2008～2009年美国加州大学洛杉矶分校社会学系访问学者。主要研究领域：社会心态，探索用社会心理学的理论和方法研究社会心态，在《社会蓝皮书》和学术期刊发表多篇关于社会心态的研究报告；监控社会，出版《监控社会与个人隐私》；风险社会，主要关注风险的社会认知，个人与社会视角下的风险防范，完成了中国社会科学院国情调研重点课题"风险认知与风险行为策略——民众风险心态测量与调查"，主持2010年度国家社科基金项目"个人与社会关系视角下的公共风险规避与应对"；社会空间，关注城市化进程中实体空间变化下社会空间、心理空间的变化，探索地理空间、社会空间、心理空间综合视角下的空间建构。

杨宜音 女，浙江余姚人。中国社会科学院社会学博士，中国社会科学院社会学研究所社会心理学研究中心主任、研究员、博士生导师，政法学部学术委员。中国社会心理学会理事长（2010年度）。《社会心理研究》副主编、《中国社会心理学评论》编委会主任。2002～2003年美国密歇根大学心理系访问学者，2005年9～12月台湾大学心理系访问学者，2006年澳大利亚弗林德斯大学心理系、澳大利亚国立大学心理学院访问学者，2007年10～12月挪威科技大学心理系访问学者。在学术书刊中发表论文60余篇/章。主要研究领域：华人社会心理，包括人际关系、群己关系与群际关系，代表作为《关系化与类别化：中国人"我们"概念形成的社会心理机制》（《中国社会科学》2008年第4期）、《自己人：一项有关中国人关系分类的个案研究》（《本土心理学研究》2001年总第13期）；社会心态，价值观及其变迁，代表作为《当前我国的社会心态及其深层心理原因分析》（《社会政法学部集刊：第1卷》，社会科学文献出版社，2007）、《个体与宏观社会的心理联系：社会心态概念的界定》、（《社会学研究》2006年第4期）、《社会心理领域的价值观研究述要》（《中国社会科学》1998年第2期）。

摘　要

　　本书是中国社会科学院社会学研究所社会心理研究中心"社会心态蓝皮书"课题组"中国社会心态研究报告"年度研究成果的第一本。参与本书撰写的专家既有来自中国社会科学院、高校的学者、研究人员，也有政府机关、专业调查机构、心理干预机构的相关官员和专业人员。他们从社会感受、价值观念、行为倾向和心理调适等方面对生活压力感、社会支持感、生活动力、安全感、风险认知、金融危机风险感受、经济变动感受、幸福感、尊严感、信任、国家认同、隐私观念、公众参与、生活方式、微博使用行为、体育休闲活动、情感护理、心理危机干预、民意获取与表达等问题，用社会心理学、社会学、经济学、传播学等多种学科的综合视角进行了各种形式的调查和研究，对于目前我国社会心态状况有较广泛和深入的揭示。

Abstract

This book is the first annual report of the Blue Book of Social Psychology, issued by Center for Social Psychological Studies (CSPS), Institute of Sociology, Chinese Academy of Social Science (CASS). The writers are from CASS, universities, the government agencies, the investigation companies and psychological intervention organizations. The book includes four parts, i. e. social experiences, values, behavior tendencies and psychological adjustment. And topics discussed range from life stress, social support, life dynamics, security, risk perception, risk perception of financial crisis, to feelings of economic change, subjective happiness, dignity, trust, national identity, privacy, public participation, lifestyle, sports and leisure activities, emotional care, and psychological crisis intervention. Using multidisciplinary perspectives and methodology from social psychology, sociology, economics, and communication, etc. , the researchers try to explore the current status of social mentality.

目录

皮书数据库阅读使用指南

CONTENTS

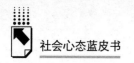
B Ⅲ　Reports on Values

B Ⅳ　Reports on Behavioral Tendencies

B Ⅴ　Reports on Psychological Adjustment

前　言

杨宜音　王俊秀

一

2010 年 3 月 5 日，温家宝总理在第十一届全国人民代表大会第三次会议上指出，"我们所做的一切都是要让人民生活得更加幸福、更有尊严，让社会更加公正、更加和谐"。这一论断可以看作是对"科学发展观"的进一步解读，它明确了经济增长和社会发展的关系，明确了社会发展与个人发展的关系。"幸福"、"尊严"、"公正"、"和谐"，这是有别于以往经济、物质增长的客观指标，是由广大人民群众评价的主观指标、心理指标。

早在 20 世纪 70 年代，不丹就提出"国民幸福指数"以取代"国民生产总值"，他们认为政府施政应该以实现幸福为目标，注重物质和精神的平衡发展，把环境保护和传统文化置于经济发展之上。而今不丹对于"国民幸福指数"的理念和实践也逐步得到国际社会的认同，法国、英国、加拿大、巴西等国都启动了相应的研究和实践，国内的相关研究和指标编制工作也已经起步。以上事实说明，社会发展最终将落实到人的发展，社会进步的目标是人的幸福，而社会的建设不能不关心社会的心态。"社会心态"也被写入刚通过的《中华人民共和国国民经济和社会发展第十二个五年规划纲要》，"弘扬科学精神，加强人文关怀，注重心理疏导，培育奋发进取、理性平和、开放包容的社会心态。"要实现这一目标必须首先深入研究社会心态。

了解社会心态是当前我国社会发展的根本需要，和谐的社会心态是建设社会主义和谐社会的基础。本书旨在通过科学的社会心态研究方法、实事求是的研究态度，把握社会主体的社会心态动向，探索社会心态的调适方式，促进社会和谐发展。

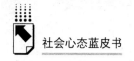
二

虽然社会心态在社会发展中具有非常重要的地位，但这一概念长期以来并未进入主流社会心理学的领域。如果我们翻看北美和欧洲社会心理学的教科书，几乎找不到"社会心态"（Social Mentality）这个词。但在我国，"社会心态"一词自 20 世纪 80 年代至今，频频出现在学术界的讨论和大众媒体中。对身处经济社会体制转换时期的中国人来说，这一表述早已耳熟能详。可以说，社会心态是处于剧烈变动的社会所凸显的一种社会存在形式。在一个剧烈变动的社会中，社会心态既是社会变迁的表达和展示，也是社会建构中一个无法忽视的社会心理资源与条件，是社会群体成员共享的心理现实性和社会现实性。因此，我们把社会心态定义为：

> 社会成员对社会的发展变迁的喜怒哀乐所体验到的自身所处的社会情绪基调，社会成员的社会价值取向和态度汇聚而成的共识（Social Consensus），共同发展成为一个可以称为共享的现实性（Shared Reality）的社会存在，这就是社会心态。它来自社会个体心态的同质性，却不等同于个体心态的简单加总。因受到社会文化环境影响，社会心态具有动态性和复杂性。

以往"民意"、"民心"的重要性总是作为执政者的行政基础来不断被提及，例如，它被当做"晴雨表"、"风向标"和可以载舟或覆舟的"水"。但是，社会心态作为共享的现实性对于社会个体的意义却很少被关注。

社会心理学家发现，社会成员的社会行为逻辑是与社会环境息息相关的。当大众传媒、消费的大众化、人员的社会流动越来越广泛与深刻时，个人与个人的面对面交往关系已经不再是个人的全部关系。社会心态连接着个人与群体、个人与社会阶层、个人与市场、个人与国家。因此，社会心态是一种个体社会建构的方式，个体并非仅仅受到社会心态的影响，除此，他也是这一生存背景的营造者。在社会心态无可避免地镶嵌进个人生活中的同时，个人也通过大众化（Massification）过程，成为所谓"大众人"（Mass Men）。这时，社会心态就成为个人和社会的联系纽带，深刻地改变了社会成员。

首先，通过社会态度、意见、看法的交流，社会行为、生活方式的选择，社会成员个体的社会心理借助传媒形成社会意愿和社会力量。这种交流和表达在当今有了很多新的技术支撑（如互联网、手机等），让"围观"都显示出力量。

其次，社会心态尽管常常是变动不居的，但可以被看成是一种社会心理群体的形式。它丰富了有型的、以社会成员身份为基础的社会群体的类型，丰富了个人的社会生活。

最后，社会成员透过自我的表达建构了社会心态，同时也从对社会心态的了解中，不断了解自己的欲求和观念，保持对某些心理群体的归属和认同，从而超越一些其他划分类别的条件，满足个人认同和社会认同的平衡的需求，也是个人社会性的一种实现。因而，了解社会心态就是了解我们自己，理解和分析社会心态就是理解和分析我们自己，培养和护卫社会心态就是培养和护卫我们自己。

三

社会心态的重要性毋庸置疑，但是，对它的分析却困难重重。从社会心理学角度来看，民意、舆论等都是社会心态的表达和表现，并不是社会心态本身。我们可以透过民谚、牢骚、街谈巷议、流言、传闻、"段子"、网上帖子和博客、手机短信、流行词汇等了解社会心态；我们也可以透过集会、暴动、骚乱、罢工、上访等了解社会心态；我们还可以透过消费方式、时尚与流行、人际关系（上下级关系、代际关系、亲密关系等）、市场风险承受力、储蓄、抢购、阅读偏好、社会信任等了解社会心态。但是，社会心态是渗透到某些看法和意见中的，它表现的不仅是个体的社会心理，而且是某些群体甚至是整个社会的社会心境状态。它需要去分析和把握，大多数的情况需要有比较大的时间距离，来供研究者和社会成员"回望"。例如，当我们"回望"改革开放初期的社会心态，我们可以看到思想解放给人们带来的欣快和舒畅，也夹杂着犹豫，以及对于社会经济快速发展变化的强烈动机、参与意识和效能感，这也可以说是一种"解放"的社会心态。随后，伴随着我国的经济进步，人们追求财富、权力、地位的动机也更强了，物质主义、消费主义价值观对人的影响更加明显。社会心态的这些性

质可以从一个侧面说明为什么有史家治"心态史",而我们希望看到的社会心态分析却很少。

社会心态研究的另一个困难在于测量工具的发展。社会态度的调查目前比较常用的工具是态度量表,而态度量表的编制需要大量前期工作,特别是编制适合中国人的反应方式的问卷。

第三个困难在于长期数据的积累。这要求有良好的调查制度和系统作为支撑,包括使用较为成熟的测量工具来系统地收集数据。目前我们依托的多个数据调查系统,如果能坚持不懈,将会提供追踪数据资料,供研究者进行社会心态变迁方面的分析与预测。

第四个困难在于深度分析社会心态的难度很大。面对大量的调查数据和事件个案,如果缺乏敏锐的视角和深刻的洞察,这些资料也将是废纸一堆,没有灵魂和生气。然而,深度的分析需要有深厚的学养,它不是堆砌数据和罗列情况就可以完成的。因此,这不是一个"快出"成果的领域。

四

如前所述,当我们身处一个大变动的时代,社会心态的研究成果不仅有助于政府从宏观上对民意进行把握和了解,也与每个社会成员息息相关。这就要求我们选择有效的研究途径,记录、描述社会心态,在一定程度上解读和分析社会心态。通过我们的研究,我们尝试着把这种记录、描述、解读和分析细分成三个水平:①深层、稳定的社会心态;②具体领域的社会心态;③特殊时期、特殊事件的社会心态。

第一个水平是价值观及信仰的层次。价值观既是个体的选择倾向,又是个体态度、观念的深层结构,它主宰了个体对外在世界感知和反应的倾向,因此是重要的个体社会心理过程和特征;与此同时,价值观及信仰还是群体认同的重要根据——共享的符号系统,因此又是重要的群体社会心理现象。这个水平还应包括归因、预期等心理倾向。

第二个水平是社会心态细分的具体领域的层次。如果根据马斯洛的需求层次,可以把个体的日常社会生活感受分为下面几小层:①安全感、风险感、压力感、社会稳定感等;②信任感、支持感、归属感、参与感、效能感等;③公平感、平等感、社会关系亲密感、和谐感等；④满意感、幸福感、成长发展感等。这些具体领域已经有大量社会心理学研究为基础，但是，它们之间的关联还值得深入探讨。此外，一些新的感受可能还会伴随着社会变迁出现。因此，关注新的热点是把握社会心态变化的重要途径。例如，由于近年来食品、医疗、环境安全问题凸显，民众的风险意识也更强。不同职业、行业的收入差距加大，社会保障政策的覆盖面的城乡差别等，平等感、公平感，不满和怨恨的情绪都会成为影响社会行为的重要原因。伴随着金融危机的出现，对体验过持续 30 年快速发展的大众来说，也是一个新的挑战。明天是否会比今天好？五年后是否会比今年好？下一代是否会比这一代好？中国的高速发展会不会缓慢下来？这一发展会不会有负面影响？这些感受直接联系着民众对社会发展的信心和生活的满意感。

第三个水平是特殊时期、特殊事件的层次。特殊时期和事件往往集中反映社会心态的深层内容和变化。例如，奥运会、汶川地震、金融危机都是近年来我国民众经历的大事件和特殊时期。记录社会成员对这些事件的反应，可以为我们提供理解社会心态的入手处。

五

以年度报告的形式记录和刻画社会心态，是 2010 年的首度尝试。我们希望不断积累数据和资料，从粗糙走向精致，从琐碎走向整合，从初级走向高级。

我们相信，一个盲人摸象总是片面的，但如果多个盲人摸象，并且共享和讨论的话，至少不会陷入简单的结论之中，还有望拼成一幅较为完整的图画。正是出于这样的考虑，我们的团队尝试研发出社会心态的测量指标，并且在各个具体领域进行不断探索。我们期待有更多的人受益于这一研究工作，有更多的人加入这一研究工作。

本书是由中国社会科学院社会学研究所社会心理研究中心组织、编辑出版的第一本社会心态的年度报告，书中的内容以社会心理研究中心研究人员近年来关于社会心态的研究成果为主，也包含了其他研究机构、政府部门、社会研究机构有关社会心态的最新研究成果。

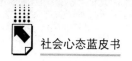

本书由王俊秀、杨宜音负责统稿，社会科学文献出版社副总编辑范广伟先生参与了本书的策划、选题工作，对于本书的出版给予了大力支持，在此表示诚挚的谢意。责任编辑吴丹严谨细致的编辑作风令我们钦佩，我们对她的辛勤付出深表感谢。

社会心态蓝皮书将每年定期发布，我们欢迎社会各方面人士参与社会心态研究、社会心态调适实践，参与社会心态蓝皮书的研究和写作，使得社会心态研究不断深入，能够为促进社会和谐发展贡献力量。

总 报 告
General Report

B.1
关注人民的尊严和幸福，
促进社会的公正与和谐

——2010～2011年中国社会心态研究报告

王俊秀*

摘　要：本报告对当前中国社会心态的基本特点和发展态势进行了描述，也对其存在的问题进行了分析。一是基于社会心态测量的指标体系，包括社会认知、感受方面和社会态度、行为倾向方面。社会认知、感受方面主要包含生活压力感、安全感、风险认知、幸福感、尊严感、归属感、社会支持感等。态度和社会行为倾向包含亲社会行为、公共参与、矛盾和冲突的应对策略和人际沟通模式等。二是在对社会心态特点、当下各种事件进行分析的基础上对于社会心态未来发展态势和存在的问题提出一些看法。三是就目前社会心态特点和存在的问题提出政策性建议。

关键词：社会心态　社会心态指标　社会认知　社会行为倾向

* 王俊秀，博士，副研究员，中国社会科学院社会学研究所。

2010年3月5日，温家宝总理在第十一届全国人民代表大会第三次会议上指出，"我们所做的一切都是要让人民生活得更加幸福、更有尊严，让社会更加公正、更加和谐"。这一论断可以看作是对"科学发展观"的进一步解读，它明确了经济增长和社会发展的关系，明确了社会发展与个人发展的关系。"幸福"、"尊严"、"公正"、"和谐"，这是有别于以往经济、物质增长的客观指标，由广大人民群众评价的主观指标、心理指标。

显而易见，这一主观目标比经济增长的客观目标更难实现。我们知道，这一目标的实现离不开经济增长、物质财富的积累，但是，经济的增长并不必然给人民带来"尊严"和"幸福"，给社会以"公正"和"和谐"。这一目标的实现需要切实转变发展观念，切实突出科学发展观"以人为本"这一核心，这是一个需要不懈努力才能实现的目标。

温家宝总理在2010年"两会"期间引述过一句话："民之所忧，我之所思；民之所思，我之所行"，要让人民生活更加有尊严、更加幸福就必须为民解"忧"、为民所想。在这样的历史背景下，研究我国社会心态有着极其重要的意义。作为中国社会心理学工作者，我们一直致力于研究中国人的社会心理、中国社会的心态、中国社会的变迁，我们有义务用科学的方法、严谨的学风去关注民心、民意、民愿，因为，这也是中国民生的重要问题。

一 当前社会心态的特点

描述当前中国社会心态的轮廓，主要包括三个层次的指标。其一，是根据系统的指标体系对社会心态进行测量。基于我们的经验，我们将社会心态的指标体系设计为两个方面：社会认知和感受方面、社会态度和行为倾向方面。社会认知和感受方面主要包含生活压力感、生活安全感、社会稳定感、风险认知、幸福感、尊严感、归属感、社会支持感、社会参与感、社会公正（平等、公平）感等。社会态度和行为倾向包含个体或群体对社会各方面的态度和价值观，以及亲社会行为、矛盾和冲突的应对策略和人际沟通模式等。这些描述基本上是从宏观的角度对社会整体心态的反映。其二，是在具体领域对社会生活感受、态度、行为倾向等进行更为深入、细致的描述、解释、预测。目的是通过对重点现象的分析，理解社会心态整体特征的形成原因。其三，是对当下各种事件中反映出的社会心态进行典型案例分析，特别是对各种突发事件及其过程进行社会心态角度的分析。上述三个层面是相互联系的，共同反映和刻画了当前的社会心态。

本报告是根据社会心态的主要指标对当前，特别是过去一年里整个中国社会以及社会各阶层、各群体的心态作简要的分析，也对一些社会心理反映的问题给予关注和剖析，并对社会心态的发展态势提出了我们的看法。

（一）生活压力感

在过去的一年里，中国城乡居民感受的生活压力明显增大，尤其是来自经济方面的压力，影响到了许多老百姓日常基本生活物品的购买。

两年来，消费者物价指数（CPI）持续走高，国家统计局 2010 年 11 月 11 日数据显示，1~10 月，居民消费价格同比上涨 3.0%，10 月 CPI 同比上涨 4.4%，11 月同比上涨 5.1%，创 28 个月的新高。物价上涨已经成为目前社会大众最为关注的问题之一。

来自调查机构的数据显示，2010 年 4 月，有 60.8% 的城镇受访者认为通货膨胀程度严重，其中认为比较严重的比例为 51.9%，认为非常严重的比例为 8.9%。73.3% 的受访者对通货膨胀严重性判断的依据是"生活受到了物价上涨的直接影响"，调查当月 CPI 为 2.8%。尽管城镇居民对物价上涨感受明显，但 54.8% 的居民表示对于当时的物价水平可以承受，30.5% 的人表示"一般"，仅有 14.2% 的人表示难以承受。①

该调查机构于 2010 年 10 月中旬再次进行了类似调查②，结果显示，在城市、小城镇和农村地区，分别有 49.8%、40.5% 和 47.7% 的受访者表示当前的生活压力比较大或很大。在城镇和农村地区，分别有近六成（58.8%）和超过六成（64.%）的受访者表示无法应对目前的物价变动；而在表示可以应对的群体中，绝大多数只是"基本可以应对"，完全可以应对者比例均不超过 2%。

在 4 月的调查中，居民认为完全不能承受的主要是住房、汽车、保健品和子女教育，这四项不能承受的比例分别为 76.8%、71.9%、37.7% 和 33.9%，而日常基本生活用品选择的比例只有 0.8%。而 10 月的调查则显示居民基本生活

---

① http：//www. horizonkey. com/showart. asp？art_ id =950&cat_ id =4.
② http：//www. horizonkey. com/showart. asp？art_ id =1010&cat_ id =4.

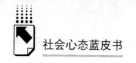

压力感加大，47%的城市居民感受到来源于住房的压力，45.3%的城市居民感受到来自基本生活成本的压力；49.2%的小城镇居民感受到基本生活成本压力，34.7%的居民感受到来自住房的压力；54.8%的农村居民感受到基本生活成本的压力，34.9%的居民感受到子女教育经费的压力。

中国社会科学院社会学研究所 2008 年基本社会状况调查显示，与 2006 年相比，2008 年调查中"住房条件差，建/买不起房"和"家人无业、失业或工作不稳定"两项的比率有所上升，研究发现，"虽然整体上经济保持较快增长，可是生活消费品价格、住房价格、医疗费用的上涨与居民收入的上涨不同步，这种不同步就会使生活消费品价格、住房价格、医疗价格给居民造成问题和压力"。①

（二）安全与风险感受

在近年来的一系列调查中都发现，民众对于食品安全、交通安全、医疗安全和社会治安很担忧，居民评价的各项安全感基本上处于"比较安全"的水平。

由于受到几乎存在于中国整个奶业的三聚氰胺事件等食品安全事件的影响，居民食品安全感多年来一直很低；由于城市汽车数量的激增和农村公路的增加，城乡居民都感受到了交通事故隐患；这几年医疗的改革并未取得明显效果，医疗安全事故常见诸报端；社会治安问题面临许多新的问题。这些因素使得居民的安全感处于低位。

中国社会科学院社会学研究所 2006 年和 2008 年的两次调查②在安全感方面的结果比较接近，其中，交通安全感和劳动安全感的总体平均分完全相同，2008 年调查的食品、医疗、财产和人身安全感高于 2006 年调查数据，个人信息与隐私安全感一项低于 2006 年数据，这也使得两次调查的各项安全感排序不同，2006 年安全感从低到高的排序中，最低的是食品、医疗、交通，然后是财产、劳动、人身、个人信息和隐私安全感；2008 年安全感从低到高的排序是交通、食品、医疗、劳动、财产、个人信息和隐私、人身安全感。

---

① 刁鹏飞：《中国城乡居民的生活压力及社会支持》，见本书。
② 王俊秀：《中国居民安全感调查的对比分析》，见本书。

2010 年 6 月，小康杂志社联合清华大学媒介调查实验室，对全国 12 个城市开展公众安全感调查①。调查结果显示，群众最担心食品安全的比例为 72%，担心社会治安的比例为 67%，担心医疗安全的占 55%，担心交通安全的占 51%，担心环境安全的占 39%。

2010 年"两会"期间零点研究咨询集团在北京、上海、广州三市的一项安全感调查中了解哪些因素影响居民安全感，结果显示，选择"生活成本高、生活压力大"的最多，占 27.5%，选择环境污染的占 19.3%，选择城市治安的占13.7%，选择食品安全的占 13.3%。②

不断发生的各类自然灾害和重大恶性事故使得居民感受到各种风险的存在，群众对那些致命性强、伤亡大、危害性强的风险源更担忧，虽然这其中的许多风险发生的概率都很低。我们在 2009 年 11 月到 2010 年 1 月做的居民风险认知调查③中发现，被认为最危险的风险源前 20 位分别是：核泄漏、毒气泄漏、战争、燃气爆炸、核武器、传染病流行、恐怖袭击、地震、癌症、交通事故、炸药、炸弹、枪击、罪犯伤害、艾滋病、火灾、吸毒、社会动荡、高压电线和雷电电击。这些风险源中多数属于事故型和社会性风险，包含很多人为因素。

（三）社会信任特点

社会心态蓝皮书课题组在北京、上海和广州的社会信任状况调查的最新结果④显示，三市总体的社会信任状况堪忧，社会信任总体得分仅为 62.9 分，到了信任的底线，即"低度信任"的最下限。市民的特殊信任程度高，而普遍信任程度低，不适应以生人为主的工商社会生活，也极大地影响了人们对制度、规则、机构等的信任和对契约、规范等的遵从。

虽然我国的公共权力机构和管理部门的社会信任程度高于其他机构和组织，但市民对这些机构的社会信任评价水平并不算高，接近"中度信任水平"，而市民对商业行业的信任评价则处于"基本不信任"的水平；对中央政府的信任程度高于地方政府；从对媒体的信任程度来看，中央媒体高于地方媒体，电视媒体

---

① 欧阳海燕：《中国人安全感大调查》，《小康》2010 年 7 月。
② http://2010/iang hui people. com. cn/GB/182155/11059148. html.
③ 王俊秀：《民众风险源评价分析》，见本书。
④ 杜军峰、饶印莎、杨宜音：《2010 年城市居民社会信任状况分析》，见本书。

高于广播媒体，广播媒体又高于报纸，报纸高于网站，民营性质的网站低于政府政务公开网。对中央政府的高信赖，仍然是重要的社会整合的心理资源，但是，这也反映出地方政府的公信力较低、社会组织健康成长的环境比较差的现状。在不同行业中，银行的社会信任度最高，属中度信任水平，接着是计算机行业和家电行业，而社会信任度最低的是广告业、房地产业、食品行业和制药行业，前两者处于高度不信任水平，后两者属于基本不信任水平。在人际信任上表现出传统的人际观念，最信任的是家庭成员和亲密朋友，其余依次为熟人、单位同事、一般朋友、单位领导和邻居，最不信任的是网友和陌生人。人际信任退缩在家人密友中，说明信任一般人的风险过大，这是一个影响社会正常发展的问题。

（四）幸福感与尊严

幸福感的概念对于中国人来说可能已经不陌生，近年来"幸福感"常常见诸报端，经常可以看到一些关于幸福感的调查发布，但从2010年起幸福感的测量有了不同于以往的意义，温家宝总理在政府工作报告中明确提出了让人民生活得更加幸福、更有尊严的执政目标。

根据调查，目前百姓觉得幸福和有尊严的比例为七成多。在全国人大财经委员会"中国民生指数"课题组2010年8月的调查中，认为自己"非常幸福"的比例为14.9%，认为自己"比较幸福"的比例最高，为59.2%，两项相加得到倾向于认为自己生活得幸福的居民比例为74.2%；13.6%的人选择了介于幸福和不幸福之间的"说不清"；但9.8%的人认为自己生活得"不太幸福"；2.5%的人选择了"不幸福"，倾向于不幸福回答的比例为12.3%。

在这次调查中，有一个关于尊严的问题，"你是否觉得自己生活得很有尊严？"调查结果显示，有21.2%的受访者回答"非常同意"，有50.8%的人回答"同意"，有21.2%的人回答"说不准"，回答"不太同意"的比例为4.7%，回答"不同意"的比例为2.1%。这样，倾向于同意的比例为72%，倾向于不同意的比例为6.8%，而说不清的比例为21.2%。

（五）阶层认同

自改革开放以来，社会结构变动相对剧烈，社会阶层的差距也逐渐拉大。然而，多年来，中国居民的阶层认同特点变化很小，居民的阶层认同偏低，多数人自我阶层认同为中层和中下层。

2002 年中国社会科学院"中国城市居民社会观念"抽样调查中受访者自认为社会阶层（社会经济地位）为上层的占 1.6%，中上层的占 10.4%，中层的占 46.9%，中下层的占 26.5%，下层的占 14.6%。2006 年武汉大学在武汉的调查中，选择上层的为 1.1%，选择中等偏上的占 14.4%，选择中等的占 41.0%，选择中等偏下的占 25.2%，选择底层的占 18.3%。①

2006 年中国社会科学院社会学研究所的调查显示，受访者选择社会经济地位属于上层的比例为 0.5%，选择中上层的占 6.1%，选择中层的占 39.5%，选择中下层的占 28.7%，选择下层的占 24.3%；2008 年的调查中受访者选择社会经济地位属于上层的比例为 0.6%，选择中上层的占 7.1%，选择中层的占 39.3%，选择中下层的占 30.4%，选择下层的占 21.3%。②

我们在 2008 年的调查中③进一步发现，月收入与经济地位之间存在不对应，月收入在 1000 元以下，多数人（55%～65%）自认为是下层，收入在 1000～3000 元之间的半数人自认为是中下层，收入在 3000～4000 元之间的自认为是中下层和中层的比例相当（各占四成），收入在 4000～8000 元的多数人（五成到五成半）自认为是中层，收入在 8000 元以上的人选择也相同（五成半人认为自己是中层）。

（六）利他行为

利他行为是亲社会行为中最高级别的助人行为，主要特征是没有利己动机在其中。玉树地震、甘肃舟曲特大泥石流的救灾过程再一次显示了民众的奉献精神和利他行为。

中国民众慈善捐助、志愿者行动等亲社会行为逐年增多，这些行为受到 2008 年汶川地震、2008 年奥运会、2010 年玉树地震、2010 年上海世博会、2010 年亚运会等重大事件的影响。

2008 年汶川地震，中国内地民众个人捐款达 458 亿元，占捐款总额的 54%，高于内地企业捐款数（388 亿元），改变了过去一直保持的个人和企业捐赠 2：8

---

① 谢颖：《城市居民主观阶层认同和社会意识——以武汉市为例》，《西北人口》2009 年第 3 期。
② 参见中国社会科学院国情调研重大项目"中国社会状况综合调查"2006 年和 2008 年数据。
③ 王俊秀：《北京市民隐私观念调查与分析》，见本书。

的比例。根据审计署数据，截至 2010 年 7 月 9 日，全国接收"玉树地震"捐赠款物 106.57 亿元。据估计，汶川地震救灾期间入川志愿者为 130 万人次，省内志愿者达 300 万人次；其他省市，参与赈灾宣传、募捐、救灾物资搬运的志愿者超过 1000 万人，所有志愿者的服务价值高达 165 亿元。①

我们在奥运会前后的两次调查②中发现，奥运会前北京市民参加过希望工程基金捐款的比例为 32.4%，参加过无偿献血的比例为 21.6%，给亲朋好友捐赠的比例是 24.4%，给乞丐施舍的比例为 31.1%，给寺庙捐赠的比例为 14.9%。自己给灾区捐款捐物的比例为 51.7%，参加单位和社区组织捐赠的比例为 58.7%。参加奥运会之外其他志愿者活动的市民比例分别为：参加一两次的占 29.2%，参加若干次的占 10.2%，参加次数比较多的占 2.9%。

由于第一次调查是在汶川地震之前，第二次调查是在奥运会后，受汶川地震捐款和志愿者行动的影响，第二次调查的一些利他行为比例更高。其中，给希望工程等基金捐款的市民比例为 36.3%，参加无偿献血的比例为 25%，给亲朋好友捐赠的比例为 26.1%，给乞丐施舍的比例为 29.9%，给寺庙捐赠的比例为 15%，给教堂捐赠的比例为 2.4%。自己给灾区捐款捐物的市民比例为 70.7%，参加单位或社区组织捐赠的市民比例为 66.2%。为汶川地震捐款的市民比例高达 93.8%，捐款额在 100 元以下的市民占 26.6%，捐款额在 101~500 元的市民占 47%，501~1000 元的占 13.7%，1001~5000 元的占 6.9%，5000 元以上的占 0.4%；通过单位捐款的占 56%，通过社区捐款的占 46.8%，通过慈善机构捐款的占 13.3%，通过媒体捐款的占 4.5%，自己直接联系灾区的占 2.5%。参与其他志愿活动一两次的市民比例为 29.1%，参加若干次的占 14.6%，参加过多次的占 9.6%。

（七）公众参与

中国民众的社会参与热情逐渐提高，尤其是在一些重大事件发生的时候。根据公众参与程度的不同可以把公众参与分为关注、交流与表达、行动三种类型。

① 王婧、刘艳平：《中国救灾实力有多强?》，《中国新闻周刊》2010 年第 31 期。
② 2008 年 4~5 月和 11~12 月，中国社会科学院社会学研究所社会心理研究中心在北京奥运会召开前后的三个月，进行了两次北京奥运会民意调查，调查中涉及慈善捐助和志愿者行动两种利他行为。

目前公众参与较多的是关注型参与，以信息获得为主，而真正的行动参与比例还不够高。

我们在奥运会期间进行的调查发现，民众对与奥运会相关的各方面信息的关注程度都接近"非常关注"；而对于与奥运会相关的各类活动的信息交流互动比例偏低，基本上是处于"很少"的水平。公众参与的自发性还不高，需要单位和社会等组织的动员，调查中发现有六到七成的市民愿意参加单位或社区组织的奥运相关活动，但只有三到四成的市民愿意主动参与，而实际参与的比例更低一些。调查发现，奥运会前北京受访市民参加过一两次与奥运会有关的志愿者活动的比例为22%，参加过若干次的市民比例为7.8%，参加次数比较多的市民比例为3.3%；而奥运会后的调查发现，市民参与的比例明显增加，参加奥运志愿者活动比例在一两次的市民占23.7%，参加过若干次的占13.2%，参加过多次的占15%。[①]

社会建设需要每个公民的努力，需要提高公众参与水平。在"后奥运时代"，城市建设和管理、环境保护、社会秩序维护这些日常的工作不可能采取奥运会、世博会、亚运会举办所采取的公共部门全民动员式的方式，需要不断鼓励自发的公众参与，使公众参与习惯化，使参与成为每个公民的自觉行动。

（八）矛盾冲突的应对策略

目前，沟通和上访是民众解决冲突和矛盾的主要策略，诉讼策略使用率很低。在2006年和2008年中国社会科学院社会学研究所进行的两次全国调查中发现，在遇到矛盾和冲突时人们首先采取的解决策略基本接近。2008年的调查显示，多数的策略是"无可奈何，只好忍了"和"没有采用任何办法"。采取这种消极忍耐方式的最多的情况是在"买到假冒伪劣产品，使生产、生活受到损失"，其次是"学校乱收费"，接下来是"政府有关部门乱收费"、"环境污染影响居民生活"和"工人下岗没得到妥善安置"，然后是"政府人员司法不公、执法粗暴"、"征地、拆迁、移民及补偿不合理"，采用此种方式最少的是"员工与老板（或单位）发生劳动纠纷"。

除了上面提到的不采用任何办法的放弃解决的策略外，尝试解决问题策略中

---

① 数据来自中国社会科学院社会学研究所社会心理研究中心的北京奥运会民意调查结果。

用得最多的是沟通策略和上访策略，也就是选择"与对方当事人/单位协商"和"上访/向政府有关部门反映"。"与对方当事人/单位协商"在医患冲突、劳资冲突中使用得最多，比例分别为33.5%和29.2%，接下来是遇到社会保障纠纷，比例为21.8%，比例最低的是遇到消费欺诈，比例仅为3.8%，遇到学校乱收费比例为8.5%，其余的如政府部门乱收费、征地拆迁等补偿不合理、司法不公、环境污染等的比例都在10%上下。采用上访策略最多的是遇到征地拆迁补偿不合理问题，比例为26%，其次是社会保障纠纷和环境污染问题，比例分别为24.4%和16.7%，接下来是下岗安置问题、司法不公问题和劳资纠纷，比例分别为15.4%、13.2%和12%，比例最低的是消费纠纷，仅为0.6%，政府机关和学校乱收费、医患纠纷的比例在5%左右。

采取法律手段解决矛盾和冲突的比例很低，使用该手段比例最高的是遇到司法不公，仅为8.1%，其余依次是劳资纠纷6%，医患纠纷4.8%，社会保障纠纷3.4%，消费纠纷、征地拆迁纠纷3.1%。

找关系疏通的策略很少采用，比例最高的是遇到政府部门乱收费，比例仅为3.5%，总体上仅有不到2%的人会采用这种方法。

对抗性策略极少使用，但少数人在认为个人利益受到严重侵害时会使用，如遇到司法不公、医患纠纷、征地拆迁补偿不合理、劳资纠纷和环境污染等损害时，有人采取暴力反抗，比例分别为2%、1.6%、0.8%、0.8%和0.1%。在类似问题上也有极少人采用罢工、静坐、示威等策略，比例最高的是劳资冲突，有5.2%，其余均在1%以下。通过互联网发帖曝光的比例极小，只有在遇到政府、学校乱收费，征地拆迁补偿不合理，医患纠纷和环境污染损害的情况下才有不到1%的人采取这种方法，消费纠纷中也仅有1.2%的人采取这种方法。

（九）人际沟通模式

移动化、即时化、整合化的通信方式正在改变着中国人的人际沟通模式。随着城市化进程加快、人口流动性增强，中国社会正在由传统的、乡村社会的"熟人社会"逐渐演变为"陌生人"社会，城市生活空间限制了人们的交往，但是，随着通信方式的改变，人际交往和人际沟通的模式发生了改变，电话特别是移动电话的普及使得家人、朋友之间的人际联结加强，而随着互联网的延伸，人际沟通模式正在发生新的改变，如果说电话依然是熟人社会的人际沟通补充的话，互联网才是适应陌生人社会的沟通通道，各种形式的社会网络应用已经悄然改变了人际交往的范围。

一是QQ、MSN、UC、飞信等即时通信软件大量使用，成为通信手段的重要补充，而且增添了传统通信手段不具备的功能，成为人们扩展交往范围的重要途径，也比传统通信工具更加灵活，成本更低，这种人际沟通模式经历了从线下熟人间的使用，扩展到结识线上陌生人，再回到生活中成为友人并建立具有共同兴趣的社交伙伴关系和网络的过程。目前，中国的4.2亿网民中，有72.4%的人使用即时通信软件，且以每半年11.7%的速度增长①，仅用手机使用即时通信软件的用户就占到2585万人。

二是像人人网等类型的社交网站广受欢迎，这种拥有相当数量实名用户的社交网站把用户的交往对象构成了一张强大的社会网络，不仅具有即时信息发布、接收的交流功能，而且具有照片、视频、文字、链接的分享功能，增加了人际沟通的内容，增进了人际了解。目前，有一半的网民使用社交网站，且以每半年20%的速度增加。

三是博客、空间、微博应用的普及。博客、空间满足了人们自我表达的愿望，人们利用文字、图片、音乐、视频、个人空间装扮、游戏等形式来表达自己的感受，抒发自己的情绪，实现自己在现实生活中的梦想，也可以与熟人或陌生人分享、交流，逐渐成为一种沟通的平台，而随着这些功能与即时通信、社交网站功能的整合，这种方式已经固化为许多人重要的沟通形式。而微博的迅速崛起，更是带来了革命性的变革，在短短一年多的时间内微博用户超过了千万，到2010年底，甚至有观察机构认为中国微博访问用户达到了1.25亿②。微博成为人们了解新闻的一种新方式，也成为人们沟通方式的一种补充，人群被按照兴趣类型分割，定制来自特定对象的信息，也把自己的所思所想、所作所为等信息随时随地发布出去。在2010年的一些重大事件中，微博的作用渐渐凸显，有些事件的解决离不开微博的推动。有人褒扬微博是"微言大义"，有的人甚至发出

---

① 2010年7月15日，中国互联网络信息中心（CNNIC）发布了《第26次中国互联网络发展状况统计报告》，截至2010年6月底，我国网民规模达4.2亿人，互联网普及率上升至31.8%。半年内新增手机网民4334万，达到2.77亿人，增幅为18.6%。

② 《〈2010中国微博年度报告〉发布，全国微博用户超1.2亿》，2010年12月29日《广州日报》。

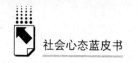

"围观改变中国"的预言。我们也看到微博中地方公安机关的数量在增加，他们的"粉丝"数量也在增加，这无疑是一个好的征兆，说明民间和政府部门的沟通增加了一个新的渠道，有助于彼此信息的交流、理念的沟通、情感的拉近，有助于公共权力机关和民间互信的建立。

二 社会心态的发展态势和存在的一些问题

我们从上述调查结果中可以看出社会心态的特点，看到社会认知和感受如何影响到社会的情绪，并直接影响着个人和社会的行为倾向。同样，也可以看到社会情绪对社会行为倾向也会产生一定的影响，并存在社会价值和社会认知之间的交互影响。为了分析的方便，我们通常把社会心态分为社会认知、社会态度与价值观念、社会情绪和社会行为策略，但实际上这些内容是时刻融合在一起的，我们看到的社会问题也就是其中某一个部分或者某些部分的问题的反映。我们可以从那些日常发生的个案中发现一些现存的社会心态问题。我们认为，目前社会存在以下一些社会心态问题、值得关注的社会心态走向、需要警惕的可能发生的社会行为。

（一）生活压力加大与社会支持不足

分析一些现实社会发生的案例，如富士康的"连环跳"事件，联系生活压力感、社会支持的调查结果，我们认为当前社会存在生活压力加大与社会支持不足的尖锐矛盾。

从生活压力调查中可以看到物价上涨、就业难、房价高、看病难等困扰着相当数量的民众，在竞争日趋激烈、生活节奏不断加快的背景下，生活压力加大是一个不争的事实。而另一方面，在我国社会转型过程中单位社会已趋终结，而填补单位社会社会支持功能的公民社会却未见雏形，仅仅依靠以家庭为核心的社会支持难以支撑每个人的生活压力。

从经济数据上看，CPI 的上涨仅仅是几个百分点，反映在某种菜价上也许只有几角钱，但是对于某些民众的影响可能是巨大的。从心理学角度看，当某一种感受逐渐增加到超过一定阈限时将会发生质的变化，就像人的痛觉在低于一定限度时是感觉不到的，只有超过了痛觉的阈限才会有疼痛之感。对于广大的社会大众来说，每个人的社会经济地位不同、人格特点不同、所处的人生阶段不同，他们所能承受的生活压力也不同，生活压力下每个人的应对方式也不同，产生的后果也不同。生活压力包括很多因素，物价上涨造成的经济问题只是一个方面，工作压力大、劳动强度大、工作环境差、工作时间长、家庭纠纷、婚姻问题、疾病问题等构成一个人所要承受的总体生活压力。

社会学认为社会支持是一个可以运用一定的物质和精神手段对社会弱势群体进行无偿帮助的社会网络。心理学则认为社会支持可以缓冲生活压力对个体的影响，保护个体在压力状态下免受伤害。心理学研究发现适度的压力可以起到增强动机、提高绩效的作用，成为良性压力，但过度的压力会对个体产生破坏性后果，称为恶性压力。在恶性压力下如果得不到社会支持，个体会产生无助感、绝望感，产生心理问题或出现极端消极行为。如 2010 年发生的富士康多起青年员工自杀事件，与青年员工长期工作在缺乏人际交流，经常加班，无法回到自己熟悉的生活环境，缺乏家人、朋友的关心和支持不无关系。人是社会动物，人际关系是个人生活中极为重要的方面。工厂生产线把人异化为机器，成为生产线的一部分，个人的生活空间被长时间的单调机械的劳动所挤占，工厂中人际关系冷漠，同居一室竟然相互不认识，没有朋友，没有同学会和同乡会，没有任何社会性组织和群体，没有归属感，也得不到社会支持。这样的环境对于多数人都是难以忍受的，长期处于这样的环境，人就容易陷入亚健康状态，会产生心身疾病或心理、精神问题，一些人再遇到其他方面的挫折、困难或打击时，就很容易产生轻生的念头，如果得不到任何援助就会实施自杀行为。

根据我们的调查，人们获得社会支持最多的是家庭、朋友、同乡等传统社会关系，社区、工作单位和地方政府在社会支持系统中，基本上处于"没有帮助"和"帮助较少"水平。

（二）安全焦虑与风险漠视的矛盾

一方面，不断发生的食品、药品安全事件使得民众长期处于焦虑状态；另一方面，社会整体的风险意识并不高，导致一些安全事故、灾难频发。

一个本不属于热点的新闻受到中国媒体和民众的持续关注，从智利矿难的发生到 33 名矿工在 69 天后实现成功营救，民众将之与我国频繁的矿难、高投入的救援及很低的救援成功率相比较。2010 年 1 ~ 10 月，全国发生矿难 22 起，死亡

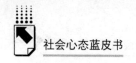
人数 456 人，仅 3 月份就发生 5 起，每起最多死亡 46 人，最少死亡 10 人，共死亡 111 人。①

当前风险防范的突出问题是对于关系个人的风险意识较强，而对关系到群体或社会的风险重视不够，对于突发的、伤害性大的风险警惕性较高，而对缓释性的、无直接生命伤害的风险防范不足。

（三）社会信任困境

许多人认为，现代社会存在着信任的危机②，其实倒不如说当前社会存在社会信任困境。

第一个困境是社会信任程度不断降低与社会信任重建艰难。信任研究中根据信任对象的不同分为水平信任和垂直信任两大类，水平信任是指对周围他人的信任，比如人际信任；垂直信任是指对层级机构或领导者的信任，又可分为权威信任和政治信任。第一个困境可以看做是水平信任的问题。

人们普遍承认，现代社会比以往社会的风险和不确定性增加了，而应对风险和不确定性的重要策略就是信任，正如社会学家卢曼所言，信任是简化复杂的机制。人们的信任虽然从过去和当下的经验中来，但却是指向未来的。有的学者指出，信任是经济交换的润滑剂，一些研究者把低社会信任的文化与经济的落后相关联③，对于一个社会来说，提高社会的信任度将极大地降低社会的交易和运行成本。现代社会是陌生人社会，我们经常要与陌生人打交道，如果我们要先把陌生人放在骗子的角度去审视、去鉴别，无形中增加了许多交易成本。比如，国家的人口普查遇到的第一个难题便是入户难，相关部门需要花很大力气做一系列的前期准备工作，张贴调查员的照片，通过相对"熟"的社区工作人员，提前入户预调查，这就使得调查的成本翻番。

社会信任的第二个困境是民主和信任的矛盾。这是关于垂直信任的问题。沃伦指出，"民主的成分越多，就意味着对权威的监督越多，信任越少"④。这

---

① http://www.sxcoal.com/zt/lhj/knsgb.aspx.

② 徐贵权：《应正视中国社会信任危机》，《探索与争鸣》2010 年第 8 期，第 43~46 页。

③ 罗纳德·英格尔哈特：《信任、幸福与民主》，见马克·E.沃伦《民主与信任》，吴辉译，华夏出版社，2004，第 81~111 页。

④ 马克·E.沃伦：《民主与信任》，吴辉译，华夏出版社，2004，第 1 页。

说明，信任和民主之间有着内在的冲突，使得我们难以判断垂直信任高低的优劣。对于社会大众来说，他们的政治信任、组织信任、人际信任就是对信任对象未来可能性的投资，因此也是有风险的。这其中特别要区分出权威信任与政治信任。

研究者发现，信任在个人、组织等不同层次之间可以转移，人际信任在很大程度上取决于人们对层级化社会组织的信任，比如对各级政府机构和管理者权威的信任。同时，我们也应该看到对于组织机构某些工作人员、公共权力机关某些权威的不信任也可能转化为对于机构、行业、组织和政治的不信任，这是需要特别注意的，要建立严格的规范制约体系和失信问责制度，避免个别公共权力执行者的不当、不法行为引发社会不信任转移为对公共权力机关的不信任，使得人际不信任转变为组织不信任，进而转变为政治不信任。

社会信任重建是全社会的事，既包括水平信任的重建，也包括垂直信任的重建。从一定意义上说，垂直信任的重建更为关键，因为它直接影响到水平信任的建立。人际不信任增加的是人际交往的成本，损失的是社会成本，而公共权力执行者和公共权力机关的失信则不仅仅意味着成本的增加，而且意味着社会普遍规则的失灵。

（四）经济增长与幸福感提升不同步

18 世纪英国哲学家边沁认为，政府的唯一作用就是要提高人们的幸福程度，或净幸福程度，也就是用幸福的程度减去不幸福的程度。如果简单套用边沁的公式，2010 年幸福感调查中社会的净幸福比例是 61.9%，是多数。但是，我们知道幸福的人数再多也抵消不了不幸福的人数，而反过来，很小比例的不幸福人群可能会在很大程度上消减总体的社会幸福。

我们看到调查中七成的人感到幸福，但幸福不等同于幸福感，使人民幸福并非单纯提升人们的幸福感，那样的话，社会政策可能还没有心理辅导和宗教教义那么立竿见影。对于社会来说不可能做到使人民绝对地幸福，因为幸福是非常主观的个体感受，受很多因素的影响。但是，幸福也有客观的基础，社会约定俗成地对于人的生活状态是否幸福有大致的评价，政府就是要为社会的大众提供满足幸福的基础方面，换言之，就是消除那些可能使人民不幸福的社会因素，比如贫困、失业、不安全、灾难、不公平、社会秩序混乱等。

同样的问题也存在于尊严上，由于人们对于尊严有不同的理解，因此，问卷中直接的提问可能会造成回答者的不适应，这就可能会使尊严的调查比例误差较大。心理学对于尊严有长期的研究，心理学家认为尊严包括自尊、受尊重和尊重他人[①]。自尊是人们对自身价值的总体评价，并体现在行为中，是尊严的个体内成分，其中包含着社会价值感和个人效能感，也就是说个人对社会是有价值的，不是可有可无的，个人的行为也是可以影响社会的。尊严强调的是个体的人是受人尊重的，且懂得尊重别人。尊严作为一种权利，不仅仅意味着人格受尊重，也要有一定的社会地位、平等、自由等基本的人权为基础。

提出以人民幸福为社会发展目标的意义在于强调了个人发展是社会发展的前提和基础，没有个人的发展，社会也难以很好地、可持续地发展。但真正转变发展观念，把发展的目的定位于人民的幸福并不是一个短暂的过程。

（五）底层认同可能导致群体极化

中国社会存在普遍的底层认同，需要警惕因底层认同而产生群体极化现象。

2007 年一位记者要写一篇《中国中产阶级调查》，一个月时间采访了 50 位他认为属于中产阶层的人，但令他困惑的是这些人几乎都不认同自己是中产阶层。而与之相反，许多人都觉得自己是弱势群体，甚至一些国家公务员也这样认为。多年来的调查都是类似的结果，阶层认同一直偏低，出现了较大比例的底层认同。

这种现象可能与社会阶层的流动性低有关，较低阶层向较高阶层的流动机会越来越少，而长期处于低社会阶层的人在预期与现实的距离长期得不到拉近的情况下，更容易产生对社会不公平的看法，体会到一种人生的"挫败感"。

从 2010 年 3 月 23 日到 5 月 13 日，短短 50 天时间国内接连发生 6 起针对幼儿园或小学生的恶性凶杀案件。这些凶手的行为都属于报复性的攻击行为，符合心理学中的"挫折—攻击"模式，也就是具有受挫经历的人在被一些刺激因素激发下采取攻击他人的行动。受挫折后有的人会采取直接指向阻碍目标者的攻击，而这 6 起惨案中，多数的行凶者都采取了替代攻击。除了警惕产生"挫败感"后的极端行为外，需要特别注意的是惨案后的社会反应，许多人流露出对

---

① 黄飞：《尊严：自尊、受尊重与尊重》，《心理科学进展》2010 年第 18 卷，No. 7。

于行凶者的理解和同情，只是觉得他们不应该把孩子作为报复对象。这种同情心态的出现与社会中相当一部分人具有相同的"挫败感"有关。一些处于社会底层的人把自己的不成功归因于社会的不公正，表现出对社会现状的不满，他们更容易同情有挫败经历的人。

2005年一本名为《下流社会》的书引起很多人的关注，这本书讲的是日本社会两极分化严重，不再是一个橄榄形结构，正在成为"M"形社会，中流社会正在消失，这里所谓"下流社会"的意思就是向下流动的社会。对于中国社会来说，有的人认为是金字塔结构，有的认为是倒立的"T"形结构，也就是底层庞大，向上流动困难。也许中国人把中产阶层与国外作横向比较，也许中国人对于中产阶层的期望带有很浓烈的理想色彩，经济收入进入平均数或者众数的民众并不认为自己是中产阶层。

共同的底层认同会逐渐形成一种底层群体的群体心态，正如勒庞在《乌合之众：大众心理研究》①中所描述的那样，"一个群体表现出来的最惊人的特点如下：构成这个群体的个人不管是谁，他们的生活方式、职业、性格或智力不管相同还是不同，他们变成一个群体这个事实，便使他们获得了一种集体心理，这使他们的感情、思想和行为变得与他们单独一人时的感情、思想和行为颇为不同。若不是形成了一个群体，有些闪念或情感在个人身上根本就不会产生，或不可能变成行动"。美国的心理学家桑斯坦②讲了几乎同样的话，"许多时候，一群人最终考虑和做的事情是群体成员在单独的情况下本来绝不会考虑和做的"，只不过他是用群体的极化现象来解释的，他指出，"当人们身处由持相同观点的人组成的群体当中的时候，他们尤其可能会走极端"。也就是说，群体中更容易强化原来的态度倾向，造成明显的一边倒，加强原来的态度强度，可能作出风险性更大的决定。我们看到一些所谓"无利益冲突"的群体性事件就是由于具有共同态度的人聚集逐渐使得决定和行为极端化，并最终导致失控的。

（六）警惕群体性怨恨成为社会情绪

"我爸是李刚"，这是2010年最触犯众怒的一句话，这个事件背后有着极其

---

① 古斯塔夫·勒庞：《乌合之众：大众心理研究》，冯克利译，中央编译出版社，2004，第14页。
② 凯斯·R.桑斯坦：《极端的人群：群体行为的心理学》，尹宏毅、郭彬彬译，新华出版社，2010，第2~3页。

深刻的社会内涵，它反映了一个突出的社会心态——"群体性怨恨"。这种"群体性怨恨"是"官民冲突"和"贫富冲突"的反映。

我们从近年来民众不满情绪的指向进行分析，主要存在几个指向，一个是针对贪污腐败、不作为的官员，一个是针对"为富不仁"的商人，还有一个就是针对一些不公平的社会现象以及造成这些不公平的公共权力机关。

例如，山西一对警察夫妇在家中遭杀害的案件发生后，媒体和民众关注的焦点始终是这对警察夫妇的宝马车和巨额财产。2009 年发生在湖北省巴东县的"邓玉娇案"、2010 年"凤凰少女跳楼案"都引起全社会的关注，从案件一发生民众就表达了对司法机关的不满。从上海发生的杨佳袭警案，到湖南永州朱军枪击法官案件，再到黑龙江伊春刺死信访干部案件，都把矛头指向了司法部门。这些案件本身可能属于个案，但这些案件背后所投射出的社会心态令人担忧。我们经常看到的一种现象是，网友用个人的不满解读以上发生的事件，表达出对于司法部门、公共权力机关的不满情绪，形成群体性怨恨。

群体心理中不可避免包含非理性的因素，但是这种心态也是我们社会长期存在的一些问题得不到解决积淀而成的。尽管这些年国家反腐倡廉的力度在加大，但官员腐败依然是民众最不满意的社会问题之一。少数腐败官员造成民众对政府官员的信任降低，也波及政府机关的公信力。有学者指出，"社会不公平的普遍蔓延和公权力不受制约的滥用是造成目前社会信任缺失的根本原因"①。在公共权力运作缺乏公开、透明的情况下，不可避免地形成了"官员—贪腐"的思维定式，产生不满情绪。

群体性怨恨也与社会存在的不公平、个人发展困难、个人生活状况得不到改善等因素有关。在我们的调查中发现，高考制度被认为是最公平的，其次是义务教育，而城乡之间的待遇被认为是最不公平的。除"高考制度"和"义务教育"处于"比较公平"水平外，其他方面都处于"比较公平"和"不大公平"之间。我们也看到"X 二代"现象所折射出的社会不公平心态，民众对"富二代"、"官二代"的不满表达的是对于机会不平等、贫富差距过大的不满。

一些现象被解读为"仇富心理"，如一些被冠以"宝马"、"奔驰"的案件表达出的民众的不满。如哈尔滨"宝马"撞人案、江苏省新沂市宝马车碾轧男童

---

① 于建嵘：《群体性事件症结在于官民矛盾》，《中国报道》2010 年第 1 期，第 50～51 页。

致死案等，类似的案件还有很多，共同的特点是贴上豪车标签。但从我们调查的结果来看，虽然民众对贫富差距加大不满，但并不存在所谓的"仇富心态"。我们也可以看到那些列入富豪榜的人受到明星一样的追捧。也就是说，民众的怨恨针对的是富人的不良行为。要特别警惕这种"群体性怨恨"扩大为整个社会的情绪。

（七）利他行为的主动性、习惯性不足

2010年玉树地震、舟曲泥石流的救灾工作让民众看到了许多感人的助人故事，但发生在2010年下半年昆明、青岛、南京、北京等地区的"血荒"却考问了我们社会的利他行为和鼓励利他行为的机制。

从调查中我们也可以看到两个特点：一是大事件激发下的利他行为踊跃；二是经过组织的利他行为仍然是多数，也就是利他行为缺乏主动性。

社会的慈善观念还需要逐步树立，鼓励利他行为的社会制度和机制还没有建立，一些不良的风气有待消除。我们看到民众嫌一些富人、名人、企业捐赠金额少，把慈善仅看做是富人的事情、别人的事情的自我排除现象大量存在，一些企业的慈善行为成为一种表演和形象推广，甚至出现所谓的"诈捐"。

一个和谐社会的重要标志应该是助人、利他等亲社会行为成为一种习惯和民众的主动和自愿的行为，而不是等待政府或单位出面组织甚至是依靠政府或单位提出要求。留给民众表达爱心的空间，生成助人的内部动机，发展和扩大民间和社会组织，培育社会组织的凝聚力和动员力，增加相关机构的公信力，从而改变政府不得不在其间扮演组织者角色的状况和助人行为依赖个人外部动机的状况。

（八）社会矛盾和冲突解决渠道低效

我国处于社会转型时期，各类矛盾和冲突不断暴露，但面对不断出现的新旧矛盾和冲突，存在着解决渠道不通畅、解决措施不得力等问题，致使一些矛盾不断升级。

据称，2009年全国共发生近9万起各类群体性事件，因维权引发的事件仍占80%以上[①]。"群体性事件可以分成四种类型：一是干群关系冲突（主要涉及

---

① 于建嵘：《群体性事件症结在于官民矛盾》，《中国报道》2010年第1期，第50～51页。

征地、拆迁、国企改制、司法纠纷、乱收费、环境、就业等方面矛盾和冲突），二是劳动关系冲突（涉及工资待遇、社会保障、劳动保护、工作环境等方面的冲突和纠纷），三是企事业机构与社会的冲突（业主与物业、医患、教育、环境等方面的冲突和纠纷），四是社会群体之间的冲突（涉及民族、宗教、宗族、社区械斗、环境与资源等方面的矛盾和纠纷）。"[①] 群体性事件的参与方式分为阶层性的有直接利益群体性事件、非阶层性有直接利益群体性事件和非阶层性无直接利益群体性事件三种。[②]

从我们的调查中可以看到，对于各类矛盾广大民众的初期解决策略绝大多数是理性的，采取冲突性手段的极少。从一些已经发生的激烈冲突和恶性事件来看，许多当事人都是在尝试了多种解决策略无效的情况下才采取极端手段的。在一些较为激烈的矛盾和冲突中，最该起作用的法律途径被弃用或使用率低，这是值得关注的现象，而被采用最多的沟通和上访途径对于解决问题的效果很有限，这就造成许多人的极端行为，比如系列校园惨案中的当事人采取了暴力攻击的手段，一些人采取暴力、自焚的手段应对强制拆迁。

三 基于目前社会心态的建议

（一）减轻民众生活压力的同时，也要重视建立社会支持网络

近年来，党和政府十分重视民生问题，社会保障不断完善，弱势群体的生活得到了显著改善。但是，民众的生活压力来自生活的各个方面，面临各种各样的问题，有的问题需要通过政府建立有效的服务体系来解决，如最近国务院出台了十六条措施来应对物价上涨给人民生活带来的压力，而还有许多问题是政府无力解决的，需要政府支持建立完善的社会支持网络，通过民间和社会的力量来帮助那些生活压力较大的民众。拓展家庭关系之外的社会支持力量，通过民政和其他社会服务部门完善社会应急救助体系，形成常态的应对物价上涨、灾害、失业、重大疾病、伤亡等困难、困境的援助体系，使民众在危难困境时可以得到来自社

---

① 李培林：《加强群体性事件的研究和治理》，2010 年 10 月 19 日《中国社会科学报》。
② 李培林：《加强群体性事件的研究和治理》，2010 年 10 月 19 日《中国社会科学报》。

区、民间组织、志愿者和专业的心理援助、心理咨询和治疗、精神服务等机构和个人的帮助，减少身心的压力。

（二）防范社会风险，提升群众安全感

现代社会是风险社会，人们不得不面对各种风险，在一定意义上风险是不可避免的，但要把风险控制在人们可以接受的限度以内，让人们有安全感。一方面要完善食品、交通、医疗等方面的监管体系，减少、杜绝食品、医疗等安全事件、事故的发生，加强交通管理，减少交通事故的发生；另一方面，要提高人民群众的风险意识，提高人们的防范风险的能力。要特别关注不同社会经济地位人们所面对风险的差异，防止地区发展不平衡、贫富分化加剧、社会阶层差距加大情况下的"风险分配"不公平。

（三）完善诚信体系，重建社会信任

通过建立公民、企业和其他组织的征信系统，通过有效的奖惩措施，强化公民和组织的诚信行为，逐渐建立人际信任和组织信任。提高公共权力运行的透明度，完善公共权力的监督机制，约束和规范公共权力执行，严格问责失信的公共权力执行者和组织，提高公共权力机关的公信力。严厉打击个人和组织的欺诈行为，营造人际信任的文化和社会环境，逐步重建社会信任。

（四）深化科学发展理念，使人民生活更幸福

落实以"以人为本"为核心的科学发展观，把人的发展放在社会发展的首位，把人民群众的幸福作为政府工作的最终目标，作为抓民生的核心工作。建立以民众幸福感为核心内容的政府工作考核标准，千方百计满足人民群众日益增长的物质文化需求，提供人民群众生活的基础保障，提高人民群众的幸福感，使得经济发展与人的发展、与人民群众的幸福感水平同步发展。

（五）致力于阶层融合，消解不利的社会情绪

建立和完善公平、合理的分配体制和激励机制，缩小贫富分化，完善社会管理制度，为民众提供平等的向上流动的机会；提高人民群众的收入，不断扩大社会的中产阶级比例；增进不同社会阶层人群的互信、互助和相互理解，致力于社

会各阶层的和谐与融合，保持整个社会的活力。避免贫富差距、地位差别带来的阶层分化，防止长期底层认同带来的群体极化，进而产生群体性的社会怨恨。

（六）激励民众的慈善、利他行为，完善助人渠道

经过几次大的事件，慈善、助人已经不再是少数人的英雄行为，慈善行为已经成为大多数人的自觉行动，助人、互助的观念已经深入人心，宣传和管理部门应该激励和强化普通人日常的利他行为，而不仅仅是树立一些远离大众的道德标兵，鼓励常态化、习惯化的慈善活动和助人行为，使民众能感受受助的温暖和助人的快乐。民政部门和慈善管理组织应该针对目前形势，制定合理的慈善组织、公益、利他组织的管理法规和制度，逐步形成高效、透明的慈善体系。

（七）理顺解决社会矛盾和冲突的机制

清理目前存在的各类社会矛盾和冲突，首先从制度层面科学制定解决这些矛盾和冲突的规则，落实责任部门彻底解决累积的问题。

建立了解和研究社会心态的系统，实时关注社会心态的变化，及时发现存在的社会问题和矛盾，采取科学有效的方法来解决。

完善我国的法制体系，提高法律途径的效用，降低人们使用法律策略的成本，培养全社会利用宪法、法律框架解决问题的信心和习惯，使行政、司法、信访可以高效互补和衔接，有效化解矛盾和冲突。

Caring about the People's Status of Dignity and Well-being, Moving towards a Just and Harmonious Society

—Report on Social Mentality in China, 2010 – 2011

Wang Junxiu

Abstract：This report describes the main characteristics and developing tendencies of social mentality in current Chinese society, and analyses the problems reflected in social mentality. The research of social mentality consists of three parts: The first part discusses the indicator system of social mentality measurement, including social cognition, social attitudes and social behavioral intention. Social cognition includes life stress, security, risk perception, well-being, dignity, identity, and social support. Social attitudes and social behavioral intention include pro-social behavior, public participation, conflict coping strategies, and interpersonal communication mode. The second part talks about the developing tendency and current problems in social mentality, based on the analysis of social mentality and some social events. The third part provides some policy suggestions on the characteristics and current problems of social mentality.

Key Words: Social Mentality; Indicators of Social Mentality; Social Cognition; Social Behavior Intention

社会感受篇

Reports on Social Experiences

B.2

2010 年中国城市居民幸福感调查报告[*]

全国人大财经委员会"中国民生指数"课题组

王俊秀 执笔[**]

  摘　要：对全国 24 个不同级别城市的 4800 位居民的主观幸福感调查发现：中国城市居民总体幸福感水平接近"比较幸福"；女性比男性更幸福；高学历人群、领导群体、非农户口居民幸福感相对更高；直辖市居民、东部地区居民幸福感更高。

  关键词：城市居民　幸福感　尊严

一　新发展观下的幸福感

  人们把幸福看作人生的终极目标，人们所做的一切都是在追求幸福。有人觉

---

 * 本研究为中国发展研究基金会资助项目，本调查数据来自全国人大财经委员会副主任吴晓灵领导的"中国民生指数"课题组，课题组成员来自中国社会科学院、清华大学、国家行政学院、环保部、国家质监局、国家统计局、国土资源部等单位。

** 王俊秀，博士，副研究员，中国社会科学院社会学研究所。

得这样的认识还不够，提出作为终极目标还应该包括人类发展、公平正义①。其实，人类发展的目标与个人幸福的追求本应该是一致的，从发展的角度看，幸福逐渐成为被人们普遍接受的观念。20 世纪 70 年代，不丹国王提出"国民幸福指数"（Gross National Happiness，简称 GNH）这个概念，以取代"国民生产总值"（Gross National Product，简称 GNP）。他们认为，政府施政应该以实现幸福为目标，注重物质和精神的平衡发展，把环境保护和传统文化置于经济发展之上。近年来，法国、美国、英国、荷兰、日本等发达国家都开展了幸福指数的研究，试图将国民主观幸福感纳入衡量社会发展的指标。

在新的形势下我国提出以人为本，实现全面、协调、可持续发展的科学发展观，这就需要全面衡量人民基本福祉的现状和发展变化，作为衡量各级政府业绩的参照。为了这一目的，全国人大财经委员会立项开展民生指数编制工作，把民众幸福感纳入到指标体系中，本报告的数据来自指标体系编制前期的调查。

对于什么是幸福，每个人的理解都不同，而且幸福也是动态的，不会稳定不变。如果把幸福作为社会发展的衡量标准，就要求幸福尽量是客观可度量的。在学术研究中人们把幸福分为客观的幸福和主观的幸福，但是，客观幸福的测量是一个难题，这也就使得幸福指数的编制遇到了难题和挑战。测量群体的主观幸福成为了解社会幸福程度的主要措施。

主观幸福感（Subjective Well-being）是衡量个人生活质量的重要的综合性心理指标。主观幸福感有许多意思相近的概念，包括满足感（Satisfaction）、快乐感（Happiness）、幸福感（Sense of Well-being）、主观福祉（Subjective Welfare）、心理幸福感（Psychological Well-being）等。心理学家一般认为幸福感是一种态度，其中至少包含了认知和情感两种成分在内，也就是人们的幸福感既包含了理智的判断，也包含了情感的成分②。心理学对这个问题的研究主要始于 20 世纪 50 年代，最初主要是从心理健康角度出发的，70～80 年代扩展到了生活质量的研究领域，出现在了美国社会概况调查中。

---

① 布伦诺·S. 弗雷等著《幸福与经济学：经济和制度对人类福祉的影响》，静也译，北京大学出版社，2006，第 3～4 页。

② Robinson 等主编《性格与社会心理测量总览（上）》，杨中芳总校订，远流出版公司，1997，第 92～103 页。

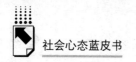

之后虽然这一研究不断得到发展和推动，但也并没有对心理学学科领域以外产生多大的影响，直到2002年美国普林斯顿大学的心理学家丹尼尔·卡尼曼获得了经济学诺贝尔奖之后，关于幸福的研究才成为全世界各领域关注的焦点，加之卡尼曼本人这些年致力于推动国民幸福指数的研究和应用，使得这一研究领域成为一个热点。

目前，一些不同学科相关的研究除了探讨幸福与个人性格、年龄、性别等人口变量之间的关系外，也研究幸福与收入、就业、通货膨胀的关系，还探讨幸福与政治制度、经济政策和社会政策等之间的关系。

中国民生指数的编制也是新社会发展观的一次探索，本报告是指数编制前期研究的一部分，主要考察中国人的幸福观和相关影响因素。调查采用了中国人民银行的调查网络，执行时间为2010年8月中旬。样本来自24个城市，每个城市的样本量为200人，样本总计为4800人。调查城市包括北京、上海、天津、重庆四个直辖市，呼和浩特、长春、南京、杭州、广州、西安、西宁、银川八个省会城市，山西省吕梁市、辽宁省营口市、河南省驻马店市、广西壮族自治区柳州市、海南省三亚市、四川省广元市六个地级市，河北省冀州市、福建省长乐市、湖北省赤壁市、贵州省凯里市、云南省大理市、新疆维吾尔自治区库尔勒市六个县级市。城市类型包括了特大城市、经济发达的大城市、人口众多的大城市、人口密集的中等城市、发展中的中小城市、经济欠发达的中小城市。

二　不同群体的幸福感

（一）七成半人感到幸福，整体幸福感接近"比较幸福"水平

调查显示，在被调查的4800人中，回答"非常幸福"的比例为14.9%，回答"比较幸福"的比例最高，约占六成，为59.2%，两项相加为74.2%，也就是回答倾向于认为自己生活得幸福；有13.6%的人做了介于幸福和不幸福之间的选择，9.8%的人认为自己生活得"不太幸福"，2.5%的人选择了"不幸福"，倾向于不幸福回答的比例为12.3%（见图1）。

调查把"不幸福"、"不太幸福"、"说不清"、"比较幸福"和"非常幸福"

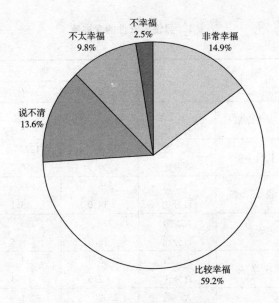

图1   不同幸福感的比例

分别计分为 1～5 分，结果显示 4800 名被调查者的平均幸福水平为 3.74 分，标准差为 0.912 分，也就是说整体平均分接近"比较幸福"水平。

（二）女性比男性更感幸福

本次调查样本的男女占比为男性 52.9%，女性 47.1%。

调查结果显示，两性被调查者幸福感有一定差异，女性回答"非常幸福"和"比较幸福"的比例均高于男性，而回答"说不清"、"不太幸福"和"不幸福"的比例均低于男性，具体百分比见表 1，经卡方检验，男性和女性之间幸福感的差异在统计上达到显著水平。

男性的平均水平（3.71 分）低于女性的平均水平（3.78 分），也低于总体平均水平（3.74 分）。

（三）不同年龄群体的幸福感差别不大

不同年龄组之间幸福感的差异不大，未达到统计上的显著水平。如图 2 所示，回答"非常幸福"比例最高的是 61～70 岁组，较低的为 31～40 岁组和 41～50 岁组；"非常幸福"与"比较幸福"合计，比例最高的为 70 岁以上组，达

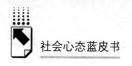

表1 男性与女性的幸福感

单位：人，%

指　标			性　别		合计
			男	女	
生活幸福	非常幸福	人　数	371	345	716
		百分比	14.6	15.3	14.9
	比较幸福	人　数	1471	1373	2844
		百分比	57.9	60.7	59.2
	说不清	人　数	356	297	653
		百分比	14.0	13.1	13.6
	不太幸福	人　数	276	193	469
		百分比	10.9	8.5	9.8
	不幸福	人　数	65	53	118
		百分比	2.6	2.3	2.5
总　　计		人　数	2539	2261	4800
		百分比	100.0	100.0	100.0

到80%，最低的是30岁以下组，约为70%；倾向于回答"不幸福"的比例最高的是30岁以下组，"不太幸福"和"不幸福"比例之和为14.1%，最低的是70岁以上组，没有人回答"不幸福"，6.7%的人回答"不太幸福"。

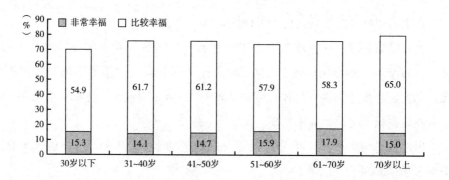

图2 不同年龄组的幸福感

30岁以下组、31～40岁组、41～50岁组、51～60岁组、61～70岁组、70岁以上组的主观幸福感平均值分别为3.69分、3.76分、3.75分、3.77分、3.83分、3.88分。

（四）大学本科、研究生幸福感最高

大学本科及以上文化程度的被调查者幸福感最高，16.7% 的人感到非常幸福，60.6% 的人感到比较幸福，二者合计为 77.3%；职业高中、中专或技校学历的被调查者幸福感最低，回答"非常幸福"的比例为 13%，回答"比较幸福"的比例为 55.5%，合计 68.5%，三项均为各组最低；介于之间的倾向于幸福的排序分别是大专组、高中组和初中及以下组（见图3）。

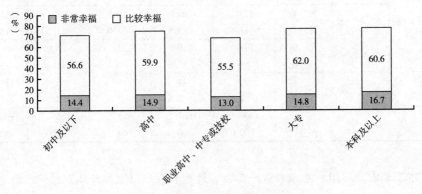

图3 不同文化程度者的幸福感

初中及以下组，高中组，职业高中、中专或技校组，大专组和本科及以上组幸福感的平均值分别为 3.69 分、3.75 分、3.63 分、3.78 分和 3.82 分。

（五）非农户口居民幸福感高于农业户口居民

本次调查中被调查对象分为本市非农户口、本市农业户口、外地非农户口和外地农业户口四种类型，经统计分析发现，非农户口的被调查者回答"非常幸福"的比例最高，外地为 17%，本地为 16.3%，回答"比较幸福"的比例从高到低依次是本市非农户口、本市农业户口、外地非农户口和外地农业户口，比例见表2，两项相加，将四组中倾向于感觉幸福的比例进行比较，本市非农户口比例最高，为 77.8%，外地农业户口比例最低，为 68.9%，介于之间的本市农业户口和外地非农业户口居民比例接近，分别为 70.5% 和 71.7%。在另一端，把回答"不太幸福"、"不幸福"的两项相加得到倾向于不幸福态度的比例，四组相比较，本市非农户口组比例最低，为 10.7%；外地非农户口比例为 11.4%；本市农业户口比例为 14.0%；外地农业户口比例最高，为 15.6%。

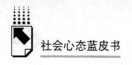

表2　不同户口类型与幸福感交叉分析

单位：人，%

指　标			户　口				合计
			本　市		外　地		
			非农业户口	农业户口	非农业户口	农业户口	
生活幸福	非常幸福	人　数	392	236	60	28	716
		百分比	16.3	12.7	17.0	15.1	14.9
	比较幸福	人　数	1475	1076	193	100	2844
		百分比	61.5	57.8	54.7	53.8	59.2
	说不清	人　数	275	289	60	29	653
		百分比	11.5	15.5	17.0	15.6	13.6
	不太幸福	人　数	198	216	32	23	469
		百分比	8.2	11.6	9.1	12.4	9.8
	不幸福	人　数	60	44	8	6	118
		百分比	2.5	2.4	2.3	3.2	2.5
总　　计		人　数	2400	1861	353	186	4800
		百分比	100.0	100.0	100.0	100.0	100.0

本市非农户口组、本市农业户口组、外地非农户口组和外地农业户口组幸福感平均值为3.81分、3.67分、3.75分和3.65分。

（六）学生和体制内就业者幸福感低

就业状况关系到居民的生活状况，与人们的幸福感息息相关，本报告把就业状况分为六种类型，如图4所示，1～6组分别为：（1）农村务农和其他形式的农村就业；（2）农村、城镇企业主和自由职业；（3）农村、城镇国企、机关、事业单位就业；（4）农村、城镇集体、私营企业雇员；（5）学生；（6）未就业。农村、城镇集体、私营企业雇员组回答"非常幸福"的比例最高，其次是农村、城镇企业主和自由职业组和未就业组；学生组回答"非常幸福"的比例最低，其次是农村、城镇国企、机关、事业单位就业组和农村务农和其他形式的农村就业。在这六组被调查对象中，倾向于幸福的（"非常幸福"和"比较幸福"相加）比例对比，未就业组的比例最高，为80.6%，需要说明的是，未就业组多数为家务劳动者；其余依次是农村、城镇企业主和自由职业组及农村务农和其他形式的农村就业组，这两组比例分别为76.6%和75.2%；比例较低的是学生组和农村、城镇国企、机关、事业单位就业组，比例分别为67.2%和68.7%。

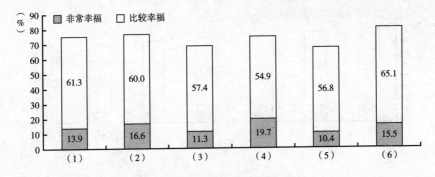

图 4　不同就业状况者的幸福感

注：(1) 指农村务农和其他形式的农村就业；(2) 指农村、城镇企业主和自由职业；(3) 指农村、城镇国企、机关、事业单位就业；(4) 指农村、城镇集体、私营企业雇员；(5) 指学生；(6) 指未就业。

倾向于不幸福的各组被调查者中，未就业组比例最低，学生组比例最高，各组的比例高低与倾向幸福的趋势几乎一致。

农村务农和其他形式的农村就业组，农村、城镇企业主和自由职业组，农村、城镇国企、机关、事业单位组，农村、城镇集体、私营企业雇员组，学生组和未就业组的平均幸福感依次为 3.74 分、3.82 分、3.62 分、3.83 分、3.46 分和 3.88 分。

（七）领导者的幸福感最高

本次被调查者按职业特点分为：国家机关党群组织、企事业单位负责人，专业技术人员，办事人员和有关人员，商业服务人员，农林牧渔水产生产人员，生产运输设备操作人员及有关人员和不便分类的其他从业人员七种类型。统计分析发现，国家机关党群组织、企事业单位负责人回答"非常幸福"的比例最高，其次是服务人员和不便分类的其他从业人员，回答"非常幸福"比例最低的是生产运输设备操作人员和农林牧渔水产生产人员。合计"非常幸福"和"比较幸福"的回答比例，从最高的国家机关党群组织、企事业单位负责人，专业技术人员，办事人员和有关人员，商业服务人员，农林牧渔水产生产人员，生产运输设备操作人员及有关人员到不便分类的其他从业人员，依次降低（见图 5）。而回答"不幸福"和"不太幸福"合计的比例除服务人员和生产运输设备操作人员外，不幸福的趋势依次上升。

国家机关党群组织、企事业单位负责人组，专业技术人员组，办事人员和有关人员组，商业服务人员组，农林牧渔水产生产人员组，生产运输设备操作人员

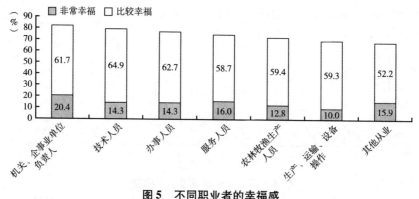

图 5 不同职业者的幸福感

及有关人员组和不便分类的其他从业人员组的平均幸福感得分依次为 3.95 分、3.82 分、3.77 分、3.77 分、3.69 分、3.63 分和 3.65 分。

（八）直辖市居民倾向幸福评价的比例最高

本次调查包含了国内四种类型的城市，直辖市、首府或省会城市、地级市和县级市，四类城市居民对于幸福感的评价平均数分别为 3.82 分、3.72 分、3.65 分和 3.79 分，直辖市和县级市最高。表 3 为不同城市居民在幸福感五个选项上的选择人数和占该类型城市居民的百分比，可以看到，行政级别越高的城市类型回答"非常幸福"的比例越低。在总的幸福倾向上直辖市居民比例最高，其次是县级市和首府或省会城市，地级市最低；倾向不幸福评价的比例与这一趋势一致，直辖市最低、县级市次之，最高是地级市。

（九）东部居民幸福感最高，西部最低

本次调查中属于东部的城市包括北京、天津、上海、南京、杭州、广州、海南省三亚市、河北省冀州市、福建省长乐市、辽宁省营口市十个城市，属于中部的城市包括长春、山西省吕梁市、河南省驻马店市、湖北省赤壁市四个城市，属于西部的城市包括呼和浩特、重庆、西安、西宁、银川、广西壮族自治区柳州市、云南省大理市、新疆维吾尔自治区库尔勒市、贵州省凯里市、四川省广元市十个城市。

东、中、西部居民幸福感评价的平均数分别是 3.83 分、3.73 分和 3.66 分，东部最高，西部最低。表 4 为东、中、西部居民对幸福感五个选项选择的人数和占该地区居民的百分比，可以看出，无论是选择"非常幸福"的比例还是"非常幸福"与

表 3　不同类型城市的幸福感

单位：人，%

项　　目			城市类型				合计
			直辖市	首府省会城市	地级市	县级市	
幸福感	不幸福	人　数	10	46	25	37	118
		百分比	1.2	2.9	2.5	2.6	2.5
	不太幸福	人　数	59	164	132	114	469
		百分比	7.4	10.2	13.2	8.1	9.8
	说不清楚	人　数	104	211	161	177	653
		百分比	13.0	13.2	16.1	12.6	13.6
	比较幸福	人　数	518	943	533	850	2844
		百分比	64.8	58.9	53.3	60.7	59.2
	非常幸福	人　数	109	236	149	222	716
		百分比	13.6	14.8	14.9	15.9	14.9
总　　计		人　数	800	1600	1000	1400	4800
		百分比	100.0	100.0	100.0	100.0	100.0

"比较幸福"的比例之和都是东部最高，西部最低。而"不幸福"的比例则是东部最低，西部最高，唯一稍有变化的是倾向于不幸福的总的比例东部最低，中部最高。

直辖市，首府、省会城市，地级市和县级市的居民幸福感评价的平均得分依次为 3.82 分、3.72 分、3.65 分和 3.79 分。

表 4　东、中、西部居民的幸福感交叉分析

单位：人，%

项　　目			城市所属地区			合计
			东	中	西部	
幸福感	不幸福	人　数	31	15	72	118
		百分比	1.6	1.9	3.6	2.5
	不太幸福	人　数	151	111	207	469
		百分比	7.6	13.9	10.4	9.8
	说不清楚	人　数	281	70	302	653
		百分比	14.0	8.8	15.1	13.6
	比较幸福	人　数	1192	484	1168	2844
		百分比	59.6	60.5	58.4	59.2
	非常幸福	人　数	345	120	251	716
		百分比	17.2	15.0	12.6	14.9
总　　计		人　数	2000	800	2000	4800
		百分比	100.0	100.0	100.0	100.0

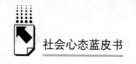

东、中、西部居民幸福感评价平均得分依次为 3.83 分、3.76 分和 3.66 分。

三 影响幸福感的因素

（一）家庭因素

1. 三口之家倾向幸福评价的比例最高

从家庭人口数量的因素来看，发现五口之家回答"非常幸福"的比例最高，为 20.3%，单人家庭最低，为 9.3%，且三人以上家庭高于三人以下家庭；从一人到七人及以上家庭组中，倾向于幸福评价的比例分别为 59.3%、75.4%、77.0%、73.3%、72.7%、63.0% 和 72.4%，三口之家比例最高，其次是两口之家四口之家，单人家庭比例最低。

家庭人口数从一人到七人的各组的幸福感平均数分别为 3.35 分、3.73 分、3.78 分、3.75 分、3.77 分、3.55 分和 3.68 分。

2. 离异居民幸福感最低

从婚姻状况来看，已婚居民选择"非常幸福"的比例最高，为 15.3%，其次是未婚居民（14.9%）和丧偶居民（11.7%），离异居民的比例最低，仅为 5.4%。把"非常幸福"和"比较幸福"合并来看，未婚居民倾向于幸福评价的比例为 65.30%，已婚居民为 77.40%，离异居民为 53.10%，丧偶居民为 61.70%。做负向评价的趋势与此相同，离异居民倾向于不幸福评价的比例最高，已婚居民最低。未婚、已婚、离异和丧偶各组居民平均幸福感分别为 3.58 分、3.81 分、3.29 分和 3.53 分。

分别分析男女性在不同婚姻状况下的幸福感发现，未婚、已婚组男性幸福感低于女性，离异、丧偶组男性幸福感高于女性。各组幸福感均值排序由低到高分别是：离异女性、离异男性、丧偶女性、未婚男性、丧偶男性、未婚女性、已婚男性和已婚女性（见表 5）。

3. 有受教育子女成为幸福感正向影响

从有无子女受教育一项分析，有子女受教育居民组在选择"非常幸福"和"比较幸福"的比例高于没有子女受教育居民组，反向评价上结果一致，有受教育子女居民组选择"不太幸福"和"不幸福"的比例均低于无受教育子女组。

表5 男、女不同婚姻状况下的幸福感均值

单位：分，个

婚姻状况	性别	均值	样本数	标准差
未　婚	男	3.52	457	1.041
	女	3.64	492	1.012
	总计		949	1.027
已　婚	男	3.77	1995	0.891
	女	3.85	1666	0.831
	总计		3661	0.865
离　异	男	3.33	57	1.091
	女	3.26	73	0.943
	总计		130	1.007
丧　偶	男	3.60	30	1.037
	女	3.47	30	0.900
	总计		60	0.965
总　体	男	3.71	2539	0.932
	女	3.78	2261	0.888
	总体	3.74	4800	0.912

有子女受教育居民组的幸福感平均值为 3.78 分，没有子女受教育居民组的这一数值为 3.69 分。

4. 赡养老人与否对幸福感影响不明显

需要赡养老人居民组选择"非常幸福"的比例高于不需要赡养老人居民组，二者这一比例分别为 15.3% 和 14.3%，两组在选择"比较幸福"的比例接近，分别为 59% 和 59.6%，这样，需要赡养老人居民组倾向与幸福评价的比例略高于不需要赡养老人居民组。但在"不太幸福"和"不幸福"上，前一组也高于后一组。

需要赡养老人居民组的幸福感为 3.74 分，等于总体平均值，不需要赡养老人居民组为 3.76 分，略高于总体平均值。

5. 有自有住房居民幸福感高于租房居民

有自有住房居民组在选择"非常幸福"和"比较幸福"上的比例均高于租房居民组，比例分别为 15.3%、13.7% 和 61.4%、47%；前一组选择"不太幸福"和"不幸福"的比例也低于后一组。

有自有住房居民组的幸福感平均数为 3.8 分，租房居民组为 3.5 分。

6. 家庭收入

把被调查居民分为月收入 1000 元以下组、1001～2000 元组、2001～5000 元组、5001～10000 元组和 10000 元以上组，结果发现幸福感评价与家庭收入高低有线性关系，收入越高幸福感越高，如图 6 所示，各组幸福感平均值分别为 3.40 分、3.62 分、3.78 分、3.89 分和 3.95 分。

各组在幸福感各选项上的选择比例与这一结果完全一致，家庭月收入越高选择"非常幸福"和"比较幸福"的比例越高，选择"不太幸福"和"不幸福"的比例越低。各组选择"非常幸福"的比例分别为 10.2%、11.7%、14.4%、17.0% 和 26.1%；选择"比较幸福"的比例分别为 50.9%、56.7%、61.5%、63.8% 和 57.8%；选择"不太幸福"的比例分别为 18.3%、12.3%、8.6%、5.9% 和 5.3%；选择"不幸福"的比例分别为 6.7%、2.8%、1.8%、1.5% 和 1.1%。

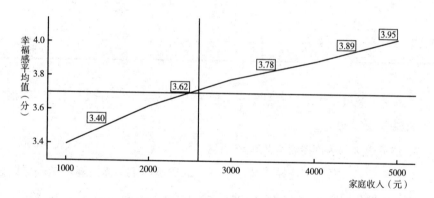

图 6　家庭月收入与幸福感评价

考虑到家庭人口的不同，进一步分析家庭人均收入发现，家庭人均收入与幸福感的评价呈低度相关，相关系数为 0.106。家庭收入低的居民幸福感的评价波动较大，如图 7 所示，随着收入增加表现为从低向高震荡变化，特别是家庭人均月收入 2000 元以下的变化复杂，之后的变化幅度减小逐渐平缓，达到一定高点后不再变化，甚至略微下降。

（二）生活满意度

生活满意度是与幸福感非常接近的概念，在调查中要求被调查者对自己的生活

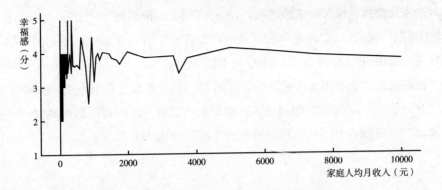

图 7　家庭人均月收入与幸福感评价

状况进行评价，选择"非常满意"、"比较满意"、"说不清"、"不太满意"和"不满意"中的一项，结果显示，居民幸福感评价随着生活满意度的升高而升高。

如图 8 所示，"不满意"、"不太满意"、"说不清"、"比较满意"和"非常满意"各组的幸福感平均值分别为 1.75 分、2.74 分、3.20 分、3.98 分和 4.60 分。

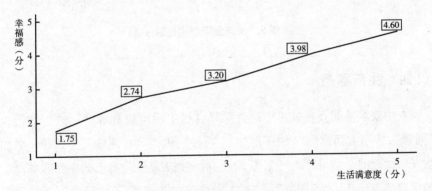

图 8　生活满意度与幸福感评价

对生活状态"非常满意"的居民中有 63.4% 的人感到"非常幸福"，33.9% 的人感到"比较幸福"，二者之和高达 97.3%；对生活状态"比较满意"的居民有 10% 的人觉得"非常幸福"，80.2% 的人觉得"比较幸福"，二者之和为 90.2%。

（三）　未来预期

本次调查分析了居民对未来的预期与幸福感评价之间的关系，结果显示，居民对未来预期越积极，幸福感越高。如图9所示，"很悲观"、"会有一定恶化"、"说不清"、"会有一定改进"和"会有很大改进"各组幸福感的平均值分别为1.78分、2.61分、3.18分、3.85分和4.27分。

预期未来"会有很大改进"的居民感到"非常幸福"的比例为39.5%，感到"比较满意"的比例为52.5%，预期未来"会有一定改进"的居民回答"非常幸福"的比例为10.1%，回答"比较幸福"的比例为72.3%。

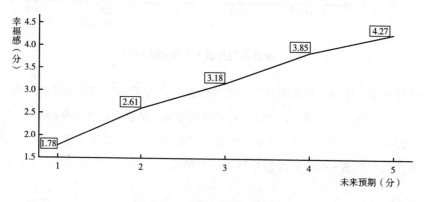

图9 未来预期与幸福感

（四）生活尊严

调查中要求被调查者对"您是否觉得自己生活得很有尊严"进行评价，在"不同意"、"不太同意"、"说不准"、"同意"和"非常同意"中选择一项和自己情况最接近的，结果显示（见图10），被调查者越认为自己的生活有尊严，他们的幸福感也越高。"不同意"、"不太同意"、"说不准"、"同意"和"非常同意"各组幸福感平均值分别为1.79分、2.80分、3.25分、3.89分和4.28分。

选择"非常同意"自己生活得有尊严的居民中42.8%的人感到自己"非常幸福"，48.2%的人感到自己"比较幸福"，二者合计为91%；"同意"自己生活得有尊严的居民，9.5%的居民觉得自己生活得"非常幸福"，75.8%的居民觉得自己生活得"比较幸福"，二者合计为85.3%；"不同意"自己生活得有尊严的人，51%的人觉得自己"不幸福"，28%的人认为自己"不太幸福"，二者之和为79%；"不太同意"自己生活得有尊严的居民中7.1%的人认为自己"不幸福"，40.3%的人认为自己"不太幸福"，合计为47.4%；"不同意"自己生活

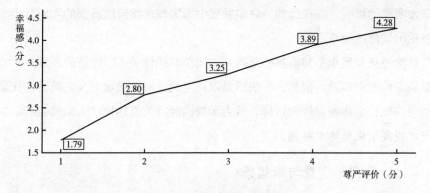

图10　生活尊严与幸福感

得有尊严的居民中只有1%的人觉得自己"非常幸福",7%的人觉得自己"比较幸福";"不太同意"自己生活得有尊严的居民中只有2.2%的人觉得自己生活得"非常幸福",29.6%的人觉得自己"比较幸福"。

四　对于幸福感调查结果的讨论

(一) 经济发展水平与幸福感

本次调查发现东、中、西部城市居民的幸福感存在差异,东部高于中部,中部又高于西部,基本上可以认为,幸福感的高低与地区之间的发展水平有关。

经济发展水平与幸福感之间的关系很复杂。美国人总体上要比新西兰人富裕,但并未觉得更幸福。相对富裕的奥地利、法国、日本和德国的居民并不比巴西、哥伦比亚和菲律宾的居民更幸福。从1958年到1987年,日本的人均GDP增长了5倍,但日本人的幸福感却几乎没有增加。

这并非说经济发展水平与主观幸福感之间没有任何关系,研究发现[1],富足国家的人们明显比那些贫穷国家的人们幸福。尤其对那些人均国民生产总值低于10000美元（1995年）的国家来说差距表现得更加明显。没有哪个富足国家的人们的幸福感平均值很低,但是那些富足国家中,较高的人均收入对幸福值似乎并

---

① 布伦诺·S. 弗雷等著《幸福与经济学：经济和制度对人类福祉的影响》,北京大学出版社,2006,第10、84页。

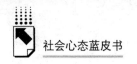

没有太明显的影响。而在低端，许多发展中国家和过渡阶段国家的人们对生活通常表现出较低的满意度。

虽然经济发展水平与幸福感之间并非简单的线性关系，经济的发展并不能不断升高人们的幸福感。但是，幸福感是以一定的经济发展水平为基础的，社会的发展应该以社会均衡发展为目标，致力于提高经济欠发达地区人们的经济、生活状况，提高全民整体幸福感。

（二）人口学变量与幸福感

许多研究显示①，老年人的主观幸福感高于年轻人，但二者差异不大。有研究发现青年人和老年人幸福感高而中年人幸福感低，一些经济学家也发现年龄与幸福感之间是"U"形关系。有人从几个方面对这一结果进行解释，他们认为由于幸福感既包含了认知的成分也包含了情感的成分，青年人的情感成分——也就是单纯的快乐比中年人、老年人高，但老年人由理智认知产生的满足感比青年人、中年人高，中年人则可能快乐感和满足感均低。一些解释认为，老年人的期望、抱负水平相对要低；老年人理想与现实之间差距相对较小；老年人会适当调整自己；老年人学会了减少消极事件对个人生活的影响。

本次调查结果显示，虽然差异不是很大，但老年人的幸福感最高，青年人的幸福感最低，这一结果与国外许多研究结果略有不同。为什么青年人的幸福感低？这一结果是不是与目前存在的大学生就业难、房价上涨等生活压力加大有关？这些问题值得进一步研究。

许多研究发现，女性自我报告的幸福水平高于男性，但差距不是很大。这与本次调查的结果一致。国外研究发现，已婚者报告的主观幸福水平比未婚者、离婚者、分居者和鳏寡者要高；已婚女性比未婚女性更幸福，已婚男性比未婚男性更幸福，已婚女性和已婚男性所报告的幸福水平差不多。本次研究发现，似乎女性更易因离婚、丧偶而降低幸福感，在未婚和已婚者中，女性幸福感高于男性，但在离异、丧偶者中，女性幸福感低于男性。

国外的研究发现，教育水平与幸福之间的关系不是很密切。可能因为教育水

---

① 布伦诺·S. 弗雷等著《幸福与经济学：经济和制度对人类福祉的影响》，北京大学出版社，2006，第10页、第84页。

平与收入之间有着紧密的关联，所以不是单一因素的影响。本次调查发现大学本科和研究生、大专和高中学历的市民幸福感高，可能也与收入、职业这些因素有关。

（三） 民生与幸福感

个人或家庭收入与幸福感的关系类似于经济发展水平与幸福感的关系。卡尼曼等人的研究发现收入和幸福之间几乎没有什么相关，而且高收入者更多的时间处于敌视、愤怒、焦躁和紧张等负面情绪中，花在紧张的和压力相关的活动上。在几十年的时间里，美国的人均收入明显增加，但在同一时期内，认为自己"非常幸福"的人的比例却有所下降，收入与幸福感之间的关系呈剪刀差。1994年美国全家收入低于 1 万美元且自称"非常幸福"的人的比例为 16%，而那些收入高于 7.5 万美元的人的比例却高达 44%，那些自称"非常不幸福"的比例从 1 万美元的 23% 减少到 7.5 万美元的 6%。如何解释这看似矛盾的结论？

许多研究发现，在较低经济收入阶段，经济收入与幸福感之间是有正相关的，但当经济收入增加到一定程度时，这种相关程度就很低了，收入对幸福感的影响很少甚至没有。

布伦诺·S. 弗雷等人的多国对比研究发现，幸福感与收入的相关系数为 0.20；在较低的收入水平，收入的增加能在很大程度上提高幸福水平，但一旦年收入达到 1.5 万美元，收入水平的提高对幸福感的影响变得相对较小。

本次调查发现家庭收入与幸福感之间的相关系数为 0.106，幸福感随着收入的增加而提高。相较于发达国家，我国还处于经济收入较低阶段，收入的提高依然是提升民众幸福感的重要影响因素。

此外，收入虽然是一个可以用货币单位衡量的量化指标，但是，收入的高低却是需要对比才能获得的，而和谁去比却是因人而异的，由于每个人的个体差异性，同样的货币量化的收入却有不同的收入高低感受，也就是说，个人或家庭收入是一个主观性很强的心理指标，而不应该看作是一个经济指标，相对收入是一个比收入绝对数更重要的影响因素。因此，收入分配的公平合理就成为影响相对收入，进而影响幸福感的重要因素。在当前的社会条件下，调节社会成员收入差距处于合理范围，避免两极分化进一步加剧是提高社会幸福感的有效手段。

许多研究认为，个人失业会直接影响其幸福感，社会普遍的失业也会影响整

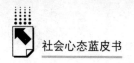

体的幸福感。本次调查中由于样本等原因，无法判断未就业者中哪些属于失业状态，难以对失业如何影响幸福感作出判断。调查中发现，未就业者的幸福感并不低。

调查中也发现，有自有住房居民的幸福感高于租房居民，生活满意度几乎等同于幸福感，对未来预期也对幸福感有很影响。

这些都说明，民生问题与居民的幸福感之间存在着密切的关系。温家宝总理在 2010 年春节团拜会上的讲话中提出了让人民生活得更加幸福、更有尊严，这清楚地表明了"和谐社会"建设的目标。科学发展观下的社会发展不再仅仅关注经济的增长，也不是以现代化为我们的终极目标，而是切实回归以人为本的层面，关注民生问题，关注人民的感受。幸福感、尊严这样的心理感受成为社会发展的重要衡量指标。

A Survey on Subjective Well-being of the
Residents of Cities in China in 2010

*Research Group of "China Livelihood Index" of NPC Financial
and Economic Committee, Written by Wang Junxiu*

Abstract：In this survey on subjective well-being, 4800 residents of 24 different cities in China were interviewed. The level of well-being of urban residents in China is close to 4 in 5 point scale. Women were happier than men. People with higher education, leaders in government and companies, as well as those with non-agricultural residential status account higher in value of well-being. The residents in municipalities and residents in the east had higher scores of well-being.

Key Words：the Residents of Cities; Subjective Well-being; Dignity

中国城乡居民的生活压力及社会支持

中国社会科学院"中国社会状况综合调查"课题组*

刁鹏飞 执笔

摘　要：社会变迁带来的风险和竞争，使处身其中的人感受到不同程度的压力。本文基于对两次"中国社会状况综合调查"结果的分析，指出经济发展带来民生改善，东部地区居民的生活压力感受低于中西部地区。居民生活压力的主要来源是物价、收入、住房等家庭经济类问题。教育和医疗问题给居民带来的压力感受下降，但物价、收入和住房问题带来的压力感受上升，其中尤以对住房问题的压力感受最高。人们能够运用各类非正式支持和正式支持应对生活问题和压力。但临时性就业人群的生活压力高、支持少，身心健康状况堪忧。

关键词：生活压力　压力感受　社会支持

社会结构转型、体制转轨带来的社会的快速变迁会改变大部分人的人生际遇，人们逐渐告别原有生活轨迹，开始在市场中求生存。全球风险和市场竞争使处身其中的人感受到不同程度的压力，压力感在一定范围内是促进人们解决问题的动力，能够起到推动人们自我调适、参与竞争的积极效果。可是一旦压力感过高、持续时间过长则可能超出人们自我调适的能力，影响人们的生活质量，压力感过重甚至会损害身心健康。由于社会变迁带来的风险和竞争不可避免，所以如何面对问题、缓解压力就成为人们关注的话题。

心理学和社会学长期以来关注生活压力的问题，大量的实证研究显示生活中的重要事件和长期压力会对人们心理和生理健康产生负面影响；研究指出人们不

---

* 课题主持人：李培林，研究员，中国社会科学院社会学研究所。本文执笔人：刁鹏飞，李培林审改。刁鹏飞，博士，副研究员，中国社会科学院社会学研究所。

是被动地经受生活压力，而是会动用各类社会支持资源去应对压力，减轻压力导致的负面影响。中国日益深入全球经济合作已成必然趋势，人们在获得新的发展机会的同时，也会面对新的挑战和压力。"后危机时期"需要研究者思考全球经济一体化带来的全球风险和全球竞争，评估风险和竞争给本国居民生活带来的压力以及寻求应对压力的有效途径。

本文分析依据的数据主要来源于中国社会科学院社会学研究所开展的第二次"中国社会状况综合调查"2008年数据库①以及第一次调查的分析结果。作为一项全国范围的大型连续性抽样问卷调查，该项目对居民生活中面对的问题和感到的压力水平进行了持续观测。首先，重点描述人们生活、工作遇到的问题，以及问题给人们带来的压力感受。其次，说明人们获得社会支持的概况，说明社会支持的数量、来源、类型，分析支持与问题压力的交互关系。最后，依据分析结果提出降低生活压力、提高居民压力应对能力的政策建议。

一 居民面对的生活问题与压力感受

在对被访者家庭面对的问题和感受到压力的测量中，调查问卷中列举了13项居民生活中可能遇到的问题。被访者首先回答是否遇到这一类问题，然后选择该类问题给自己的生活造成压力的程度大小，压力程度区分为以下三个选项：很大压力、有些压力、很小压力。

1. 城乡居民生活中面临主要问题是物价、收入、住房等家庭经济类问题

在2008年调查中被访者遇到各类问题的实际发生率②，按照由高至低的顺序排列如图1所示。实际发生率高于30%的问题共有六项，从高到低依次为：物价上涨，影响生活水平；家庭收入低，日常生活困难；住房条件差，建/买不

---

① "中国社会状况综合调查"是中国社会科学院的国情调研重大项目，是中国社会科学院社会学研究所主持的一项大型社会研究。第一次调查始于2006年4月。2008年5～9月，开展了第二次"中国社会状况综合调查"（GSS2008，CASS）。调查采用分层多阶段抽样方法，调查对象覆盖全国28个省、直辖市、自治区的134个县（市、区）、251个乡（镇、街道）和523个村（居委会）。第二次调查共成功入户访问了7139位年龄在18～69岁的居民，调查误差小于2%，符合统计推论的科学要求。

② 即遇到某类问题的被访者占全部有效回答样本的比例（参见李培林等《中国社会和谐稳定报告》，社会科学文献出版社，2008，第73页）。

起房；医疗支出大，难以承受；家人无业、失业或工作不稳定；人情支出大，难以承受。物价、收入、住房、医疗、就业等家庭经济类问题是 2008 年居民面临的较为普遍的问题。相比家庭经济类问题而言，家庭矛盾、子女管教等家庭关系类问题的发生率较低，社会治安和社会风气类问题的发生率居中。

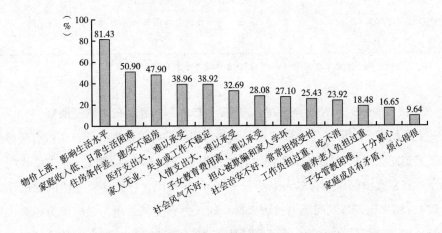

图 1　居民遇到各类生活问题的比例（2008 年）

收入、住房、就业等家庭经济类问题在近两次调查中持续排在前列。我们比较 2008 年调查与 2006 年调查得到的前六项高发生率问题（如表 1 所示），在六项问题中有五项是重复出现的。不过重复出现的五项问题的排序有所改变，"医疗支出大，难以承受"和"人情支出大，难以承受"两项的实际发生率 2008 年比 2006 年略有下降；可是"住房条件差，建/买不起房"和"家人无业、失业或工作不稳定"两项的实际发生率则有所上升；"家庭收入低，日常生活困难"的实际发生率 2008 年与 2006 年基本持平。在两次调查的前五项高发生率问题中，特别是遇到"家人无业、失业或工作不稳定"问题的被访者，实际发生率从 2006 年的 30.1% 升至 2008 年的 38.8%，发生率提升了 8.7 个百分点。2008 年新增的"物价上涨，影响生活水平"一项，排在 13 项生活遇到问题的首位。分析前六项问题的类型，物价上涨、家庭收入低、建/买不起房、医疗费用、无业失业这五项都可以归入居民生活的经济类问题，根结在于虽然整体上经济保持较快增长，可是生活消费品价格、住房价格、医疗费用的上涨与居民收入的上涨不同步，这种不同步就会使生活消费品价格、住房价格、医疗价格给居民造成问题和压力。调查结果显示，接近或超过一半的被访者遇到物价高、收入低、建/买不起房这三项问题。

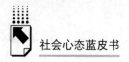

表1 城乡居民生活遇到各类问题的实际发生率由高到低排序

问　题	2006年排序	2008年排序	问　题	2006年排序	2008年排序
物价上涨，影响生活水平	—	1	家人无业、失业或工作不稳定	6	5
家庭收入低，日常生活困难	1	2	人情支出大，难以承受	5	6
住房条件差，建/买不起房	3	3	子女教育费用高，难以承受	4	7
医疗支出大，难以承受	2	4			

注："物价上涨，影响生活水平"一项为2008年调查新增问题。

2. 城乡居民对"住房条件差，建/买不起房"问题的压力感受最高

上述问题的实际发生率只考虑了被访者遇到问题的比例高低，还没有考虑被访者遇到问题带来的压力程度大小。现根据调查问卷中的题目——"这些生活问题对您家造成的压力有多大呢？"——的回答情况，计算各项生活问题的压力指数[①]，用来比较每项问题给被访者带来的压力感受的大小。根据压力指数由高到低排序，我们最终得到的压力高低排序与问题实际发生率的高低排序基本相同。换句话说，那些人们较多遇到的、普遍性的问题，往往也是给人们带来较大压力的问题[②]。特别是遇到"住房条件差、建/买不起房"问题的被访者中，感到"很大压力"的比例在各项问题里是最高的（如图2所示），有71.7%遇到此问题的人感到压力很大。

3. 2008年居民对教育和医疗问题的压力感下降，对就业和住房问题的压力感上升

比较2008年跟2006年前后两次调查得到的各项问题压力指数的变动情况（由于物价问题是2008年新增的问题，因此被排除在外）。2008年与2006年相

---

① 关于压力指数的分析在《中国社会和谐稳定报告》（李培林等，2008，第二章）中提出，本文依据的计算方法是：首先对各个问题选项赋值，没有遇到问题 = 0，遇到问题但没有压力 = 1，遇到问题而压力很小 = 2，遇到问题且有些压力 = 3，遇到问题且压力很大 = 4。然后计算每项问题的平均得分，压力指数 = 问题平均得分/最高压力赋值 * 100%（其中最高压力赋值 = 4）。压力指数的阈值介于 0 ~ 100 之间。但需要指出的是，由于2008年调查中的此题选项与2006年不同，本文不再列出详细数据。

② 只有"工作负担过重，吃不消"这一项问题是特例，虽然其实际发生率低于"社会治安不好"这一问题，但其压力指数高于后者。主要原因是遇到"工作负担过重"问题的人，多数感到"很大压力"；而遇到"社会治安不好"问题的人，多数感到"有些压力"。

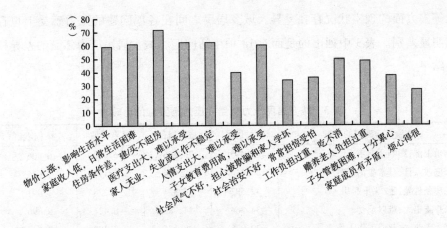

图 2 遇到各项问题的被访者中感到"很大压力"的百分比

比，压力指数下降的问题包括：子女教育费用、医疗支出和人情支出问题；压力指数上升的包括：就业、住房和收入问题（均按照 2008 年相比 2006 年的变动幅度排序）。最近几年义务教育的普及，对中小学乱收费的限制，以及新型农村合作医疗制度的实施确实起到了减轻居民生活负担、降低居民生活压力感受的积极效果。但是还需要看到金融危机影响下，居民就业压力感骤增（增幅 34.67%）；以及住房价格持续走高、居民收入增幅不足，使居民面对"建/买不起房"和"家庭收入低"问题时，感受到不断上升的压力（见表 2）。

表 2 2008 年与 2006 年居民生活遇到各类问题的压力指数比较

项 目	压力指数 2006 年	压力指数 2008 年	项 目	压力指数 2006 年	压力指数 2008 年
家庭收入低,日常生活困难	43.13	44.89	子女教育费用高,难以承受	28.48	24.66
医疗支出大,难以承受	39.05	34.59	人情支出大,难以承受	26.43	26.39
住房条件差,建/买不起房	38.85	43.80	家人无业、失业或工作不稳定	25.63	34.51

4. 城乡居民对比显示，面对不同生活问题有不同的压力感受

总体来看，城乡居民在各项问题的压力感受的排序上基本相同：城乡居民对诸如物价、收入、住房、医疗、就业等家庭经济类问题的压力感受都较高。对家庭矛盾、工作负担、赡养、抚养等问题的压力感受较低，对社会治安和社会风气问题的压力感受居中。但是由于城乡之间在收入、住房、医疗、就业、生活方式等多方面的现实状况存在差异，城乡居民之间在各项问题的压力感受上也存在明显差别。表3中列出的是面对13项生活问题，城乡居民压力感受的差异检验结果。

表3 城乡居民压力感受（压力指数）的比较

生活方面遇到的问题	农村居民	城镇居民	城乡差值	差异t检验值
物价上涨,影响生活水平	68.445	74.506	-6.062	-6.806 ***
家庭收入低,日常生活困难	48.214	42.044	6.170	5.676 ***
住房条件差,建/买不起房	42.593	44.821	-2.228	-1.991 *
医疗支出大,难以承受	34.364	34.785	-0.421	-0.396
家人无业、失业或工作不稳定	29.978	38.375	-8.397	-7.984 ***
人情支出大,难以承受	29.692	23.579	6.114	6.501 ***
子女教育费用高,难以承受	24.242	25.007	-0.764	-0.791
社会风气不好,担心被欺骗和家人学坏	18.893	23.388	-4.495	-5.229 ***
社会治安不好,常常担惊受怕	17.793	21.999	-4.206	-4.975 ***
工作负担过重,吃不消	23.392	17.472	5.920	6.652 ***
赡养老人负担过重	15.940	14.826	1.114	1.400
子女管教困难,十分累心	12.778	13.714	-0.936	-1.281
家庭成员有矛盾,烦心的很	8.016	6.298	1.719	3.168 **
综合压力指数	28.771	29.293	-0.522	-1.140

* $p < 0.05$, ** $p < 0.01$, *** $p < 0.001$。
说明：综合压力指数是指对13项问题的压力感受的算术平均值。

城乡居民在单项问题的压力感受上存在一定差异，主要表现在两个方面。一方面，农村居民对物价、住房、就业、社会风气、社会治安这五项问题的压力感受低于城镇居民。这符合我们的预期，"物价上涨，影响生活水平"应当是指关系到千家万户的生活消费品的价格上涨，城市居民大多数是通过货币购买此类消费品，而农村居民可以直接从自己的产品中取得食物等消费品，因此城市居民对物价上涨更为关切，遇到物价问题的比例较高，感受到的压力水平较高。城市人均居住面积比农村人均居住面积要低，城市里新成立的核心小家庭大多要求脱离父母单独居住，城市居民对住房需求更为迫切。而且直至2008年城市可供一般居民购买的住房数量稀少，北京在2008年秋季才开始第一批限价房配售工作，而当时其他省市的限价房工作还未开始推行。目前保障性住房的供给还远远不能满足一般城市居民的生活需要。因此，城市居民对住房问题的压力感受更强。在就业问题上，城市居民面对"家人无业、失业或工作不稳定"问题的比例也高于农村居民，缺乏土地保障的就业机会，也使城市居民在失去工作时压力感更强。在社会风气和社会治安问题上，城市居民的来源地、职业、价值观的多样性、城市人较高的流动性，都使社会风气和社会治安面临较大的挑战，表现为城市居民在社会风气和社会治安问题上的压力感显著高于农村居民。

另一方面，城镇居民在收入低生活困难、人情支出大、工作负担重和家庭矛盾这四项问题上的压力感受低于农村居民。城乡之间的差别符合我们的预期。城乡之间的收入差距大，农村居民的人均纯收入低。随着农村居民消费结构的转变，货币消费在农村居民的总消费中的比例逐步提升，消费参照对象为城市居民，农村居民较低的现金收入限制了其改善生活水平的能力。农村的生活方式与城市不同，亲属（即使是远亲）就近居住的方式、邻里之间的密切交往，使得农村居民在人情往来密度和人情支出（占收入的）比例上高于城市，人情支出的压力也相应较高。代际共居（或者是就近居住）的模式，也使农村居民的家庭矛盾发生率高于城市，农村居民对家庭矛盾的压力感受也高于城市居民。农村居民的工作负担的压力比城市大①，对被访者工作时长的分析结果显示，农村居民从事工作的平均时长高于城市居民，这可能是导致前者的工作负担较重的原因。

需要指出的是，城市化在降低居民一部分生活问题压力感的同时，会增加居民在另外一部分生活问题上的压力感。对13项生活问题的综合压力指数进行比较，结果显示城乡居民之间无显著差异。原因在于：一方面，家庭经济类问题的发生在城乡都很普遍，其压力感在城乡居民中都比较高；另一方面，具体到单项问题，城镇居民在物价、住房、就业等经济类问题上压力感较大，而农村居民则在收入低、人情支出大、工作家庭矛盾等问题上压力感较大，城乡居民在医疗支出、子女教育费用、子女管教、赡养老人这几项问题上的压力感受没有差异。这样各项问题上参差不同的城乡差异相互抵消，城乡居民之间在综合压力水平上差别不显著。

---

① 这有悖于一般人的理解，一般来讲农业劳动对工作日时间的规定不似工厂生产流程要求得那样严格，农村居民的工作负担不应超过城市。虽然全职务农人群的周工作小时数低于全职工作人群，但兼业务农者的工作时长偏高，而且城市居民中还有相当一部分是不在职人群，他们不会面临工作负担的问题。

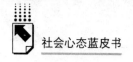

5. 改革开放的先行地区居民生活压力感较小

经济发展带来民生改善，分区域的居民生活问题与压力感受比较结果显示，改革开放以来先行一步的东部地区居民生活压力感要小于中西部地区，综合压力指数的排序循着东、中、西部的顺序由低至高逐渐上升，综合压力指数的均值分别为：东部 27.02、中部 28.91、西部 32.48（F 检验值 41.522，p < 0.001；且逐对比较的 Tamhane's T2 检验值都显著）。东部居民在 13 项生活问题的综合压力感受上低于中、西部居民。下面具体比较每一项问题的压力感受，如图 3 所示。

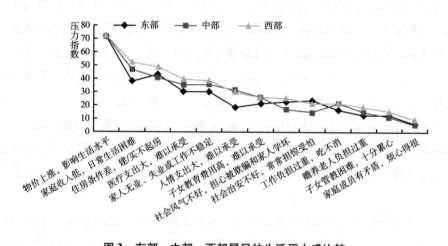

图 3　东部、中部、西部居民的生活压力感比较

东部居民在物价、收入、医疗支出、就业等经济类问题上的压力感低于中、西部居民。可以说，改革开放以来，经济的快速发展，东部居民的收入和生活质量提升步伐快，就业机会较多，居民生活中遇到经济类问题的比例较低，压力感较小。这显示出东部地区经济快速发展带来的改善民生的积极效果。但同时需要看到，东部居民在社会治安问题上的压力感高于中西部居民，特别是相比中部居民来说，社会治安问题上的压力感明显偏高。在社会风气问题上的压力感，东部和西部居民也显著高于中部居民。在经济快速发展的进程中，财产和经济类犯罪案件的绝对数量和比重上升是一种趋势，这种趋势加剧了居民对社会治安的担忧，降低了居民生活安全感。此外，近几年来的住房价格大幅上涨，损害了经济快速发展对改善民生的积极效果，从图 3 中左半部分可以看出，在导致压力感偏大的几类主要问题上，东部居民的压力指数线多处在中部、西部居民下方，只在"住房条件差，建/买不起房"问题上东部居民的压力指数向上与中部居民齐平。在保障性住房短缺的条件下，住房价格的过快上涨，超过一般城市居民的购买能力，抵消了经济快速发展带来的改善民生、减轻居民生活压力的积极效果。

6. 临时性就业和下岗失业人员的压力感较大

生活压力在不同地区之间和城乡之间的分布是有差别的，同样生活压力在不同就业状况的居民之间的分布也有所不同。综合比较五类就业状况居民的综合压力指数显示，压力感由低至高的排列顺序是：全职工作、兼职务农、全职务农、失业下岗、临时性工作。五类就业人群之间的生活压力感受存在显著不同（F检验值21，p < 0.001）。两两比较五类就业人群的压力感受，全职工作群体和兼职务农群体的综合压力感较低；全职务农群体的压力感居中；临时性就业人群和失业下岗人群的综合压力感是最高的，这里的临时性工作是指没有合同的不稳定的就业①。

临时就业和失业下岗人群更容易感受到物价、收入、住房、就业等经济类问题上的压力。图4中描绘的是五类人群在各项生活问题上的压力感受，临时就业和失业下岗人群的压力指数线在多项问题上处在最上方，特别是临时就业人

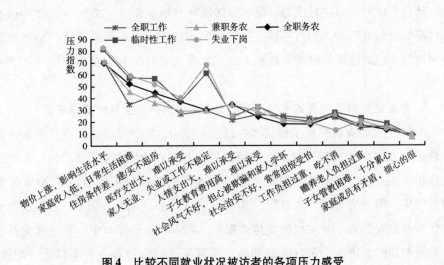

图4 比较不同就业状况被访者的各项压力感受

---

① 临时性工作和失业下岗群体之间在压力感受上的差异，统计上不显著。

群在除了人情支出和社会治安问题之外的多项问题上，压力感都偏大。全职务农人群在物价、收入、住房等问题上的压力居中，在社会治安与社会风气问题上的压力感是最小的。兼业务农人群的压力感比全职务农人群要小，兼业务农人群通过非农就业提高收入水平，因而在面对收入、住房、医疗等问题时压力感受偏小；但他们在子女教育费用问题上的压力感受比全职务农人群要大，在就业和人情支出问题上的压力感受与全职务农人群相似。全职工作人群在大多数问题上的压力感受都偏低，但在社会治安与社会风气两项问题上的压力感偏高。

二　居民社会支持状况

社区心理学最早开始个人的社会支持研究，探讨个人在面对重要生活事件冲击时社会支持作为应对资源对个人精神健康的积极效果。自 20 世纪 70 年代以来，社会支持的"减压阀"或"缓冲器"作用（Buffering Effect）就成为精神健康研究领域的重要议题。"减压阀"理论认为人们在面对困难和问题时，社会支持可以通过缓解人们的压力，从而对健康产生积极影响。大量的经验研究表明，社会支持对人们应对压力、缓解抑郁症状有积极作用。2006 年的"中国社会状况综合调查"请人们对不同支持来源的支持作用大小作出评价，2008 年调查则询问人们曾经得到哪些来自私人的"非正式支持"和来自组织的"正式支持"。

1. 非正式支持是主要的支持来源，其中亲属关系是主导的支持来源

2008 年的调查数据显示被访者在过去一年中，接受过非正式支持的人占样本总量的 38.5%，而接受过正式支持的被访者仅占样本总量的 6.2%。非正式支持相比正式支持是主要的支持来源。2008 年的数据分析也印证了 2006 年的调查结果，即被访者的"家庭"、"家族、宗族"和"朋友、同乡、战友、生意伙伴等的私人关系"是主要的支持来源[①]。在 2008 年的样本中，非正式支持的来源分布如图 5 所示，来自家庭和核心亲属关系的支持者占一半以上，配偶、父母、子女和兄弟姐妹合计提供 55% 的非正式支持；其他各类亲属关系提供了

---

① 王俊秀、杨宜音、陈午晴：《中国社会心态调查报告》，《民主与科学》2007 年第 2 期。

20%的非正式支持。亲属关系共占非正式支持来源关系总和的3/4，而各种非亲属关系仅占1/4。

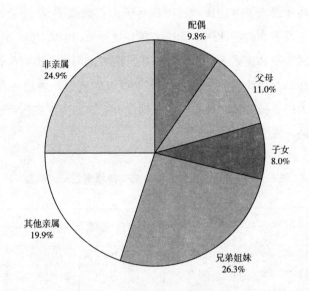

图5 非正式支持的各来源关系所占比例

2. 正式支持的作用有待加强，覆盖面有待提高

由社区组织（村、居委会）、政府部门、党群组织、工作单位、社会团体、公共服务机构等组织机构提供的正式支持数量少，覆盖面有待提高。2006年的数据显示各类组织机构中"社区组织、工作单位、地方组织和党组织的得分稍高，但得分介于'没有帮助'和'帮助较少'之间"①。2008年进一步调查显示，社区（村、居委会）提供了全部正式支持的2/5，政府部门提供了全部正式支持的1/4，党群组织提供的只占11%，工作单位提供的只占6.3%。在7000多人的样本中，过去一年接受过各类组织提供的正式支持的仅占6.2%。

3. 面对生活问题和压力的被访者更可能得到社会支持

（1）面对生活经济类问题的压力感与支持取得之间关系显著。根据被访者是否面对物价、收入、住房、医疗支出、就业问题，我们建构居民生活经济类压力指数（0~100分），并按照0~25分、26~50分、51~75分、76~100分区分

---

① 王俊秀、杨宜音、陈午晴：《中国社会心态调查报告》，《民主与科学》，2007年第2期。

为不同的压力等级。然后分析经济类压力高低与支持取得之间的相互关系。从表4和表5列出的数据分析的结果中可以看出，压力指数高于50分的人群，他们有支持的比例高于没有支持的比例；而那些压力指数低于50分的人群，他们有支持的比例低于没有支持的比例。即压力感与支持取得两者之间是正向关系。这种趋向在非正式支持和正式支持中都存在，且两者之间的关系在统计上显著。也就是说，人们在面对困难时，一般能够作出积极的应对，透过各种社会交往关系，接受其他人的支持；同时社会组织机构也会更多地考虑高压力群体的生活需要，给予更多的正式支持。

表4　经济类压力高低与非正式支持取得之间的关系

单位：%

经济类压力指数	非正式支持		经济类压力指数	非正式支持	
	无	有		无	有
0~25	26.9	22.6	76~100	17.0	21.1
26~50	32.0	30.3	合　计	100.0	100.0
51~75	24.0	26.1			

表5　经济类压力高低与正式支持取得之间的关系

单位：%

经济类压力指数	正式支持		经济类压力指数	正式支持	
	无	有		无	有
0~25	25.7	16.8	76~100	18.1	26.2
26~50	31.6	28.5	合　计	100.0	100.0
51~75	24.6	28.5			

（2）临时就业人群与失业下岗人群压力感相似但前者缺乏正式支持。在前文有关压力感受的分析中，我们知道临时就业人群与失业下岗人群的压力感受相仿，在五类就业人群中属于高压力人群。进一步比较这两个群体的正式支持取得情况，失业下岗人群得到正式支持的数量显著高于临时就业人群（失业下岗人群和临时就业人群的正式支持均值分别为0.11和0.05，差异t检验显著）。政府针对失业下岗生活困难群体有一套社会保障机制，能够保障其基本生活需要，但对那些无劳动合同不稳定就业的人群，还难以作出明确的识别，也没有相关的制度保障。这一部分人群，虽然可以通过不稳定就业得到一些经济收入，

但由于收入来源不稳定，缺乏相应的制度保护，临时就业人群的身心健康面临较大的风险。

三　未来对减轻居民生活压力、促进社会和谐的展望和建议

居民的生活压力感受不单是居民个人家庭的心理调适问题，还与国家宏观经济和社会发展状况紧密相连。同时，居民的生活压力感受不仅仅影响单个小家庭的和谐美满，而且可以影响全社会层面的和谐幸福。未来"十二五"期间中国经济社会发展进入关键期，转变经济发展方式，推进城市化进程，这些经济社会领域的重大举措，必将给人们生活各方面带来新的希望，同时也是新的挑战。坚持"以人为本"的核心，坚持"全面、协调、可持续"的基本要求，解决好居民生活压力问题，需关注以下几个方面。

第一，在经济持续增长的同时，提高社会建设的投入水平，减轻居民生活中的普遍性问题带来的压力感。包括继续巩固教育和医疗领域减轻居民负担的现有成果，通过各项社会建设举措，提高居民实际享有经济发展收益的份额。目前收入、住房、就业问题是居民面对的较为普遍的问题，也是社会支持不易缓解的压力来源，而这些问题的改善恰恰能有效地降低居民的生活压力。这需要政府提高扶贫和工资保障标准，加大就业保障和住房保障建设力度，切实改善收入低、技能缺乏、简陋危房中的居民的生活质量。

第二，针对东、中、西部的差距，国家的收入、就业、住房保障政策应当向西部地区倾斜。西部地区的经济发展水平偏低，居民面对各类生活压力的水平却是最高的。而地方政府财政薄弱，在改善民生的举措中缺乏应有的力度。国家应健全针对西部地区的财政转移支付体制，加强东、中部地区对西部地区的人才、资金、技术发展的支持。

第三，在推进城市化进程中，需要关注住房、就业、物价、社会治安与社会风气等城市化的伴生问题对民生的负面影响。建立土地增值收益与改善民生问题的联动政策，确保城市化进程不损害居民的生活质量，确保城市化的推进不以居民生活压力的加重为代价。

第四，关注临时性工作人群的生活压力水平，在政策上提供针对性的保护措

施。临时性工作人群的生活压力感受与失业下岗人群相似，均处在较高压力水平；可是与失业下岗人群相比，在正式支持方面，他们受惠于政府和相关机构"减压"措施的比例少得多。临时性工作人群处在压力高、支持少的状况，他们面临的生活压力风险尤其高。建议政府建立对临时性工作人群的工资、劳动时长、工作环境、工伤保护状况的评估制度，健全法律法规针对临时工作人群的工资、福利和劳动关系的规定，对侵害劳动者正当权益的行为要加大处罚力度。

第五，促进专业化组织的正式支持与促进居民之间的非正式支持并举。现实中生活压力在不同群体、不同地区的分布是有差异性的，有些类型的压力需要专业化的组织提供专门化的支持。目前正式支持的主要来源还是政府机关和基层居民自治组织，主要的正式支持类型还是经济救助。要保证补助款发放和特定对象的节日走访已是不易。这些组织中相关专职人员的人数和工作安排还无法满足也不可能满足居民差异性的支持需求。这些支持需求往往需要专业化的心理辅导和社会工作人员来实现。在城市社区，社会已有资源可以提供专业化支持服务，可是少数处在高压力下的群体却没有能力负担这种专业化服务，建议政府与社会组织合作，聘请专业人士、引导社会资源，对居民生活中遇到的难题提供针对性的解决方案，缓解居民生活压力。还有一些类型的生活压力，需要身边熟人"知冷暖"。对此，基层社区组织可以通过组织社区活动，鼓励本区居民的社会参与，帮助居民之间建立新的联系纽带，提供居民互助的平台。这些基于社区的非正式支持，是缓解居民短期精神压力、处理小型家庭事务的低成本、高效率的途径。

Life Stress and Social Support of Residents in China

CASS-CGSS Project Team，*Written by Diao Pengfei*

Abstract：Risk and competition mount up during social change，they make people in the change perceive different levels of stress. Based on the analyses of data from two-round "China General Social Survey" (CASS)，this article points out that economic growth improve the people's lives，the stress level of residents in east region is lower than the stress level of residents in middle-west region. Stresses mainly come from residents'family economic issues, including commodity price, income, and housing, etc. Stresses concerning education and health service become lower, but stresses concerning commodity price, income and housing step up. Housing difficulties bring out the highest level of stress among all the family economic issues. People can use types of social support, including informal and formal, to deal with their stresses. But those people who hold temporary jobs have higher stress level while less social support, their physical and mental health needs to be worried.

Key Words: Life Stress; Stress; Social Support

B.4
当代中国人的生活动力

陈午晴*

摘　要：本文旨在考察和分析当代中国人生活动力的主要元素、结构状况及其影响因素，进而揭示当代中国人的生活动力结构所凸显出来的意义。此处生活动力是指人们用以直接推动自身在当下整个生命进程中不断前行的内在力量。通过问卷调查发现，当代中国人的生活动力状况呈现一个相对稳定的多元化格局，其中主要的九个生活动力依强度渐次排序为：一是子女发展期望；二是个人利益追求；三是追求家庭幸福；四是追求人际优势；五是追求一生平安；六是尽力做好本分；七是实现自我价值；八是为社会作贡献；九是追求生活情趣。进一步的分析表明，个体的生活动力与其社会背景特征、成长经历及各种社会文化因素密切相关。从理论上看，当代中国人的生活动力格局既秉承了中国文化一直注重亲情、家庭、人际关系、一生平安及道德自律的内在品质，亦同时彰显了个人自主意识与社会责任意识，而个人自主意识与社会责任意识之间并不绝对地相互冲突，甚至存在一定的相互促进关系。

关键词：生活动力　社会心态　个人自主意识　社会责任意识

一　引言

改革开放三十多年以来，当代中国社会发生了前所未有的巨大变化，当代中国人的生活形态亦出现了新样式、新格局、新品质。生活压力不断加大，很多从未遇到的问题困扰着人们。然而，从总体上看，当代中国人的精神状态显

---

* 陈午晴，博士，副研究员，中国社会科学院社会学研究所。

得生机盎然、活力四射、丰富多彩、昂扬向上。用老百姓自己的话说，这种生活变化就是：生活更加有滋有味了，更有奔头了，更有动力了。借助"动力"这个比喻，可以说，当代中国人生活形态变化的表象背后有着强大的生活动力。作为社会发展的社会心理资源，生活动力体现了一种时代精神和社会心态的风貌。切实了解民众的生活动力，对于我们真正理解和把握当代中国人生活追求的价值目标、现实选择及其整个生活变化的走向具有极其重大的理论意义和实践意义。那么，当代中国人的生活动力有些什么特征？处在什么水平，受到哪些因素的影响呢？本文即旨在运用问卷调查方法，对当代中国人生活动力的主要元素、结构状况及其影响因素进行深入考察和系统分析，进而揭示其变化趋势和意义。

确切地说，生活动力是指人们精神状态中一种直接推动自身在当下整个生命进程或生存与发展中不断前行的内在力量。依据这个概念界定，生活动力至少具有如下四个基本特性。

一是动力性，即生活动力对人们当下的生活具有直接推动作用。我们知道，物理学上力的原本含义是物体之间的相互作用，这种作用能够导致或推动物体的状态发生改变。与此类似，生活动力，作为一种"力"，同样具有推动作用，只不过这种推动作用是导致人们当下的生活状态发生改变。此处"推动"包括引起、调整及维持等含义。当然，对于不同的生活动力来说，其推动作用自然有大小或强度的差别。日常用语中，有时"动力"即侧重于"强度"的意义。

二是方向性，即生活动力推动人们追求一定的生活目标。作为一种"力"，生活动力也具有一定的方向，这个方向就是人们在生活中追求的价值目标，即生活目标。生活目标本身不是生活动力，但体现了生活动力的存在及其方向，即人们在生活上追求的对象。正因为如此，我们在日常用语中，有时直接以各种生活目标或生活追求表示不同的生活动力。

三是主体性，即生活动力是进入人们主体意识中的一种内在力量。人们的生活动力不论来源如何，其之所以能发生作用，一定要进入人们主观的精神世界，是一种精神状态，可能在意识层面，也可能在无意识层面，但总归是转化成了人们直接体验到的内心力量。譬如，人们常说"压力就是动力"，即表示行为主体已经将外在的因素转化成了内在力量；当然，压力并不一定能构成动力，其间的转换还取决于行为主体的意识状态。

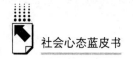

四是整体性，即生活动力的作用对象是人们整体的生活状态。生活动力的作用对象可以说是人，是行为主体，但不是引起、调整及维持某个具体的行为，当然也不是为了达成某个具体行为目标，而是导致人们整体生活状态的改变，是追求一定的生活目标。由此，生活动力对于人们的生活而言具有整体性意义。

既然生活动力对人们当下的生活具有直接推动作用，那么，生活动力必然产生于人们生活中的某种需要，或者说，需要是生活动力的基础，生活动力是由一定的需要转化而来的动力状态。事实上，人的需要是行动主体因缺乏某种刺激而与外界环境之间形成的一种不平衡的身心紧张状态；行动主体一旦产生某种需要，自然要努力获取这种需要的满足，以此消解身心的紧张、建立自身与环境之间的平衡状态。由此，唯有需要才能直接推动人的行动，或者说，需要是人们所有行动的原动力。

当然，人的所有需要并不必然转化为行为动力和生活动力。我们每个人都是社会现实中的人，都是有判断、有思想、有价值观念的社会行动主体，不可能完全被动地受各种需要所驱使。也就是说，我们每个人总是或多或少可以判断哪种需要比较容易满足，哪种需要的满足得为之付出努力或代价；哪种需要的满足是值得的，哪种需要不符合自己的价值取向，或是不符合社会价值取向。可见，人的需要只有与其自身的思想认识，尤其是价值取向相互结合才能转化为行为动力。无疑，有关需要、动机的论题一直是心理学的一个主要研究领域，但从总体上看，西方心理学主要研究和讨论人的基本需求和动机，或从心理机制的角度来研究人的需求和动机，而对人的需求、动机与主体价值取向之间关系的意义有所忽视[1]。其实，虽然需求或动机是人们行为活动的一般动力机制，但除去一些最基本的生理需求和安全需求，人类绝大多数需求都必然具有价值取向；不同的社会文化情境，不同的行动主体也必然赋予特定的需求以不同的价值取向。应当说，我国台湾学者杨国枢、余安邦[2]关于成就动机的研究在这方面做了有益的探索，即认为中国人与西方人在成就动机的价值取向上存在显著的文化差异。

[1] 萨哈金：《社会心理学的历史与体系》，周晓虹等译，贵州出版社，1991；普林：《心理学的体系和理论》，林方译，商务印书馆，1984。

[2] 杨国枢、余安邦主编《中国人的心理与行为——理念与方法篇》，桂冠图书公司，1993。

必须指出的是，虽然生活动力蕴涵了一定的价值取向，但人们认可的价值目标也不一定就是生活动力的指向目标。一方面，"生活动力"针对的是人们整个生活范畴，其"指向一定目标"自然指向人们整个生活的目标，其中蕴涵的价值取向则关乎人们整个生活状态及其走向，因此，某些需要的满足及其价值目标若只是牵涉人们生活中的某个局部、某些方面或某个阶段，那么，这些需要即便转化为行为动机，也不能称其为生活动力。譬如，尽管不排除有人以追求至情至性的爱情为一生的目标，但对于绝大多数人来说，爱情在生活中可能只具有阶段性的意义，或不构成生活的一个重心，或转化成了婚姻家庭生活的一部分。另一方面，有的价值目标可能只是由于教育、舆论或国家意识形态的引领作用而仅仅停留在人们的观念当中，但人们尚未将其与自己的生活需求有机地结合起来，那么，这种价值目标自然难以转化为直接推动人们生活进程的力量。譬如，环境保护的意义已得到人们广泛认可，但真正将其作为自己人生追求的人并不多。

从上述理论分析来看，生活动力作为一种对个人生存与发展起着整体的、持久的、直接推动作用的内在力量，既是一种蕴涵了主体价值取向的生活需求，或指向一定生活目标的动机，也是一种由主体生活需求直接推动、支持的价值取向。其中，需求是动力机制，犹如汽车发动机；而价值取向则是目标导向，犹如汽车方向盘。

以下在介绍基本研究方法之后，分别讨论生活动力格局，以及不同社会群体的生活动力状况。

二 研究方法

本研究于 2005 年 5 月至 2006 年 6 月，先后进行了三次问卷调查工作。调查问卷分三部分：一是受试者的背景变项，包括个人的年龄、性别、教育状况及家庭生活环境等；二是生活动力因素，包括各种直接推动个人在生活中不断进取的具体因素；三是受试者的生活态度，以及对社会发展的一些心理感受、观念及反应倾向，如社会满意感、社会信任感、社会公平感、社会稳定感及社会稳定信念等。需要说明的是，有关生活动力的调查问卷历经试调查及三次抽样调查，问卷内容先后进行了一定的修改和调整。

第一次问卷调查于 2005 年 5 月完成，具体的调查实施在北京、长春、南昌、

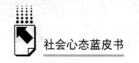

西安四个城市进行，每个城市分别取样 200 人，由中学班主任老师协助，找到中学生及其家长各 100 人填答问卷，总样本达 800 人，最终有效样本为 528 人。

第二次问卷调查于 2005 年 11 月完成，分别在北京和杭州居民生活小区随机抽样 500 个住户，并进行入户调查，最终取得有效样本 889 人。

第三次调查属于中国社会科学院社会学研究所于 2006 年 5 月进行"全国社会状况综合调查"的一部分；调查实施在全国范围内采取严格的随机抽样方法和专业调查员入户依据问卷询问、填答的方式；考虑到社会赞许性对主观态度的失真影响，问卷中隐蔽性地设置了社会赞许性指标，最终有效样本通过去除社会赞许性过高（统计分析意义上趋近最高指标）的人群而获得，原样本 7061 人，最终有效样本为 5829 人。

三　生活动力格局

经过多次问卷调查，结果表明，当代中国人的生活动力状况呈现一个相对稳定的多元化格局。得到民众普遍认同的生活动力有九项：一是子女发展期望，主要表现为努力为子女将来的发展创造条件；二是个人利益追求，主要表现为希望赚更多的钱；三是追求家庭幸福，主要表现为追求家庭生活和睦、美满；四是追求人际优势，主要表现为让别人更加看得起自己；五是追求一生平安，主要表现为希望平平安安过一生；六是尽力做好本分，主要表现为努力做好分内的事情；七是实现自我价值，主要表现为要充分发挥个人的才能；八是为社会作贡献，即努力为社会作出较大的贡献；九是追求生活情趣，即追求生活中的情趣快乐。

总体上看，对上述九项生活动力，民众认同的人数比例都比较高，或是在总体的八成左右，如自我价值追求、为社会作贡献、追求生活情趣；或是接近总体的九成，如个人利益追求、追求一生平安；或是基本达到，甚至略超出总体的九成，如子女发展期望、追求家庭幸福、追求人际优势、做好本分。也就是说，民众当中对这九项生活动力的认同人数不是正态分布，而是偏正态的，即趋向于正面的"认可"与"赞同"。也正因为如此，我们可以说这九项生活动力在民众当中具有相当大的普遍性，或者说它们构成了当代中国人主要的生活动力。详见表1。

表1　民众对生活动力认同的比例分布

单位：%

序　号	项　目	很不认同	不大认同	比较认同	很认同	不大确定
1	子女发展期望	1.1	5.2	40.3	49.4	3.9
2	个人利益追求	1.1	9.2	42.3	45.8	1.6
3	追求家庭幸福	0.6	7.3	55.1	36.0	1.0
4	追求人际优势	0.7	6.8	55.5	33.9	3.2
5	追求一生平安	1.5	9.6	53.5	34.1	1.4
6	尽力做好本分	0.6	8.5	61.5	27.7	1.8
7	实现自我价值	1.2	11.4	58.8	21.7	6.9
8	为社会作贡献	1.5	13.9	54.4	20.3	9.8
9	追求生活情趣	2.8	15.0	59.1	18.5	4.6

为了进一步确定、比较九项生活动力的强度，我们给每项生活动力赋值，设定"很不认同"得分为1，"不大认同"得分为2，"比较认同"得分为3，"很认同"得分为4（考虑到"不大确定"的影响因素比较复杂，暂不将其列入分析范畴）。

统计分析结果表明，生活动力强度排在第1位的是子女发展期望，其均值为3.44，强度远远超出"比较认同"的水平；第2位是个人利益追求，其均值为3.35，强度大大超出"比较认同"的水平；第3位是并列的追求家庭幸福和追求人际优势，其均值分别为3.28和3.27，两者之间没有显著差异，强度明显超出"比较认同"的水平；第4位是追求一生平安，其均值为3.22，强度同样明显超出"比较认同"的水平；第5位是做好本分，其均值为3.18，强度也明显超出"比较认同"的水平；第6位是自我价值追求，其均值为3.08，强度稍稍超出"比较认同"的水平；第7位是为社会作贡献，其均值为3.04，强度略微超出"比较认同"的水平；第8位是追求生活情趣，其均值为2.98，基本上处于"比较认同"的水平。

由此看来，同样是"比较认同"的水平，九项生活动力大致可以划分为三个层次：一是大大超出"比较认同"水平的子女发展期望、个人利益追求、追求家庭幸福和追求人际优势；二是明显超出"比较认同"水平的追求一生平安及尽力做好本分；三是基本上处于或略微超出"比较认同"水平的实现自我价值、为社会作贡献及追求生活情趣。参见图1。

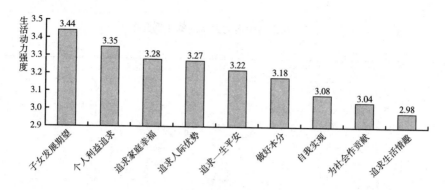

图1 生活动力强度排序（认同均值）

四 不同群体的生活动力

无疑，由于身心特质、生活条件及生活经历的不同，不同群体的价值观念和心理需求自然有所差异，因而其生活动力的内在格局亦不尽相同。以下分别考察性别、年龄、受教育程度、政治面貌、城乡身份及社会经济地位等背景变项上不同的群体在生活动力上的格局。

（一）性别与生活动力

统计分析结果表明：对于子女发展期望、追求人际优势及追求生活情趣三项生活动力，男女之间不存在太大区别；在追求家庭幸福、追求一生平安及尽力做好本分三项生活动力上，女性明显强于男性，两者在这三项生活动力上的平均值分别为3.32与3.24、3.28与3.16、3.21与3.15；而在个人利益追求、实现自我价值及为社会作贡献三项生活动力上，男性明显强于女性，两者在这三项生活动力上的平均值分别为3.39与3.31、3.13与3.04、3.08与3.00。详见图2。

（二）年龄与生活动力

对于年龄与生活动力的关系，考虑到中国社会发展的迅速变化及其对生活动力的影响，我们以不同的出生年代来划分年龄组，即1949年前出生的人群、50年代生人、60年代生人、70年代生人及"80后"生人。统计结果显示，只有"为社会作贡献"这项生活动力与年龄关系不大，也就是说，不同年代出生的人

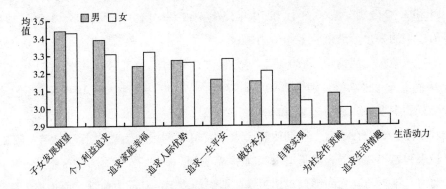

图 2　性别与生活动力

群在为社会作贡献这项生活动力上无显著差别；而其他八项生活动力均在各个年龄组上呈现出明显不同的分布。具体情况如下。

对于子女发展期望，60 年代生人的得分最高，平均值为 3.54；其次是 70 年代生人，平均值为 3.49；再次是 50 年代生人，得分为 3.42；最后，1949 年前出生的人与 80 后年轻人得分差不多，分别为 3.29 和 3.30。

对于个人利益追求，60 年代生人的得分最高，平均值为 3.44；其次是 70 年代和 80 年代生人，平均值分别为 3.41 和 3.39；再次是 50 年代生人，得分为 3.33；1949 年前出生的人得分最低，平均值为 3.05。

对于追求家庭幸福，1949 年前出生及 50 年代生人得分最高，平均值分别为 3.33 和 3.32；其次是 60 年代生人，平均值为 3.29；再次是 70 年代生人，得分为 3.25；"80 后"年轻人得分最低，平均值为 3.19。

对于追求人际优势，"80 后"的得分最高，平均值为 3.34；其次是 70 年代、60 年代和 50 年代生人，平均值分别为 3.27、3.28、3.26；1949 年前出生的人得分最低，平均值为 3.18。

对于追求一生平安，1949 年前、50 年代及 60 年代生人得分较高，其平均值分别为 3.34、3.32、3.30；其次是 70 年代生人，平均值为 3.16；"80 后"得分最低，平均值为 2.92。

对于尽力做好本分，与追求一生平安类似，1949 年前、50 年代及 60 年代生人得分较高，其平均值分别为 3.21、3.23、3.21；其次是 70 年代生人，平均值为 3.15；"80 后"得分最低，平均值为 3.11。

对于实现自我价值，"80 后"和 70 年代人的得分最高，平均值分别为

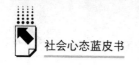

3.14 和 3.12；其次是 60 年代和 70 年代生人，平均值分别为 3.08、3.06；1949 年前出生的人得分最低，平均值为 3.00。

对于追求生活情趣，"80 后"得分最高，平均值为 3.11；其次是 70 年代和 60 年代生人，平均值分别为 2.99、2.97；最后，50 年代生人和 1949 年前出生的人得分差不多，分别为 2.92 和 2.91。

总体上看，在子女发展期望和个人利益追求两项生活动力上，中年人较强，年轻人和老年人较弱；对于追求家庭幸福、追求一生平安、尽力做好本分三项生活动力，年龄与其之间类似正比关系，即年龄愈大，其动力愈强；而追求人际优势、实现自我价值及追求生活情趣三项生活动力与年龄之间则类似反比关系，即年龄愈大，其动力愈弱。换个角度来说，1949 年前和 50 年代生人在追求家庭幸福、追求一生平安、尽力做好本分三项生活动力上表现比较突出；60 年代生人除了同样在追求一生平安和做好本分动力上表现突出，更是在子女发展期望和个人利益追求两项生活动力上独占鳌头；70 年代生人在实现自我价值动力上表现比较突出；"80 后"同样在实现自我价值动力上表现突出，不仅如此，"80 后"还在追求人际优势和追求生活情趣两项生活动力上具有绝对优势。参见图 3。

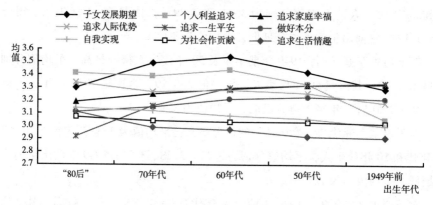

图 3　年龄与生活动力

（三）受教育程度与生活动力

本项研究将受教育程度不同的人群划分为大学及其以上、高中、初中、小学及未受正式教育五个组别。统计结果显示，受教育程度与九项生活动力均有不同程度的关联。具体情况如下。

对于子女发展期望，初中和高中文化程度的人群表现得最突出，其平均值分别为3.49和3.48；其次是未受正式教育及小学文化程度的人群，其平均值分别为3.41和3.38；相对来说，大学及其以上文化程度的人群得分最低，其平均值为3.33。

对于个人利益追求，得分最高的是初中文化程度的人群，其平均值为3.40；而小学、高中和大学三个人群的得分差不多，其平均值分别为3.33、3.33和3.32；相对来说，未受正式教育的人群得分最低，其平均值为3.28。

对于追求家庭幸福，未受正式教育的人群得分最高，其平均值为3.36；其次是小学和初中文化程度的人群，其平均值分别为3.31和3.32；再次是高中文化程度的人群，得分为3.18；大学及其以上文化程度的人群得分最低，其平均值为3.09。

对于追求人际优势，初中和高中文化程度的人群得分最高，其平均值分别为3.31和3.30；其次是大学及其以上文化程度的人群，其平均值为3.25；未受正式教育及小学文化程度的人群得分最低，其平均值为3.22。

对于追求一生平安，未受正式教育的人群得分最高，其平均值为3.36；其次是小学文化程度的人群，其平均值为3.32；再次是初中文化程度的人群，平均值为3.24；接下来是高中文化程度的人群，平均值为3.09；大学及其以上文化程度的人群得分最低，平均值为2.90。

对于尽力做好本分，未受正式教育、小学及初中文化程度的人群得分最高，其平均值分别为3.24、3.23、3.22；其次是高中文化程度的人群，其平均值为3.08；大学及其以上文化程度的人群得分最低，其平均值为3.03。

对于实现自我价值，大学和高中文化程度的人群得分最高，其平均值分别为3.17和3.16；其次是初中文化程度的人群，其平均值为3.10；再次是小学文化程度的人群，其平均值为3.04；未受正式教育的人群得分最低，其平均值为2.93。

对于为社会作贡献，大学文化程度的人群得分最高，其平均值为3.19；其次是高中文化程度的人群，其平均值为3.10；再次是初中文化程度的人群，其平均值为3.06；接下来是小学文化程度的人群，平均值为2.96；未受正式教育的人群得分最低，其平均值为2.92。

对于追求生活情趣，大学文化程度的人群得分最高，其平均值为3.13；其次是高中文化程度的人群，其平均值为3.04；再次是初中文化程度的人群，其平均值为2.98；接下来是小学文化程度的人群，平均值为2.92；未受正式教育

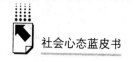

的人群得分最低，其平均值为2.88。

总体上看，在子女发展期望、个人利益追求及追求人际优势这三项生活动力上，中等文化程度的人较强，而低等文化程度和高等文化程度的人较弱；对于追求家庭幸福、追求一生平安及尽力做好本分这三项生活动力，受教育程度与其之间基本上是一种类似反比的关系，即受教育程度越高，其越弱；对于实现自我价值、为社会作贡献及追求生活情趣三项生活动力，受教育程度与其之间则是一种类似正比的关系，也就是说，受教育程度越高，其动力越强。从不同受教育程度人群的角度来看，小学及其以下文化程度的人群在追求家庭幸福、追求一生平安上表现比较突出；初中文化程度的人在子女发展期望、个人利益追求及追求人际优势上表现比较突出，特别在个人利益追求动力上首屈一指；高中文化程度的人群在子女发展期望、追求人际优势及实现自我价值上表现比较突出；大学及其以上文化程度的人群在实现自我价值、为社会作贡献及追求生活情趣三项生活动力上表现比较突出，特别在为社会作贡献和追求生活情趣动力上独占鳌头。参见图4。

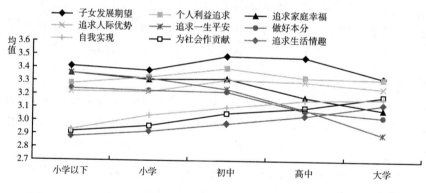

图4　受教育程度与生活动力

（四）政治面貌与生活动力

此处，政治面貌调查结果包括群众与中共党员两个组别，统计分析结果表明：对于子女发展期望、追求人际优势和追求生活情趣这三项生活动力，党员与群众之间不存在什么区别；在个人利益追求、追求家庭幸福、追求一生平安及尽力做好本分四项生活动力上，群众明显强于党员，两者在这四项生活动力上的平均得分依次为3.36与3.23、3.29与3.19、3.23与3.05、3.19与3.11；而在实现自我价值和为社会作贡献两个生活动力上，党员明显强于群众，两者在这两项生活动力上的平均值依次为 3.17 与 3.08、3.22 与 3.02。详见图 5。

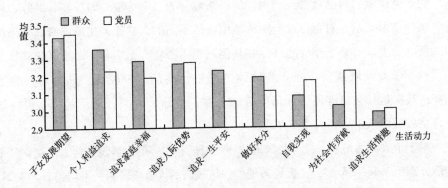

图 5　政治面貌与生活动力

（五）城乡身份与生活动力

统计分析结果表明：对于实现自我价值这项生活动力，城市居民与农村居民之间不存在什么区别；在子女发展期望、追求个人利益、追求家庭幸福、追求人际优势、追求一生平安、做好本分六项生活动力上，农村居民明显强于城市居民，两者平均得分依次为 3.45 与 3.41、3.38 与 3.29、3.32 与 3.21、3.28 与 3.24、3.26 与 3.14、3.22 与 3.11；而在为社会作贡献和追求生活情趣上，城市居民明显强于农村居民，两者平均值依次为 3.07 与 3.02、3.00 与 2.96。详见图 6。

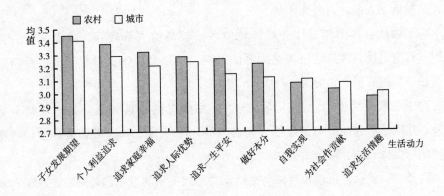

图 6　城乡身份与生活动力

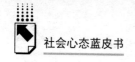

（六）社会经济地位评估与生活动力

此处将民众对自己社会经济地位的评估划分为三个等级，即较高、中等、较低。统计结果显示，对自己社会经济地位评估不同的人群除了在追求家庭幸福这项生活动力上没有显著差异之外，在其他八项生活动力上均有一定程度的差异。

对于子女发展期望，社会经济地位评估较高的人群较强，其平均得分为3.45；其次是社会经济地位评估中等的人群，得分为3.45；最后是社会经济地位评估较低的人群，得分为3.42。

对于个人利益追求，社会经济地位评估较低和中等的人群没有什么区别，其平均值分别为3.36和3.35；社会经济地位评估较高的人群则较弱，平均得分为3.28。

对于追求人际优势，社会经济地位评估较高的人群较强，其平均得分为3.38；其次是社会经济地位评估中等的人群，得分为3.28；最后是社会经济地位评估较低的人群，得分为3.24。

对于追求一生平安，社会经济地位评估较低的人群较强，其平均得分为3.26；其次是社会经济地位评估中等的人群，得分为3.48；最后是社会经济地位评估较高的人群，得分为3.05。

对于尽力做好本分，社会经济地位评估较低和中等的人群较强，其平均得分同为3.19；社会经济地位评估较高的人群则较弱，得分为3.07。

对于实现自我价值，社会经济地位评估较高的人群较强，其平均得分为3.21；其次是社会经济地位评估中等的人群，得分为3.11；最后是社会经济地位评估较低的人群，得分为3.05。

对于为社会作贡献，社会经济地位评估较高的人群较强，其平均得分为3.19；其次是社会经济地位评估中等的人群，得分为3.06；最后是社会经济地位评估较低的人群，得分为3.00。

对于追求生活情趣，社会经济地位评估中等的人群较强，其平均得分为3.03；其次是社会经济地位评估较高的人群，得分为2.98；最后是社会经济地位评估较低的人群，得分为2.93。

显然，从社会经济地位评估与生活动力之间关系的变化趋势来看，在子女发展期望、追求人际优势、实现自我价值及为社会作贡献这四项生活动力上，社会经济地位评估越高，其得分越高，二者基本上是一种类似正比的关系；在个人利益追求、追求一生平安及尽力做好本分三项生活动力上，社会经济地位评估越高，其得分越低，两者基本上是一种类似反比的关系；在追求生活情趣这个生活动力上，则是社会经济地位评估中等的人最强。参见图7。

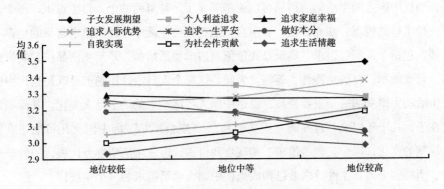

图7　社会经济地位评估与生活动力

五　基本结论与讨论

当代中国人生活动力的多元化格局及其强度排序，可以说是理解和刻画社会心态的基调。根据上述分析，子女发展期望排在首位，追求家庭幸福排在第三位，追求人际优势位列第四，三者都属于第一档次；而追求一生平安和尽力做好本分依次排位第五和第六，同属于第二档次。可以看出，中国传统文化对当代中国人影响甚大。换言之，就生活动力而言，当代中国人坚定地秉承了中国传统文化的特质。事实上，中国人历来将子女看成自我乃至家族的延伸、扩展，家庭是生活的基本形态，亲情是精神家园，人际关系则是最原初、最直接、最重要的社会认同来源（其他社会认同来源还有社会角色和社会类别）。此外，对子女发展期望也体现了一种在时间上的"未来取向"；[①] 另外，一生平安和做好本分不仅是人生的基本要求，也同样是直接需要为之努力追求、自我进行道德约束的价值目标。正如"望子成龙"、"修齐治平"、"先做人后做事"所反映的那样，中国文化中的这种内在生活动力至今几乎未曾改变，可以说是坚如磐石。

有意思的是，在当代中国人的生活动力格局中，个人利益追求赫然位列生活

---

① 陈午晴：《中国人的关系认同取向》，载于《社会理论论丛》，北京大学出版社，2009。

力强度排行榜的第二，属于第一档次；再有，实现自我价值和追求个人生活情趣两个生活动力虽然分别位列第七、第九，但这两个生活动力强度竟然也都达到"比较认同"的水平。将实现自我价值、追求个人生活情趣与个人利益追求关联起来看，当代中国人的生活动力格局可以说是彰显了一种鲜明的个人自主意识，即个体以一种主体的姿态，独立自主、自由自觉地在社会生活中关注、追求自身的生存与发展，包括个人利益追求、实现自我价值及追求生活情趣，乃至生活品位、刺激体验、自我展示、自我独特性，等等。无疑，这种个人自主意识的彰显既是当代中国人生活动力格局的一个重要特质，也是中国人生活动力的一个巨大变化。其深刻意义在于，几千年以来一直强调"重义轻利"、"崇公抑私"的中国文化可能正在发生深刻的变化，以个人利益追求、实现自我价值、追求生活情趣为代表，一种公开的、明确的个人自主性追求业已构成当代中国人生活追求的一个主旋律。

当然，当代中国人在生活动力上的个人自主意识并未掩盖、削弱其社会责任意识。事实上，为社会作贡献这个生活动力的强度同样达到了"比较认同"的水平。诚然，为社会作贡献这个生活动力与个人利益追求、实现自我价值及追求个人生活情趣三个生活动力之间的相关程度都不高，但毕竟具有显著的正相关。也就是说，当代中国人在生活动力上的个人自主意识与社会责任意识非但不是绝对地相互冲突，反而具有一定程度的相互促进关系。其实，若非社会制度扭曲、失范，或是异质价值涉入，个人自主意识并不必然走向唯利是图、极端自私的取向，社会责任意识也并不拒斥个人利益追求、实现自我价值及追求生活情趣。

以新时代的社会约束为前提，在个人自主意识与社会责任意识之间合理、正当地碰撞、分界、交汇、融合，当代中国人或许将揭开公私关系乃至个人与社会关系上的崭新篇章。

The Life Dynamics of the Contemporary Chinese People

Chen Wuqing

Abstract：This article is intended to inspect and analyze the main elements, the structure, and the influence factors of the life dynamics of the contemporary Chinese people. The life dynamic here refers to the personal inner strength that is used to directly promote oneself constantly moving ahead in the whole life. The questionnaire results indicated that there are nine major life dynamics for the contemporary Chinese people. These life dynamics include the following, in descending order in intensity: wishing for children's achievement, pursuing individual interests, pursuing happiness of the family, pursuing comparative advantages to others, pursuing navigating safely through life, covering all one's bases, realizing self-value, contributing to society, and pursuing the delight of life. Further analysis indicates that the life dynamics is closely related to one's social background, the growth experience, and various social and cultural factors. Theoretically, in terms of the structure of the life dynamics, the contemporary Chinese people not only inherit traditional focus on kinship love, family, interpersonal relationship, safe life and moral self-discipline, but also underlines the individual self-preoccupation consciousness and the social responsibility consciousness, which mutually reinforce each other to some extent.

Key Words: Life Dynamics; Social Mentality; Individual Self-preoccupation Consciousness; Social Responsibility Consciousness

B.5
中国居民安全感调查的对比分析[*]

王俊秀^{**}

　　摘　要: 本研究采用 2008 年对全国 28 个省、市、区的 7139 名居民的问卷抽样调查数据,对于个人和家庭财产安全、人身安全、交通安全、医疗安全、食品安全、劳动安全和个人信息、隐私安全七个方面的安全进行评价,并对可能影响安全感的性别、年龄、社会经济地位、地区等因素进行分析,并与 2006 年调查结果进行了对比分析。调查发现,多数人对安全的评价达到"比较安全"水平;在对安全感的评价中,老年人高于年轻人,文化程度低的人高于文化程度高的人,生活在农村的居民高于城市居民,当地人高于外地人,稳定婚姻家庭居民高于婚姻有变故家庭居民。

　　关键词: 安全　安全感　不安全感

一　居民安全感调查

　　安全感是社会心理学、临床心理学、社会学、社会工作、犯罪学等学科共同关注的研究课题,近年来也成为衡量社会治安状况的重要指标。但不同学科使用安全感概念时基本含义并不一致,心理学的安全感研究把安全感理解为是个体的

---

　* 本文数据来自中国社会科学院"中国社会状况综合调查"。"中国社会状况综合调查"是中国社会科学院的国情调查重大项目,是中国社会科学院社会学研究所主持的一项大型纵贯社会研究调查。调查每两年进行一次,第一次调查的时间为 2006 年 4 ~ 8 月。中国社会科学院社会学研究所于 2008 年 5 ~ 9 月,开展了第二次"中国社会状况综合调查"(GSS2008, CASS)。此项全国抽样调查覆盖全国 28 个省、市、区的 134 个县(市、区)、251 个乡(镇、街道)和 523 个村(居委会),共成功入户访问了 7139 位年龄在 18 ~ 69 岁的居民,调查误差小于 2%,符合统计推论的科学要求。

　** 王俊秀,博士,副研究员,中国社会科学院社会学研究所。

一种人格特点，犯罪学则把安全感理解为是对犯罪的恐惧，社会学关注的是以集体焦虑和普遍的社会不安全感受为标志的新的社会形态——风险社会①。随着科学技术的发展和社会变迁，民众对风险的感知在增强，大众的不安全感不仅仅来自社会治安状况的影响，社会风气、政治环境、经济条件、个人权利、信息等方面都会影响到公众的安全感。在今天，关注民众安全感的意义是从关心人的基本需求出发，着眼于制定规避和化解风险，降低大众的不安全感和焦虑，促进社会的和谐发展。

维尔②（Vail, J.）认为安全/不安全可以从以下几个方面来考察，每个方面都具有光谱一般的两极：（1）个人安全/不安全，健康、充足的食物、住所和在家庭、工作场所及社区等环境的安全；（2）经济安全/不安全，包括金融安全、工作安全、个人财产权利、土地使用和个人投资方面受到保护；（3）社会安全/不安全，如政府提供的最低生活保障等；（4）政治安全/不安全，包括公共秩序得到保障，政治组织的合法性得到保护，国家安全等；（5）环境安全/不安全，主要是指社会成员与自然环境之间的相互作用。这样的安全的界定已经从社会秩序层面仅关注个人生命财产安全转向了更加宽泛的对于人的各方面基本需求的满足。本调查的安全感问卷借鉴了这种安全的理念，将安全感分为七个方面，分别是"财产安全"、"人身安全"、"交通安全"、"医疗安全"、"食品安全"、"劳动安全"和"个人信息、隐私安全"。这七个方面基本上概括了人们日常生活中涉及的衣、食、住、行、生产等基本需求方面。由于现代社会人们对于人权、隐私越来越关注，因此题目中增加了关于隐私安全的问题。

本次问卷调查以2000年全国第五次人口普查的区市县统计资料为基础进行抽样框设计，采用分层多阶段抽样方式。首先，采用城镇人口比例、居民年龄、教育程度、产业比例四大类指标七个变量，对东中西部的2797个区、市、县进行聚类分层，在划分好的37个层中，采用PPS方法抽取134个区、市、县，在抽中的每一区、市、县中，采用PPS方法抽取2个乡/镇/街道；在抽中的每一乡

① 王俊秀、杨宜音、陈午晴：《风险与面对：不同群体的安全感研究》，《社会心理研究》2007年第3期。

② Vail, John, 1999, "Insecure Times: Conceptualising insecurity and security", in J. Vail, J. Wheelock and M. Hill（eds）, *Insecure Times: Living with Insecurity in Contemporary Society*, New York: Routledge.

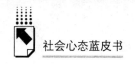

/镇/街道中，采用 PPS 方法抽取 2 个村/居委会，而后收集抽中村/居委会中所有居民个人或家庭的名单资料，共覆盖 160 余万人，近 50 万户居民。然后，在此抽样框中，采取 PPS 方法抽样，最后抽中 7001 户进行调查访问。由于对调查点中新增的流动人口进行了追加，最终完成的样本量为 7139。

本报告除了对比不同居民群体的安全感特点外，还与 2006 年的调查结果作了对比。

二 不同居民群体的安全感

（一）被调查居民总体的安全感

调查中要求被调查者对个人和家庭财产安全、人身安全、交通安全、医疗安全、食品安全、劳动安全和个人信息、隐私安全七个方面的安全进行评价。问题是，"您觉得当前社会生活中以下方面的安全程度如何？"题目的选项为，"很不安全"、"不大安全"、"比较安全"、"很安全"和"不大确定"，统计时从"很不安全"到"很安全"四个选项分别计 1 分、2 分、3 分和 4 分。结果显示，个人和家庭财产安全、人身安全、交通安全、医疗安全、食品安全、劳动安全和个人信息、隐私安全七个项目的总体平均分分别为 2.98 分、3.04 分、2.74 分、2.84 分、2.76 分、2.97 分和 3.02 分，以人身安全感最高，交通安全感最低，中值和众数都为 3，图 1 为各项安全感平均值依 2008 年调查数据由低到高的排序。与 2006 年调查数据①比较发现，两次调查结果非常接近，其中，交通安全感和劳动安全感完全相同，2008 年调查数据的食品、医疗、财产和人身安全感高于2006 年数据，只有个人信息与隐私安全感低于 2006 年数据，这也使得两次调查的各项安全感排序不同。

图 2 为被调查者在几个方面选择倾向于安全的比例，也就是选择"很安全"和"比较安全"两项百分比由低到高的排序，以及"很安全"和"比较安全"各占的比例。可以看到，约六成的被调查者选择了"比较安全"，一到二成的被

---

① 王俊秀、杨宜音、陈午晴：《风险与面对：不同群体的安全感研究》，《社会心理研究》2007 年第 3 期。以下 2006 年调查结果均引自该文，不再标注。

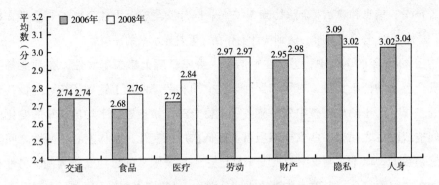

图 1　各项安全感平均值及两次调查对比

调查者认为"很安全"，从倾向于认为安全的比例分析，与安全感平均分分析，得到的结果类似，比较图 1 和图 2，可见除劳动、财产、隐私三项比较接近，排序有所变化外，其余各项的排序一致。

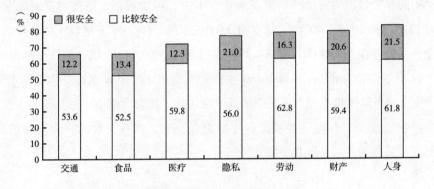

图 2　各项安全感选择比例排序

（二）男性和女性群体的安全感

对比男女两性被调查者在各项安全感上的得分发现，两性在信息、隐私安全感上得分相同；在交通安全和劳动安全上，女性的安全感高于男性，其余各项男性安全感均高于女性，但差别不大。如财产安全上男性为 2.99 分，女性为 2.98 分，总体平均为 2.98 分；人身安全感上男性 3.05 分，女性 3.03 分，总体平均数为 3.04 分；交通安全感上男性为 2.74 分，女性为 2.75 分，总体也为 2.74 分；劳动安全感上男性 2.96 分，女性 2.97 分，总体 2.97 分；食品安全感上男性 2.78 分，女性 2.75 分，总

体2.76分；信息和隐私安全感均为3.02分；医疗安全感上男性2.86分，女性2.83分，总体2.84分，这是唯一达到统计上存在显著差异水平的一项。

在2006年的调查中，男性在财产和人身安全感上略高于女性，在其他各项的安全感上均低于女性，男性和女性只在交通和劳动两项上达到了统计上极其显著的差异。由于两次调查中安全感各项上得分都非常接近，平均值微小的变化就可能造成两性之间在一些安全感项目上高低次序的变化，整体上看，两性之间安全感很接近。以本次调查中两性安全感已达到显著水平的医疗安全为例，男性和女性在"很不安全"一项上选择的比例分别为3.1%和4.0%，在"不大安全"上的选择比例是20.9%和21.9%，在"比较安全"上的比例为62.9%和61.5%，在"很安全"上的比例分别为13.1%和12.6%，可以看到，二者非常接近。

（三）不同年龄群体的安全感

不同年龄居民的安全感情况汇总于表1中，可以看到，把被调查对象分为30岁以下组和30岁、40岁、50岁和60岁五个组，60～69岁组以下的各年龄组安全感变化存在一个规律，就是年龄越大安全感越高，30岁以下组安全感最低，50～59岁组安全感最高，而60～69岁组的安全感水平基本接近总体平均水平，财产安全感与总体相等，人身安全感低于总体外，其余均略高于总体水平，接近40～49岁组水平。经统计检验，各年龄组在交通、医疗、食品、劳动和信息、隐私安全感方面的差异极其显著。

表1　不同年龄组的安全感对比

单位：分

项　目	财产		人身		交通		医疗		食品		劳动		隐私	
	M	SD	M	SD	M	SD	M	SD	M	SD	M	SD	M	SD
30岁以下	2.93	0.72	3.00	0.69	2.63	0.75	2.80	0.69	2.66	0.75	2.83	0.71	2.88	0.78
30～39岁	2.98	0.74	3.03	0.68	2.72	0.75	2.82	0.71	2.71	0.77	2.95	0.66	3.01	0.73
40～49岁	2.99	0.71	3.05	0.67	2.76	0.74	2.84	0.68	2.80	0.75	2.97	0.66	3.06	0.70
50～59岁	3.00	0.70	3.07	0.64	2.80	0.73	2.87	0.65	2.82	0.72	3.02	0.61	3.06	0.67
60～69岁	2.98	0.71	3.02	0.67	2.77	0.73	2.89	0.66	2.79	0.72	3.02	0.61	3.05	0.64
总　体	2.98	0.71	3.04	0.67	2.74	0.74	2.84	0.68	2.76	0.74	2.97	0.65	3.02	0.71
显著性	0.226		0.103		0.000		0.007		0.000		0.000		0.000	

注：M为平均数，SD为标准差，本文下同。

这一结果与 2006 年调查的结果接近，2006 年的调查同样发现 50~59 岁组安全感最高，30 岁以下组安全感最低，而且安全感的各个方面在年龄上都存在显著差异。

（四）不同文化程度居民的安全感

对不同文化程度的被调查居民在各项安全感上的评价进行对比分析发现，文化程度低的被调查者安全感极其显著地高于文化程度高的被调查者。从表 2 中可以看到，未受过正式教育组的安全感高于小学组，小学组高于初中组，初中组高于高中组，高中组高于技校（包括职高和中专）组，依这个顺序安全感逐渐降低，只有医疗安全一项技校组略高于高中组；而大专组的安全感中财产安全、劳动安全高于技校组，其余则低于技校组，但差别不大。本科和研究生组除个人信息与隐私安全感低于大专组外，其余均高于大专组，但各项均低于总体。

表 2　不同文化程度群体安全感对比

单位：分

项　　目	财产		人身		交通		医疗		食品		劳动		隐私	
	M	SD	M	SD	M	SD	M	SD	M	SD	M	SD	M	SD
未受正式教育	3.10	0.75	3.14	0.70	2.90	0.76	3.03	0.64	3.00	0.70	3.12	0.66	3.22	0.62
小　学	3.02	0.75	3.06	0.68	2.78	0.75	2.91	0.67	2.87	0.74	3.01	0.66	3.15	0.66
初　中	3.00	0.71	3.04	0.67	2.73	0.76	2.81	0.69	2.75	0.74	2.95	0.65	3.07	0.68
高　中	2.91	0.67	3.01	0.63	2.70	0.69	2.75	0.69	2.67	0.71	2.90	0.62	2.91	0.71
技　校/职高/中专	2.84	0.70	2.96	0.66	2.69	0.71	2.81	0.65	2.61	0.73	2.85	0.65	2.77	0.78
大　专	2.86	0.67	2.90	0.65	2.64	0.70	2.72	0.69	2.49	0.78	2.87	0.63	2.74	0.76
本科和研究生	2.89	0.61	2.99	0.59	2.67	0.66	2.76	0.64	2.57	0.72	2.91	0.61	2.57	0.77
总　体	2.98	0.71	3.04	0.67	2.74	0.74	2.84	0.68	2.76	0.74	2.97	0.65	3.02	0.71

2006 年的调查结果与本次调查相似，不同受教育程度群体在安全感的各方面均存在极其显著的差异，而且在各项目上非常一致地表现为受教育程度越高安全感越低的结果。

（五）农业户口居民与非农业户口居民的安全感

调查中，农业户口和非农业户口的被调查者在安全感各方面都存在极其显著差异，农业户口居民的安全感均高于非农业人口。农业户口居民的个人和家庭财产安全感均值为 3.05 分，非农户口居民为 2.89 分；人身安全方面农业户口居民均值为 3.11 分，非农户口居民均值为 2.95 分；交通安全方面二者的均值为 2.79 分和 2.68 分；医疗安全为 2.93 分和 2.73 分；食品安全为 2.86 分和 2.64 分；劳动安全为 3.03 分和 2.89 分；个人信息、隐私安全为 3.16 分和 2.84 分。

（六）本地居民与外地居民的安全感

被调查居民分为户口在当地和不在当地，在当地限定为乡（镇、街道），不在当地的居民又分为在本市（区、县）其他乡（镇、街道）和外市（区、县）乡（镇、街道），以及外省（自治区、直辖市）。表 3 为四种不同类型居民安全感对比。经统计检验，各组居民安全感之间存在极其显著差异。本地居民安全感最高，外地居民安全感均低于总体平均值；其次是外省（区、市）居民，仅在食品安全和劳动安全两项上低于本区（县、市）居民。

表 3　不同户口性质居民安全感平均值

单位：分

项　目	财产	人身	交通	医疗	食品	劳动	隐私
本乡/镇/街道	2.99	3.06	2.76	2.86	2.78	2.98	3.05
本区/县/县级市	2.90	2.91	2.63	2.73	2.66	2.94	2.85
本省/自治区/直辖市	2.85	2.93	2.63	2.74	2.66	2.87	2.74
外省/自治区/直辖市	2.97	2.98	2.71	2.75	2.65	2.87	2.92
总　体	2.98	3.04	2.74	2.84	2.76	2.97	3.02

（七）不同就业特点居民的安全感

表 4 为不同就业状况下居民的安全感评价平均值，不同就业状况居民的安全感有极其显著差异。全职务农居民安全方面的各项上都得分最高，兼业务农居民在财产安全、人身安全、医疗安全、食品安全、劳动安全和个人信息、隐私安全各项的安全感等于或略低于全职务农居民，仅在交通安全感上列第四，但也高于总体平均值。另一个安全感较高的群体是从未工作过的居民。

在财产安全上全职务农、兼业务农、从未工作过、以前工作过但现在无工作、临时性工作居民的安全感得分高于总体平均值；在人身安全感上只有全职务

表4 不同就业状况居民安全感

单位：分

项 目	财产	人身	交通	医疗	食品	劳动	隐私
全职工作	2.91	2.97	2.68	2.79	2.66	2.91	2.87
半职工作	2.83	2.87	2.70	2.64	2.64	2.72	2.89
临时性工作	3.00	3.01	2.67	2.74	2.67	2.82	2.98
全职务农	3.07	3.14	2.83	2.97	2.94	3.10	3.22
兼业务农	3.07	3.12	2.75	2.89	2.86	3.00	3.22
离退休,目前无工作	2.86	2.96	2.69	2.74	2.62	2.94	2.90
失业/下岗,目前无工作	2.93	2.93	2.68	2.67	2.69	2.78	2.88
以前工作过,但现在无工作	3.02	3.03	2.78	2.83	2.77	2.96	3.10
从未工作过	3.07	3.10	2.83	2.81	2.80	2.88	3.04
在学且无工作	2.93	3.03	2.64	2.80	2.50	2.82	2.75
总 体	2.98	3.04	2.74	2.84	2.76	2.97	3.02

农、兼业务农和从未工作过居民的安全感高于总体平均数；交通安全感上只有全职务农、从未工作过、以前工作过但现在无工作和兼业务农组的居民安全感高于总体平均值；医疗、劳动安全感上只有全职务农、兼业务农居民安全感高于总体平均数；食品和个人信息与隐私安全感上只有全职务农、兼业务农、以前工作过但现在无工作和从未工作过的居民安全感高于总体平均值。

本次调查与2006年调查类似，在2006年的调查中，从事农村家庭经营和个体经营的群体在各项安全感上的得分都是最高的，具有最高的安全感。在人身、财产安全评价上，从事农村集体经济，在三资企/事业、国有企业、国有事业和党政机关工作的被调查者的安全感最低；在劳动安全上党政机关、三资企/事业、社会团体及自治组织和农村集体经济的安全感最低；在个人信息、隐私安全上国有事业、国有企业、三资企/事业和党政机关的安全感最低。

（八）不同婚姻状况居民的安全感

从调查结果看（见表5），不同婚姻状况的被调查者在人身安全和交通安全上存在显著差异，在医疗、食品、劳动和个人信息、隐私方面存在极其显著的差异，仅在财产安全一项上差异未达到显著水平。结果显示，只有属于初婚的居民在安全感的各项上均等于或高于总体平均水平，而且在医疗和劳动安全感上平均得分最高；在财产安全感上，离婚后再婚、丧偶后再婚、丧偶未再婚的安全感均值高于总体水平；在人身安全感上，丧偶后再婚、初婚的居民安全感均值高于总体；在交通、食品和隐私安全感上，只有丧偶未再婚和初婚居民安全感均值高于总体；在医疗和劳动安全感上，只有初婚居民平均分高于总体。

表5　不同婚姻状况居民安全感

单位：分

项　　目	财产	人身	交通	医疗	食品	劳动	隐私
未　　婚	2.96	2.98	2.65	2.78	2.66	2.83	2.84
初　　婚	2.98	3.05	2.75	2.86	2.78	2.99	3.04
离婚未再婚	2.91	2.91	2.71	2.75	2.57	2.84	2.91
离婚后再婚	3.08	3.04	2.66	2.71	2.61	2.79	3.01
丧偶未再婚	3.02	3.00	2.77	2.82	2.79	2.96	3.09
丧偶后再婚	3.07	3.05	2.63	2.59	2.66	2.90	2.95
总　　体	2.98	3.04	2.74	2.84	2.76	2.97	3.02

（九）不同政治面貌居民的安全感

不同政治面貌的被调查居民在人身安全感上没有显著差异，在财产安全和医疗安全上存在显著差异，其余各项上均存在极其显著差异。群众的安全感在各项上都高于总体，仅在人身和食品安全感上略低于民主党派。参见表6。

表6　不同政治面貌群体的安全感

单位：分

项　　目	财产	人身	交通	医疗	食品	劳动	隐私
共青团员	2.93	2.99	2.63	2.78	2.63	2.84	2.8
共产党员	2.93	3.02	2.69	2.80	2.66	2.96	2.90
民主党派成员	2.67	3.08	2.75	2.50	2.83	2.67	2.58
群　　众	2.99	3.04	2.76	2.85	2.78	2.98	3.05
总　　体	2.98	3.04	2.74	2.84	2.76	2.97	3.02

（十）不同宗教信仰居民的安全感

调查中回答信仰基督教的156人，信仰天主教的11人，信仰伊斯兰教的96

人，信仰道教的 21 人，信仰佛教的 446 人，有民间信仰的 119 人，合计有宗教信仰的占 11.9%。表 7 为有宗教信仰居民和无宗教信仰居民安全感的对比情况，如表 7 所示，无宗教信仰居民安全感均高于有宗教信仰居民。但不同宗教信仰居民的安全感不同，如有民间信仰的居民安全感较低，而一些宗教在不同项目上的安全感不同，有的高于无宗教信仰者，有的低于无宗教信仰者。而在 2006 年的调查中，得到的有宗教信仰居民的安全感比无宗教信仰居民安全感更高。

表 7　有无宗教信仰居民安全感对比

单位：分

项目	财产	人身	交通	医疗	食品	劳动	隐私
无	2.99	3.05	2.75	2.85	2.78	2.98	3.03
有	2.92	2.98	2.70	2.80	2.64	2.89	2.99
总体	2.98	3.04	2.74	2.84	2.76	2.97	3.02

（十一）不同地区居民的安全感

本次调查在全国 28 个省、直辖市、自治区进行，从这些省、直辖市、自治区所在的区域来分析发现，各区域在除医疗和劳动方面外的各项安全感得分上都存在极其显著的差异，最突出的表现是东部地区的各项安全感都最低；中部地区在人身安全感、交通安全感上最高，西部地区在食品安全感、劳动安全感和隐私安全感上最高，其余各项安全感中部和西部相等。参见表 8。

表 8　不同区域的安全感比较

单位：分

项目	财产	人身	交通	医疗	食品	劳动	隐私
东部	2.92	2.98	2.70	2.82	2.71	2.95	2.92
中部	3.02	3.09	2.79	2.86	2.79	2.97	3.07
西部	3.02	3.04	2.73	2.86	2.81	2.98	3.11
总体	2.98	3.04	2.74	2.84	2.76	2.97	3.02

（十二）城市居民和农村居民的安全感

比较居住在城市和农村的被调查对象的安全感发现，城乡居民的安全感存在

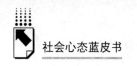
极其显著差异，城市居民在各项安全感上都低于农村居民，如表9所示。本次调查结果与2006年调查结果相似，也是农村居民安全感显著高于城市居民。

表9　城乡居民安全感对比

单位：分

项目	财产	人身	交通	医疗	食品	劳动	隐私
城市	2.90	2.96	2.69	2.75	2.65	2.90	2.88
农村	3.07	3.13	2.81	2.95	2.90	3.04	3.19
总体	2.98	3.04	2.74	2.84	2.76	2.97	3.02

如表10所示，进一步分析大中城市与小城镇的居民安全感，发现大中城市居民和小城镇居民、农村居民在各项安全感上均存在极其显著的差异，农村居民在所有安全感项目上的安全感均最高；大中城市在财产安全感、医疗安全感、食品安全感、隐私安全感上最低，小城镇居民在人身安全感和交通安全感上最低，大中城市居民和小城镇居民在劳动安全感上相等。

表10　分城市级别的居民安全感对比

单位：分

项　　目	财产	人身	交通	医疗	食品	劳动	隐私
大中城市	2.90	2.97	2.70	2.72	2.60	2.90	2.79
小 城 镇	2.91	2.95	2.67	2.79	2.71	2.90	2.99
农　　村	3.08	3.13	2.81	2.96	2.90	3.05	3.20
总　　数	2.98	3.04	2.74	2.84	2.76	2.97	3.02

（十三）不同工作单位类型居民的安全感

表11为不同工作单位类型居民安全感情况，分析发现不同工作单位居民安全感评价存在极其显著差异，整体来看，只有从事农村家庭经营的居民在各项安全感上都高于总体均值，除财产安全感外都排在首位（表11中方框所示的平均值）；在财产安全感上高于总体水平的还有民办非企业单位居民，社区居委会（包括村委会等自治组织）工作的居民、协会（包括行会、基金会等社会组织）工作的居民和没有工作单位的居民安全感高于总体均值；在人身、医疗和劳动安全感上社区居委会（包括村委会等自治组织）工作的居民安全感也高于总体均值；民办非企

业单位工作的居民在交通安全感上也高于总体均值；协会（包括行会、基金会等社会组织）工作的居民在财产、劳动和食品安全感上也高于总体均值。

表11　不同工作单位居民的安全感

单位：分

项　　　目	财产	人身	交通	医疗	食品	劳动	隐私
农村家庭经营	3.07	3.14	2.82	2.97	2.93	3.09	3.22
党政机关、人民团体、军队	2.85	2.98	2.73	2.72	2.56	2.95	2.66
国有企业及国有控股企业	2.91	2.96	2.66	2.75	2.60	2.91	2.81
国有/集体事业单位	2.92	2.99	2.72	2.81	2.64	2.97	2.82
集体企业	2.86	2.88	2.56	2.79	2.72	2.88	3.01
私营企业	2.94	3.00	2.66	2.74	2.61	2.83	2.90
三资企业	2.84	2.89	2.69	2.69	2.74	2.86	2.76
个体工商户	2.92	2.98	2.71	2.83	2.80	2.95	2.98
协会、行会、基金会等社会组织	3.05	2.94	2.54	2.86	2.83	3.05	3.03
民办非企业单位	3.16	2.89	2.79	2.74	2.58	2.71	2.89
社区居委会、村委会等自治组织	3.11	3.09	2.74	2.88	2.69	3.00	2.91
没有单位	3.01	3.01	2.73	2.87	2.73	2.85	3.04
总　　体	3.00	3.06	2.75	2.87	2.80	2.99	3.05

注：表中加框指各项安全感的最高的群体；表中加黑斜体指该项中安全感最低的三个群体。

表11中加黑的斜体标示的是该项中安全感最低的三个群体，就是财产安全感最低的三资企业、党政机关（包括人民团体、军队）和集体企业工作的居民；人身安全感最低的集体企业、三资企业和民办非企业单位工作的居民；交通安全感最低的协会（包括行会、基金会等社会组织）、集体企业、国有企业及国有控股企业工作的居民；医疗安全感最低的三资企业、党政机关（包括人民团体、军队）、私营企业工作的居民；食品安全感最低的党政机关（包括人民团体、军队）民办非企业单位、国有企业及国有控股企业工作的居民；劳动安全感最低的民办非企业单位、私营企业单位工作的居民和没有工作单位的居民。

（十四）不同社会经济地位认同居民的安全感

调查中要求被调查者对自己所属的社会经济地位等级进行选择，社会经济地位分为"上"、"中上"、"中"、"中下"和"下"五个等级。调查结果显示，选择不同社会经济地位的居民在个人或家庭财产安全感上不存在显著差异，在个人信息和隐私安全感上存在显著差异，在其他各项安全感上存在极其显著的差异。在人身安全感、医疗安全感和劳动安全感上表现出社会经济地位越高安全感越高的规律；在交通安全感和食品安全感上基本符合上述标准，表现为社会经济地位高的居民安全感评价也高，只是选择"中下"的居民安全感略低于选择"下"的居民，数据接近；在隐私安全感上选择"上"的居民安全感最低，选择"中"和"下"的居民安全感最高（见表12）。

表 12　自我认同社会经济地位居民的安全感

单位：分

项目	财产	人身	交通	医疗	食品	劳动	隐私
上	3.09	3.31	2.98	3.02	2.96	3.20	2.95
中上	2.96	3.08	2.84	2.94	2.81	3.07	2.99
中	2.99	3.07	2.74	2.89	2.80	3.00	3.04
中下	2.96	3.01	2.72	2.82	2.72	2.94	2.98
下	3.00	2.99	2.73	2.74	2.74	2.89	3.04
总体	2.98	3.04	2.74	2.84	2.76	2.97	3.02

与2006年调查相比，本次调查在该项目上有所不同。在2006年的调查中，在医疗安全评价上表现出明显的社会经济地位越高越感到安全的结果；在财产安全评价上表现为中等社会经济地位（包括"中上"、"中"和"中下"）群体安全感高，社会经济地位高和社会经济地位低的群体安全感都低的结果；在人身安全上社会经济地位高的群体（包括"中上"和"上"）安全感高，社会经济地位低的安全感低；在医疗安全和劳动安全上表现为社会经济地位越高安全感越高；在个人信息、隐私安全上的结果也表现为社会经济地位高安全感高的趋势。

三　结语

从以上对两次全国大型调查中的安全感数据分析发现，这些年来居民的安全感并不高，除了人身安全感和隐私安全感处于"比较安全"水平以外，其余的安全感水平都介于"不太安全"和"比较安全"之间，而且，多数人对于安全的评价也接近于"比较安全"。特别需要关注的是交通安全感和食品安全感偏低的现象。交通安全感低与我国城市化过程中道路的发展、机动车增加、交通管理问题突出之间有直接的关系；食品安全问题一直是近年来突出的社会问题之一，虽然这些年有关部门采取了一些措施，但食品安全管理根本状况依然没有改变，这一问题将会一直影响居民的安全感。

本次安全感调查中得到一些与相关研究类似的结果，如两性之间的安全感接近，老年人的安全感高于年轻人，文化程度低的人安全感更高，生活在农村的居民安全感高于城市居民，当地人的安全感高于外地人，稳定婚姻家庭居民高于婚姻有变故家庭居民。也应该注意到农业人口、生活在农村、文化程度低、群众、务农这些特征在群体上的重合，他们的安全感较高，其中一个原因是所生活环境确实安全性高，其中还存在另外一种可能性，就是他们的安全意识缺乏，对于安全、风险的知识不太了解，也难以得到不安全的信息，如食品安全信息。另一个需要特别关注的问题是安全感与社会经济地位之间的关系，从本次研究中已经看到，社会经济地位越低，安全感也越低。我们应该关注我国地区发展不平衡、贫富分化加剧、社会阶层差距加大情况下不同群体的安全感与德国社会学家贝克①所讲的"风险分配"的不公问题。

Survey and Analysis on Security of Residents within Different Groups of China

Wang Junxiu

Abstract：This research is based on the questionnaire data with 7139 residents in 28 provinces in 2008. It evaluates sense of safety in seven aspects, i. e., personal and family property, personal life, traffic, medication, food, job, as well as personal information and privacy. The factors that may impact the sense of security were analyzed, including gender, age, social-economic status, regions, etc. The differences between the two surveys in 2006 and in 2008 were compared. Generally speaking, the security assessment is given higher by the elderly, the lower educated, the rural residents, the local residents, and people in stable marriage, than by the younger, the higher educated, the urban residents, the local residents, and people who experienced instability in marriage.

Key Words：Security；Safety；Insecurity

---

① 贝克：《风险社会》，何博闻译，译林出版社，2004。

B.6
民众风险源评价分析

王俊秀*

摘　要：对北京、南京、重庆和厦门四个城市居民风险源评价排序发现，居民认为：风险最高的是"祸患事故风险"，其次是"自然风险"、"社会风险"和"环境风险"，这些风险的平均值在7点量表的4以上，最高接近5；风险偏低的三种风险源，最低的是"行动风险"，其次是"习惯嗜好风险"和"科技风险"，这些风险的平均值都在4以下。

关键词：风险　风险源　风险社会

一　风险社会下的风险

（一）风险社会

切尔诺贝利核电站泄漏、亚洲金融风暴、"疯牛病"、SARS爆发、卡特琳娜飓风、印尼海啸、"9·11"恐怖袭击、H1N1流行、金融危机，四川汶川大地震、新疆"7·5"事件、CCTV配楼火灾、三聚氰胺牛奶事件、青海玉树地震、甘肃舟曲特大泥石流、山西王家岭煤矿透水事故……这样的列表每天都在加长，人们几乎每天都可以从新闻中听到发生在国内外的这类事件。

"不安全"、"危险"、"风险"、"恐怖"和"恐惧"成为当今社会的一种常态的叙述，有的学者把我们生活的时代称为"不安全时代"（Insecure Times）[1]，

---

* 王俊秀，博士，副研究员，中国社会科学院社会学研究所。

[1] Vail, John. 1999. "Insecure Times: Conceptualising insecurity and security." in J. Vail, J. Wheelock and M. Hill（eds）. *Insecure Times: Living with Insecurity in Contemporary Society*. New York: Routledge.

德国著名的社会学家贝克称为"风险社会"（Risk Society）①。1986 年贝克出版了《风险社会》一书，掀起了一个风险研究的高潮，风险研究成为一个热门的研究领域。贝克认为从传统的"工业社会"或"阶级社会"发展到"风险社会"，已经从社会财富如何通过社会中不平等的然而又"合法的"方式实行分配转变为风险如何分配的问题。他认为在现代化进程中危险和潜在的威胁达到了前所未知的程度，无法预料的后果成为历史和社会的主宰力量。贝克认为，风险社会的风险超越了人们的感知能力。

在风险研究中，风险是与危险相对的，危险是指当下存在的，风险则是指未来可能存在的。风险是在某一特定时间出现物理的、社会的或经济的危害、破坏、损失的可能性。因为风险是一个概率事件，人们对于风险的大小难以准确判断，因此，风险是建立在人们对危险的认识基础之上，带有很强的主观性和个体差异。由于每个人的生活经验不同，知识背景也不同，个性存在差异，以及其他许多因素的影响，人们对于各种风险的认识不同，对待风险的态度及应对风险的行为和策略也就不同。但是，从社会的角度来看，"风险社会"中的风险是全社会的、全球性的、世界性的，风险的防范与应对也需要全社会的共识和集体努力。

风险社会背景下，风险管理成为个人、组织、社会的重要内容。风险管理是指将风险减少到社会认为可以容忍的程度，并保证对风险的控制、监测和公共沟通的过程。而风险管理必须了解大众风险认知特点。

对于一个社会来说，了解人们的风险认知特点和风险行为策略是引导全社会规避和应对风险的基础，本研究的目的也正在于此。

本研究采用问卷调查的形式，试图了解民众对于常见各种类型风险源风险高低的评价和判断，以及这种风险评价背后的影响因素。

（二）风险源类型

危险的可能性来自许多方面，风险的种类是无限的。为了研究方便，我们把常见的风险源作类型的归纳。如英国著名社会学家吉登斯指出，在传统文化、工业社会中人类担心的都是来自外部的风险，如糟糕的收成、洪灾、瘟疫或者饥荒等。然而，最近我们更多地担心我们对自然所做的，他认为这标志着由外部风险

---

① 贝克:《风险社会》，何博闻译，译林出版社，2004。

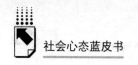
占主导地位转变成由被制造出来的风险占主要地位。①

在本研究中，首先收集了人们日常生活中常见的、有代表性的风险源，经过归类和筛选，最后选取了如下 69 个风险源，分为两大类七种（见图1）。

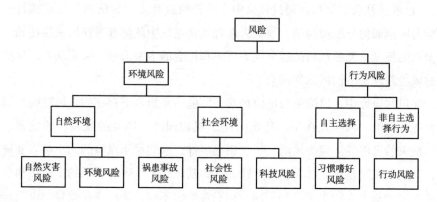

图1 风险源分类

自然灾害风险：包括雷电电击、山体滑坡、地震、水灾、台风等。

环境风险：包括臭氧层破坏、江河湖海污染、空气污染、垃圾处理场等。

祸患事故风险：包括火灾、毒气泄漏、核泄漏、交通事故、井下事故、燃气爆炸、癌症、艾滋病、传染病流行、野狗咬伤等。

社会性风险：包括罪犯伤害、恐怖袭击、骚乱、社会动荡、生活工作压力、经济危机、股市下跌、战争、核武器、网络黑客攻击、摄像头、不卫生食品、枪击、炸弹等。

科技风险：包括（电器）电击、X 射线、甲醛、爆竹、抗生素、化肥、杀虫剂、食品防腐剂、注射疫苗、炸药、转基因食品、高压电线、汽车尾气、蔬菜残留农药等。

习惯嗜好风险：包括赌博、蹦极、登山、乘（游乐场）过山车、游泳、吸毒、吸烟、不信神等。

行动风险：包括乘飞机、乘火车、服西药、服中药、驾驶汽车、开船出海、骑自行车、接受手术、高空作业、步行过马路、接受输血、手机辐射、乘汽车、乘电梯等。

---

① 安东尼·吉登斯：《失控的世界》，周红云译，江西人民出版社，2001。

（三）风险源评价调查

调查选取北京、南京、重庆和厦门四个城市，调查对象分别为大学生600人，其他市民600人，得到有效问卷1144份，调查时间为2009年11月到2010年1月。问卷的主要内容有：性别、文化程度、年龄、工作性质、风险经验（是否股民，是否驾驶员，是否吸烟，是否饮酒，是否有住院手术史、犯罪伤害及其他危险经历体验）、地域、主观社会安全感（包括总体社会安全、财产安全、人身安全、交通安全、医疗安全、食品安全、劳动安全和个人信息与隐私安全、环境安全），以及冒险倾向的人格特性测量。

调查样本具体情况见表1，大学生占52.6%，其他市民占47.4%，女性占52.6%，男性占47.4%。

表1 调查样本的构成

单位：人

城　　市		性别		合计
		男	女	
南　京	大学生	82	68	150
	市　民	60	72	132
	合　计	142	140	282
重　庆	大学生	50	69	119
	市　民	85	62	147
	合　计	135	131	266
厦　门	大学生	83	77	160
	市　民	39	74	113
	合　计	122	151	273
北　京	大学生	77	91	168
	市　民	62	83	145
	合　计	139	174	313

二　风险源评价

（一）风险源评价排序

调查中要求被调查者对问卷中所列的69种风险源根据自己体会的危险性大

小进行评价，问卷中各个风险源根据第一个字的拼音排序。指导语是，"以下是一些常见的、可能带来危险的环境、物品和活动。请逐项对比，评估每一项对您个人构成危险的大小"。危险性评价分为七个等级，从最高的"极高危险"到"很高危险"、"较高危险"、"中等危险"、"轻微危险"、"几乎没有危险"和最低的"绝对没有危险"。表2为调查中危险性评价平均分最高的10个风险源，表3为危险性排序第11～20位的风险源。

表2　危险性排序最高的前10个风险源

项　　目	样本数(个)	平均数	标准差	风险类型
核 泄 漏	1139	5.23	2.224	祸患事故
毒气泄漏	1141	5.11	1.808	祸患事故
战　　争	1143	5.06	2.213	社会性风险
燃气爆炸	1139	5.00	1.915	祸患事故
核 武 器	1138	4.94	2.247	社会性风险
传染病流行	1139	4.90	1.475	祸患事故
恐怖袭击	1141	4.78	2.022	社会性风险
地　　震	1138	4.76	1.725	自然灾害
癌　　症	1139	4.76	1.975	祸患事故
交通事故	1140	4.74	1.482	祸患事故

排在前10位的风险源平均数在4.74～5.23之间，在"较高危险"水平上波动，最危险的是核泄漏和毒气泄漏，这10个风险源中只有地震一项属于自然灾害，其他均属于祸患事故类风险和社会性风险。一般来说，这些风险都具有很强的致命性，除了癌症、交通事故在同一时间可能仅发生于个体外，其他风险都是大规模杀伤性的，这些风险对于普通民众来说是不可预知、不可控制的，且民众完全是被动的。

如表3所示，在排序第11～20位的风险源中，只有雷电电击属于自然风险，炸药和高压电线属于科技风险，一般来说这两项风险构成的危害性是与人为因素或自然因素结合发生的，因为在通常的情况下，民众与炸药和高压电线是远离的，只有在发生人为的爆炸案件，人为或自然灾害导致高压电线事故的情况下，才可

表3　危险性排序第 11～20 位的风险源

项　目	样本数(个)	平均数	标准差	风险类型
炸　药	1138	4.74	2.137	科技风险
炸　弹	1142	4.73	2.115	社会性风险
枪　击	1136	4.69	2.092	社会性风险
罪犯伤害	1142	4.67	1.801	社会性风险
艾滋病	1137	4.63	2.256	祸患事故
火　灾	1138	4.62	1.562	祸患事故
吸　毒	1137	4.61	2.289	习惯嗜好风险
社会动荡	1140	4.56	1.826	社会性风险
高压电线	1136	4.46	1.93	科技风险
雷电电击	1140	4.43	1.885	自然灾害

能构成危险。除了吸毒一项，在其他风险源面前，普通民众都是被动的。除了吸毒外，其他各项都可能对民众的生命构成伤害。

之后的风险源危险性排序包括：空气污染、台风、骚乱、水灾、不卫生食品、江河湖海污染、甲醛、（电器）电击、井下事故、山体滑坡、臭氧层破坏、高空作业、经济危机和蔬菜残留农药，这些风险源的平均得分在 4.02～4.43 之间；再后的排序是 X 射线、手机辐射、网络黑客攻击、接受手术、赌博、垃圾处理场、生活工作压力、食品防腐剂、接受输血、爆竹、汽车尾气、吸烟、抗生素、开船出海、杀虫剂、野狗、驾驶汽车、步行过马路、化肥、蹦极、转基因食品、注射疫苗、乘汽车、摄像头、游乐场过山车和股市下跌，平均分在 3.13～3.96 之间。

危险性排序最后的 9 项风险危险性评价平均得分为 2.19～3.12 之间（见表4），介于"几乎没有危险"和"轻微危险"之间。一般来说，这些风险源对于生命的伤害概率很低，除登山意外事故、飞机失事、游泳意外事故等情况外，多数风险源没有致命性。此外，这些风险源都属于行动风险和习惯嗜好风险，习惯嗜好风险是个体完全可以自由选择的，行动风险由于生活、工作的需要个体的选择性很小，但由于个体对这些风险源的危险性评价较低，主动选择和被动选择的影响并不大。

表4 危险性排序第61～69位的风险源

项　　目	样本数(个)	平均数	标准差	风险类型
服 西 药	1137	3.12	1.187	行动风险
登　　山	1138	3.1	1.256	习惯嗜好风险
乘 飞 机	1137	3.1	1.283	行动风险
游　　泳	1137	2.95	1.392	习惯嗜好风险
乘 电 梯	1139	2.84	1.139	行动风险
乘 火 车	1139	2.73	1.147	行动风险
服 中 药	1141	2.7	1.109	行动风险
骑自行车	1139	2.7	1.266	行动风险
不 信 神	1132	2.19	1.367	习惯嗜好风险

（二）风险源评价分类排序

对69种风险源按照不同性别、身份和所在城市进行排序，表5所列为总体排序前20项风险源和后10项风险源。可以看到不同特点的被调查者在风险评价的排序上是不同的，核泄漏被多数类型的被调查者排在危险性的第1位，只有厦门市例外，由于特殊的地理位置，厦门市的被调查者认为危险性排在第1位的是战争，第2位才是核泄漏。由于女性和市民在生活中更多使用燃气，他们对于燃气的风险排序整体靠前，分列第3位和第2位。厦门和重庆的被调查者对于交通事故的风险评价偏高，分别列第5位和第7位，女性被调查者对于交通事故风险排序也前于男性，女性列第8位，男性列第12位。一些组别的被调查者对炸弹的风险评价较高，炸弹在总体排序中位列第12位；男性组列第10位；大学生组列第9位；南京组列第10位；厦门组最高，列第6位。女性在地震风险评价上比各组都低，比总体后移3位，南京和北京的被调查者则在该项上前移两位。大学生组对火灾的风险评价高，排在第8位，而火灾一项在总体中仅排在第17位，厦门组的风险评价也较高，排在第11位。重庆组对癌症风险评价偏低，排在第21位，而总体这一排序为第9位。大学生组和厦门组的恐怖袭击风险排序后移，位列第12位，总体的排序为第7位。厦门组和北京组对艾滋病风险排序较高，分别排在第10位和第9位，总体的排序为第15位。重庆组对吸毒一项的风险排序靠前，为第10位，总体的排序为第16位。重庆组对高压电线的风险排序较高，列第11位，而总体该项排序仅为第19位。而各组对于风险最低的各项风险源的排序比较接近，与总体排序类似。

表5 风险源评价分类排序

项　　目	总体	性别		身份		城　　市			
		男	女	大学生	市民	南京	重庆	厦门	北京
核泄漏	1	1	1	1	1	1	1	2	1
毒气泄漏	2	2	2	2	3	2	2	3	4
战　争	3	3	4	3	4	4	6	1	2
燃气爆炸	4	5	3	5	2	5	5	4	3
核武器	5	4	6	4	5	3	3	7	7
传染病流行	6	6	5	6	6	7	4	9	5
恐怖袭击	7	9	7	12	7	8	9	12	8
地　震	8	7	11	7	8	6	8	8	6
癌　症	9	8	9	11	10	12	21	14	14
交通事故	10	12	8	10	9	9	7	5	11
炸　药	11	13	10	13	11	14	15	17	16
炸　弹	12	10	12	9	12	10	13	6	15
枪　击	13	14	13	14	15	11	16	16	10
罪犯伤害	14	11	15	15	13	15	12	15	13
艾滋病	15	15	16	16	16	16	26	10	9
吸　毒	16	16	14	19	14	17	10	13	19
火　灾	17	17	18	8	19	13	19	11	17
社会动荡	18	18	17	18	17	20	14	22	12
高压电线	19	19	21	17	26	19	11	18	31
雷电电击	20	20	20	20	20	21	29	19	20
股市下跌	60	57	62	64	55	64	60	62	54
服西药	61	61	61	61	60	60	55	61	62
登　山	62	62	63	56	59	61	59	63	59
乘飞机	63	63	60	63	63	62	63	64	61
游　泳	64	64	64	62	65	63	64	60	67
乘电梯	65	65	65	65	64	65	65	66	64
乘火车	66	68	66	66	66	68	67	65	66
服中药	67	66	67	67	67	66	66	67	65
骑自行车	68	67	68	68	68	67	68	68	68
不信神	69	69	69	69	69	69	69	69	69

（三）不同类型风险源评价特点

1. 总体的风险评价分布

由于风险评价的主观性和个体差异，每个人在总体的风险评价上会不同，结果显示，在69个项目的危险性评价中，总分在69～457之间，平均数为272.26。为了便于理解，把总分除以69，得到每个人在这69个项目上危险性评价的平均值，这个平均值的分布范围在1～6.62之间，平均为3.95，如图2所示，风险源评价呈现离开中心4、向5偏离的接近正态分布形态。

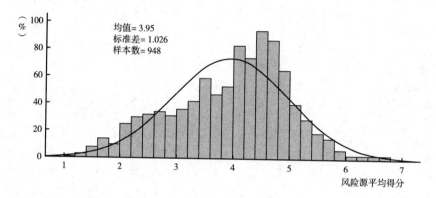

均值= 3.95
标准差= 1.026
样本数= 948

图2　风险源评价均值分布

2. 不同类型风险源的特点

如图3所示，调查中所分的七种风险源，以总体的平均数为中心划分出危险性偏高的四种风险源，风险最高的是"祸患事故风险"，其余由高到低依次是"自然风险"、"社会风险"和"环境风险"，且这些风险的平均值在4以上，最高接近5；风险偏低的三种风险源，最低的是"行动风险"，另外两种由低到高是"习惯嗜好风险"和"科技风险"，这些风险的平均值都在4以下。

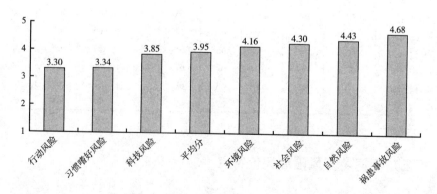

图3　不同类型风险源危险性评价比较

三　风险源评价的影响因素

（一）性别因素

调查结果显示，男性、女性之间在风险评价上存在差异。在风险源评价的总分、平均分上女性的分数均高于男性，在各类型风险源得分上，女性也高于男性，男性的风险源评价平均分为 3.87，女性为 4.03。而且在风险源平均分、科技风险平均数、环境风险平均数、行动风险平均数上，不同性别在统计上存在显著或极其显著的差异。男性和女性在科技风险上的平均值分别为 3.76 和 3.95，男性和女性在环境风险上的平均值分别为 4.05 和 4.27，在行动风险上的平均值分别为 3.19 和 3.40。

单独分析各风险源发现，两性之间在步行过马路、传染病流行、赌博、甲醛、驾驶汽车、江河湖海污染、交通事故、爆竹、垃圾处理场、汽车尾气、杀虫剂、网络黑客攻击、野狗、游泳、注射疫苗上存在显著差异。在乘电梯、乘飞机、乘火车、化肥、接受手术、接受输血、经济危机、抗生素、空气污染、摄像头、食品防腐剂、手机辐射、蔬菜残留农药、过山车、转基因食品上男女之间存在极其显著差异。但除在对（电器）电击、赌博、核武器、井下事故的危险性评价上，女性低于男性，在对核泄漏、吸毒的危险性评价上，女性等于男性外，其余各项女性均高于男性。

（二）年龄因素

调查发现，不同年龄段被调查对象风险源评价的平均分分别为，20 岁及以下组 3.95、21~30 岁组 3.99、31~40 岁组 3.87、41 岁及以上组 3.82，表现出年龄大的被调查者风险评价较低，但并不明显，也未达到统计上的显著水平。四个年龄段的被调查对象在各类型风险的评价上也表现出类似的特点，年龄大的组风险评价稍低，但只有习惯嗜好风险的评价平均数差异达到了极其显著水平，四个年龄段由低到高习惯嗜好风险的评价平均数分别为 3.46、3.37、3.18、3.04，年龄越大，风险评价越低。

单独分析各个风险源发现，年龄越小对（电器）电击、X 射线、爆竹、登

山、高空作业、摄像头、手机辐射、吸烟和游泳的危险性评价分数越高；30岁以下组对癌症、艾滋病的危险性评价高；40岁以上组对乘电梯的危险性评价低；年龄越小，对步行过马路、股市下跌、经济危机的危险性评价越低。

（三）文化程度

初中组、高中组（包括中专、技校、职高）、大学专科组、大学本科组和研究生组的69项风险源平均分数分别为3.95、4.09、3.92、3.93和3.94，差别不大。与之相似，各类型风险源的平均值各组的差异不大，均未达到统计上的显著水平，统一地表现出高中组（包括中专、技校、职高）略高于其他组。

仅有X射线、不信神、股市下跌、经济危机、骑自行车、生活工作压力和步行过马路七项存在文化程度上的差异。文化程度越高，对X射线危险的评价越高；初高中组对不信神、步行过马路、股市下跌、骑自行车的危险性评价高；高中和大专组对经济危机危险性评价高；初高中组和大学本科组对生活工作压力的危险性评价高。

（四）大学生和其他市民

大学生和其他市民组的风险源总平均分分别为3.92和3.97，大学生组略低，除了习惯嗜好风险大学生组高于其他市民组外，其余各类风险源的平均数都有类似特点，大学生组略低于其他市民组；大学生组和其他市民组的习惯嗜好风险平均数分别为3.41和3.26，但只有这一项两组差异显著。

单独分析各风险源发现，在（电器）电击、X射线、登山、高空作业、高压线、摄像头、游泳上，大学生组危险性评价显著高于其他市民组；在步行过马路、乘飞机、乘汽车、服西药、服中药、甲醛、经济危机、汽车尾气、燃气爆炸、残留农药、转基因食品上，大学生组危险性评价显著低于其他市民组。

（五）地域

南京、重庆、厦门和北京四个城市的被调查对象在风险源的总平均分数分别为4.03、3.90、3.97和3.89，与之类似，各类型风险源的平均分均表现出南京、厦门两组的得分略高于另外两市，但差异未达到统计上的显著水平。

单独分析各个风险源，发现南京被调查居民在（电器）电击、X射线、高空作业、开船出海、游乐场过山车的风险评价得分高；北京被调查居民在癌症、艾滋病、不信神、登山、注射疫苗几项上的风险评价分数高；重庆被调查居民对步行过马路、高压电线、江河湖海污染的评价分数高；厦门被调查者在爆竹、蹦极、乘火车、垃圾处理场、骑自行车、摄像头、台风、野狗、游泳、炸药几项上的风险评价分数高。

（六）经济状况

调查问卷中要求被调查者对自己或家庭的经济状况进行自我分级，分为"上等"、"中上等"、"中等"、"中下等"和"下等"五级，不同经济状况组风险源总平均分有显著差异，平均值分别为 3.94、3.71、3.92、3.96 和 4.32，自认为经济状况处于"下等"的被调查对象的风险评价最高，其次是"中下等"组，而属于"中上等"的被调查者风险评价最低。不同经济状况者对经济危机的风险评价的平均值分别为 4.50、3.79、4.03、4.07、4.38 和 4.05，经济状况"上等"者对经济危机风险评价最高，其次是经济状况"下等"者，最低是"中上等"者。

（七）冒险倾向

通过问卷中风险量表把被调查者分为冒险倾向高、中、低三个组，来了解人格因素对风险源评价的影响。调查结果显示，冒险倾向低、中、高三组的风险源总平均分分别为 4.03、3.93 和 3.87，说明冒险倾向越强，对风险的评价越低，但三组的风险评价平均分差异不大，并未达到统计上的显著水平。除习惯嗜好风险上冒险倾向低、中、高三组的平均值分别为 3.34、3.31 和 3.35 外，其他各类风险源评价中，几乎都显示出冒险倾向越高，风险的评价越低的特征，但三组间的差异均不大，未达到统计上的显著水平。

在各单项风险源的评价中，冒险倾向越高对（电器）电击和 X 射线的危险性评价越高；冒险倾向越高对空气污染、食品防腐剂的危险性评价越低；其他各项无显著差别。

（八）风险经历

1. 炒股

调查结果显示，经常炒股的人对股市下跌的风险评价更高，"从来没有"买

股票者、"买过，现在已经不买了"者和"经常买"者三组对股市下跌风险评价的平均分分别为 2.96、3.56 和 4.15，差异极其显著。

2. 驾驶汽车

驾驶经验对于驾驶汽车风险性的评价差异不大，未达到统计显著水平。"不会"驾驶汽车组、"会，但很少开"组和"经常开"组对驾驶汽车风险评价的平均值分别为 3.43、3.59 和 3.45，"会，但很少开"组的风险评价最高。

3. 吸烟

吸烟者和不吸烟者在对吸烟风险评价上存在显著差异，不吸烟者比吸烟者对吸烟风险的评价更高，两组被调查者对吸烟风险评价的平均值分别为 3.40 和 3.73。

4. 接受手术

是否有过接受手术经验对于接受手术的风险评价影响不大，有接受手术经验者比没有接受手术经验者对接受手术的风险评价更高，但差异不大，未达到显著水平，有经验者和无经验者对接受手术风险评价的平均值分别为 3.93 和 3.82。

5. 火灾

是否经历过火灾与对火灾风险评价的高低的影响不显著，调查结果显示，没有经历过火灾的被调查者对火灾风险的评价略低于经历过火灾的被调查者，两组风险评价的平均值分别为 4.61 和 4.65。

6. 地震

经历过地震的被调查者对于地震风险评价的均值高于未经历过地震的被调查者，二组平均值分别为 4.83 和 4.74，差异不大，未达到显著水平。

7. 交通事故

经历过交通事故和没有经历过交通事故的被调查者在风险评价上几乎相同，平均值分别为 4.75 和 4.74。

8. 罪犯伤害

有被罪犯伤害经历者比没有这种经历者对罪犯伤害风险的评价更高，两组被调查者风险评价均值分别为 4.98 和 4.66，但差别不是很大，达不到显著水平。

9. 癌症

被调查者中有 21 人回答患过癌症，他们对癌症风险评价的平均值为 5.05，其他人均值为 4.75，但统计检验发现差异并不显著。

（九）工作危险性

调查中要求被调查者对自己工作场所的危险性进行评价，分为"完全没有危险"、"基本没有危险"、"有一定危险"、"比较危险"和"非常危险"五个等级，归入不同等级的被调查者在风险源评价的总平均分大小上存在极其显著的差异，"完全没有危险"、"基本没有危险"、"有一定危险"、"比较危险"和"非常危险"五组风险评价均值分别为3.80、3.92、4.20、4.11和4.47，可以看到，工作场所的危险性评价高低与对风险源总体的风险性高低评价大致对应，除"比较危险"组风险评价略低于"有一定危险"组外，工作场所危险性评价越高，风险源评价的均值也越高。

在各类风险源评价的分析中发现，工作场所不同危险性评价的五组在科技风险平均数、环境风险平均数和行动风险平均数上存在极其显著的差异，在社会风险平均数上也存在显著差异。"完全没有危险"、"基本没有危险"、"有一定危险"、"比较危险"和"非常危险"五组在科技风险评价上的均值分别为3.70、3.84、4.12、3.85和4.21，在环境风险评价上的均值分别为3.97、4.13、4.50、4.29和4.79，在行动风险评价上的均值分别为3.16、3.27、3.51、3.63和3.77，在社会风险评价上的均值分别为4.16、4.29、4.50、4.48和4.69。总体表现出工作场所危险性评价越高，各类风险源评价均值也越高的规律，只有在"比较危险"一组略有出入。

（十）工作场所

在具体工作场所上，露天场所、交通工具、大型公共场所、车间或生产线等组的风险源评价平均值显著高于办公室、学校、实验室等组。

（十一）安全感

调查中要求被调查者对于社会总体安全感和几个方面的安全感作出判断，这些安全感包括：财产安全，人身安全，交通安全，医疗安全，食品安全，劳动安全，个人信息、隐私安全，环境安全。评价分为"很不安全"、"不大安全"、"比较安全"和"很安全"四个等级。

1. 总体安全感

总体的安全感评价与风险源风险性评价的总平均值之间存在显著关系，安全感评价越不安全，风险源评价的风险均值越高；安全感的"很不安全"、"不大安全"、"比较安全"和"很安全"四个等级对应的风险平均分分别为 4.52、4.08、3.89 和 3.47。

2. 环境安全感

环境安全感"很不安全"、"不大安全"、"比较安全"和"很安全"四个等级各组被调查者在环境风险类型评价的平均分上存在极其显著差异，四组被调查者的环境风险平均值分别为 4.97、4.16、4.03 和 3.78，环境安全感越低，对环境风险的评价越高。而且，在环境风险每一项风险源上不同环境安全感组的风险评价也都存在极其显著差异，表现为环境安全感越低，对臭氧层破坏、江河湖海污染、空气污染、垃圾处理场等方面的风险评价越高。

3. 个人信息、隐私安全感

个人信息、隐私安全感不同的四组被调查对象在摄像头的风险评价上存在极其显著差异，倾向于认为个人信息、隐私不安全的（选择很不安全和不大安全）被调查对象对摄像头风险的评价高于感到个人信息、隐私安全的被调查对象。个人信息、隐私安全感为"很不安全"、"不大安全"、"比较安全"和"很安全"四个等级各组的摄像头风险评价均值分别为 3.74、3.39、2.85 和 3.01。

4. 食品安全感

食品安全感不同的四组被调查对象在不卫生食品、杀虫剂、食品防腐剂、蔬菜残留农药和转基因食品五项的风险评价上存在极其显著差异，食品安全感越低，对以上各项风险评价越高。

5. 医疗安全感

医疗安全感不同的四组被调查对象在癌症、X 射线、传染病流行、服西药、服中药、接受手术、抗生素和注射疫苗及接受输血几项与医疗相关的风险源评价平均值存在显著（癌症）和极其显著的差异，除服中药一项的"很不安全"和"不大安全"上稍有出入外，其余各风险源评价上都非常一致地表现为，医疗安全感越低，在各风险源上风险评价越高。

6. 交通安全感

交通安全感高低对于与交通有关的风险源如步行过马路、乘飞机、乘火车、乘汽车、驾驶汽车、交通事故和骑自行车风险高低的评价有极其显著影响，除骑自行车一项中"比较安全"和"很安全"两组在风险评价中得分接近外，其余各风险源的评价都表现出交通安全感越低，风险评价越高的特点。

四　结语

核泄漏、毒气泄漏、战争、燃气爆炸、核武器、传染病流行、恐怖袭击、地震、癌症、交通事故在调查中赫然列风险榜榜首，这样的调查结果有点出乎意料，除了癌症、交通事故可能在周围人身上发生，其他各项应该离民众很远。但再仔细想想，这样的结果也在情理之中，即使是这样严重的风险事件多数人都可能间接经历过，在这个信息时代，媒体高度发达，事件的可见性、现场感使得人们的记忆里都留下了这些危险事件的印记，化工厂爆炸、SARS 和 H1N1 流行、汶川和玉树地震、中东的战争都还历历在目。风险通过媒体而传播，传播也带来新的风险。

风险是永远存在的，不可能消灭风险。风险研究者有一个著名的问题就是，"多安全才算安全？"也就是说，怎样的风险是社会可以接受的？于是，风险问题就简化为风险可接受性的问题。

风险可接受性在不同人身上的表现是如此不同，比如，男性比女性更能接受风险，不同地域的人之间对相同风险的评价有差异，虽然个体的冒险倾向不同，但对一些风险的评价上并未表现出明显的差别，风险的经验有的增强了风险评价，有的减弱了风险评价。似乎，风险的可接受性是难以捉摸的，但我们也清楚地看到，经济状况差的人们感到的风险更大，处于台海前沿的厦门人更担心战争，也对台风的风险评价更高。调查还给我们一个重要的印象，人们在自然灾害风险、祸患事故风险等类型的风险评价上存在极大的一致性，人们对危险性强的风险源在评价上的一致性也很强，存在差异的是那些具有一定个体自主性的行动风险和习惯嗜好风险。也就是说，规避风险是人们普遍的需求，要关注风险面前的平等问题。对于风险问题既要承认个性、文化这些因素，更要关注风险的分配策略，要把各种风险控制在大众的可接受范围内，既要关注社会普遍的风险，也要关注局部人群的风险。

贝克的风险社会理论提示我们，当代社会已经发生了重要的转向，科技发展、工业化、城市化、环境污染带来了更多的人造风险，风险事件频发成为一种常态。中国的发展举世瞩目，人们都在讨论"中国道路"的问题，也应该看到，中国必须面对"风险社会"的世界性转型，中国的发展既要应对出现在发达国家过去和今天的所谓"风险社会"的风险，也要应对发展中国家多样化的风险——农业社会、工业社会的风险，而且需要面对的是两种风险的叠加。在这样的背景下反思过去三十余年的发展道路，我们为发展付出的环境代价、工业生产的生命成本、社会矛盾的激化等，这些都与我们没有及早认识到社会发展的各种风险有关。当今社会的管理必须面对风险管理这一无法回避的新挑战。了解社会大众对于风险的认识、态度、情绪和潜在的应对方式，有利于制订风险防范、风险应对的规则，有利于建立风险管理的机制，有利于促进社会科学发展，有利于社会的和谐。

A Survey and Analysis on the Risk Assessment of the Public

Wang Junxiu

Abstract: The risk source assessment ranking by the residents in four cities showed that the highest risk was the accidents, then followed by natural disasters, social risk and environmental risk, with the average score 4 in 7 point scale, the highest close to 5. The lowest was the risk from activities, followed by risk about some hobbies and risk of science and technology, with the average of these risks 4 or less.

Key Words: Risk; Risk Source; Risk Society

B.7

北京市民对金融危机的感受和应对

杨宜音*

摘　要： 2009 年和 2010 年是金融危机全面袭击全球的两年。本研究通过对 39 名各种职业类别的北京市民的访谈和方便取样获得的 280 份问卷，记录了他们对金融危机的感受、判断和应对策略，并分析了应对金融危机的归因、预期、辩证思维方式等社会心理资源及其有限性。研究发现，民众对金融危机的反应和应对受到社会结构的影响，因此，调整个体与市场的关系，也必须同时调整个体与政府、社会、市场四者的相互关系。

关键词： 金融危机感受　金融危机应对　社会结构

"后奥运"时期的话题集中在如何应对世界性的经济危机上。当我们关注民众这一时段的社会心态时，注意到了风险应对、信心、对政府的信任与发展预期这些用来反映民众社会心态的关键词。2009 年和 2010 年是金融危机（也称金融海啸）全面袭击全球的两年。中国人看到了超过 1998 年亚洲金融危机规模的全球性经济危机。

面对整个社会出现的经济危机，民众对金融风险的认知、解释，所表现出的信念和应对策略，通过个体的行为选择，参与宏观社会经济体系的运行，从而介入经济—社会的发展过程。因此，在世界金融危机的背景下，研究民众如何看待金融危机，如何应对金融危机，不仅是社会心理学家可以提供给政府决策、心态史分析和大众对风险应对的自我认识的一份记录和研究成果，更重要的是，这一研究使人们意识到，个体以及群体的心理活动将成为权力、市场、社会之间互动关系中应有的主体。

---

* 杨宜音，博士，研究员，中国社会科学院社会学研究所社会心理研究中心主任。

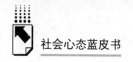
我们的问题是：对于经济高速、持续发展的中国来说，金融危机的出现，对民众的实际影响有多大？他们是如何应对的？他们对战胜危机的信心有多强？他们对各种应对策略的看法是什么？

危机（Crisis）是指"决定性时刻"、"转折点"以及"存亡之际"。它总是与"危难"、"危亡"、"危急"、"危险"、"灾祸"、"灾难"、"坎坷"、"难关"有关。当这些危险到来之前，它还属于带有不确定性的"风险"，人们通过推测和估计来为应对它的出现做出准备和调整。而当危机到来之际，人们会想方设法去应对和化解，以避免或减少灾难对自身的影响。其中，将危机解释为"机遇"、"挑战"，则是采用心理策略对其做出的升华式的应对。

当我们在 2009 年底和 2010 年初对金融危机感受和应对问题采集数据和资料时，却发现危机袭来，不同社会地位群体的感受很不相同。有些人甚至感觉自己在金融风暴中的"安全岛"上，并无多少切身的感受。这种类似"台风眼"的效应是否是普遍的？它又是从何而来？我们假设，引入社会结构的视角，会给我们带来更为合理的解释路径。基于这一认识，我们设计了不同职业群体的焦点组访谈和以高学历者及中等收入者为主要被调查人的方便样本的问卷调查，来收集相关资料。

一 对金融危机的严重程度判断有行业差异，一般人认为影响不太大或存在潜在影响

访谈中发现，对于金融危机，不同职业群体感受并不相同。民众对此有直接的感受和间接的感受两种。直接的感受主要来自金融、外贸企业人员。主要表现是就业难、跳槽少、提升机会少、降薪、裁员、业务萎缩、工作难度加大、业绩变差等。间接的感受主要来源于相关行业就业的家庭成员、邻里朋友和媒体的报道。主要表现是看到一些人收入降低、大学生就业更为困难等。一些人将一些民生问题也归因于金融危机的影响，例如物价上涨、向上职业流动的机会更少等。

1. 影响的程度因行业、阶层而不同

随着整个过程的发展，总的来说，我觉得没有受到本质性的影响。（企

业，男，35 岁，D，2009）

裁员，找工作比较困难。对银行、证券方面影响比较大。但是对科技方面好像没有什么太大的影响。我朋友在科技公司上班，觉得没什么特别的，银行、证券还有其他行业影响比较大。（大学生，女，22 岁，M，2009）

研发的业务可能本身没什么影响，可能最多的影响就是投入要稍微少一点，因为你整个公司赚的钱少了。（私企高管，男，45 岁，L，2009）

有影响，你出行啊，饮食啊，住啊，都会受影响，反正就是因为金融危机导致的后果。（来京打工者，男，22 岁，Z，2009）

潜在的影响是有的。为什么呢，比如说什么蔬菜、粮食这些，为什么要涨钱，因为本来有 10 个农民给咱们卖菜，那等于咱们 100 户养着这 10 个农民，现在有些人本来在广东打工，他现在没办法，又回到家里，变成 15 户农民卖菜，他们一卖菜，不管怎么说，他那成本都要提高了。所以特别奇怪，从我们学经济的来说，如果是经济危机了，那应该通货紧缩，钱少了，钱少了应该值钱了，原来我这 1000 块钱应该值 1500 块钱，可是咱们没有感觉到这样，咱们感觉到反而物价上涨了，明显地看蔬菜这些都上涨了，为什么上涨呢，是因为你要分担那边的生活，他们不能饿死，政府也不会给他们钱。（退休教授，男，62 岁，L，2009）

问卷调查显示，感受到金融危机对生活有不好影响的人占 71.3%。其中认为"有一点影响"的占 48.4%，认为"影响较大"的占 19.3%，3.6% 的人认为"影响非常大"，有 24% 的人认为金融危机对生活几乎没有不好的影响，还有 4.7% 的人回答"说不清"。

从性别上来说，男性感到金融危机的影响普遍比女性更大，显著性水平达到 0.039。从户口上来说，非本市户口的居民（$M = 2.35$）比本市户口的居民（$M = 2.05$）以及集体户口的本市在读大学生（$M = 2.19$）更加感受到金融危机的影响，显著性为 0.08。非本市户口的居民基本是在京务工的外地人，生活更加没有保障，因此更容易受到金融危机的影响。在工作方面，没有工作的人（$M = 2.67$）比学生（$M = 2.10$）和在职工作者（$M = 2.11$）感受到的影响更加明显，显著性为 0.019。没有工作的人以及退休老人的生活更加没有保障，因此受到金

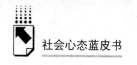

融危机冲击时感受到的影响更大。

2. 受到金融危机影响的行业和人群主要是外贸金融企业的员工

只要是营销的都受影响。（金融，中层职员，男，38岁，2009）

企业受影响，业务也受影响。企业受影响就是你的企业没钱更新设备等。然后对员工的裁员，组织调整，战略调整，领导层调整。奖金变少，工资增长降低，等等。（私企高管，男，45岁，L，2009）

跟金融危机有关的。比如说像我们的客户里面，如果是外销的就受影响。但是高端产品，有技术含量的产品就不受影响，没有技术含量的……传媒领域受影响比较严重。（金融，中层职员，男，38岁，2009）

金融危机对做生意的影响大，尤其像雅宝路这块，原来俄罗斯人做生意的人特别多，上这来订货的特别多，金融危机以后，马上就特别萧条。（退休小学教师，女，56岁，2009）

像我女儿她自己有公司，对她影响也非常大。因为现在客户少，而且人把钱攥得特别紧，就是谨小慎微地花钱，现在，销售额比以前低。（退休工人，女，50岁，L，2009）

我刚从广交会回来。我举一个数据上的例子，我们前些年去广交会可能一次能收到五六百张名片，每天忙得不得了。不管这五六百张见效的有多少张，但是至少有这么多张名片。但是这一次我们只收到了不到100张名片。第一天、第二天忙点儿。星期六、星期天我们原以为会有很多香港人来，结果很冷清……所以，我感觉可能还是要持续一段时间。另外，我今年夏天去美国。当时去的那个工厂是美国最大的一家不锈钢管的生产厂。他们老板也跟我讲，他们裁员裁了有一半吧。他们技术是很先进，但是订单少了。（企业，女，43岁，H，2009）

我觉得搞股票的呀，搞房地产的呀，那些影响挺大的。像这些正式单位，影响不大。（来京打工者，男，22岁，Z，2009）

短期效益非常有影响。原来大量的工业领域的资金都在向房地产，特别是股票转移。大家都有一种，我认为是一种浮躁的心态，都愿意快进快出，能够很快地赚钱，是这种心态。对工业企业，大家现在整个不太看好，这可能与对长期的经济走势不太乐观有关系。（企业，男，35岁，D，

2009）

父母，还有对家里的亲戚收入方面有影响。因为他们种地，所以收入受到影响。东西（农产品价格）都降了。（来京打工者，女，20岁，A，2009）

问卷调查共列出了七种人群："农民工"、"大学毕业生"、"公务员"、"股民"、"低收入人群"、"高收入人群"、"待业人员"和"其他"。由被访者判断这些类别的群体是否受到金融危机较为严重的影响（被访者可以选择多个选项）。

结果表明，73.7%的人认为金融危机对大学毕业生造成了严重影响，57.9%的人选择了"股民"，56.1%选择了"农民工"，分别有48.2%和47.5%的人认为对"低收入群体"和"待业人员"有严重影响，21.6%的人认为对"高收入人群"有严重影响，另有4.7%的人认为对"公务员"有严重影响，还有5%的人选择了"其他"。可见，在北京市市民心目中，受影响最严重的是大学毕业生，然后是股民、农民工，紧接着是低收入人群和待业人员。而公务员和高收入人群，普遍被认为受影响不大。

此外，被调查者普遍认为金融危机对民营企业、外资企业和金融机构造成了严重影响（77%；69.4%；59.4%）。24.8%的被调查者认为对国有企业也造成了严重影响。而认为对事业单位和政府机构造成严重影响的人较少（5%；4.3%）。

当问到"你感受到金融危机直接影响到了哪些人"时，接近半数的人选择了"我的朋友熟人"，其次是"我的家里人"和"我所属的群体"，而只有约1/5的人选择了"我自己"（见表1）。

表1　受到严重影响的个人

单位：%

个　人	百分比	个　人	百分比
我的朋友熟人	47.5	我自己	21.6
我的家里人	32	其他	6.1
我所属的群体	30.6		

3. 影响方面

（1）生活方面：物价高、房租贵

食堂饭菜涨价了。最大的感受就是食堂饭菜涨价了，我们一个人还补了80块钱。在家里面就是感觉猪肉特别特别贵。最开始的时候家里面猪肉才5块钱一斤，到2008年暑假，上学期寒假涨到15块钱一斤，特别贵。（大学生，男，21岁，W2009）

也有感觉，反正觉得这钱不值钱了啊。100块钱出去买菜，好像买不了什么东西。这物价涨得可快了。（个体户，女，57岁，X，2009）

这物价涨得太快了，你看买菜，多贵。（退休，女，58岁，S，2009）

现在你要说开支肯定比以前大。因为像我们租房子，以前也就是200块钱多一点，现在就得300多块，也就是一般的，并不是特别好的房。（农民工，家政服务，女，30岁，Y，2009）

（2）工作方面：跳槽难、裁员多、找工作不易、工资福利降低、工作业绩差、人才流失快

我今年刚毕业，在找工作方面感觉受到金融危机的影响挺大的。很多国外的投行或者一些咨询公司，像某某公司在2007年市场比较好的时候会招几十个甚至一百个，今年只招十个、二十个。其他咨询公司和投行肯定也是这样……（白领，男，30岁，H，2009）

现在突然说公司里可能会裁员，如果你有一个五年后跳槽的预期的话，这就会让你有一个感觉，我的期望被打破了，因为这个时候如果你被动裁员的话，一方面你自己没有准备好，跳到其他的公司薪酬没有任何的上涨，而且之前两年的工作经验，在这个企业没有上涨到下一个等级的时候你就到其他地方去，认可度是很低的，相当于两年白忙活。（白领，女，25岁，W，2009）

金融危机的时候，不是好多单位都裁人嘛，我们也会有一种压力。好比说，待业的人太多了，好比说，给你800你不干，人家始终会有人干的。我们领导也说过一样的话……一抓一大把，不缺人！你们珍惜现在这个，反正就是说，你们（挣）800（元）不干，有的是（人愿意干）。（农民工，男，22岁，Y，2009）

这研究生啊，大学生啊，找工作不好找。我小姑娘今年刚好毕业嘛，深有体会。今年不管学校好，还是学校次，都不好找工作了。就得家里面有人（有关系）的，就靠安排……今年，你看，研究生，大学生，好多没找着工作，找不着。（退休，女，58岁，S，2009）

虽然没有说明显裁员，但是你感觉自己会有被裁员的危机，工作动力至少比以前足一些，表现一下，不能说表现得差。因为主动跳槽和被动裁员的人的心理是不一样的，在经济危机不好的情况下你一旦被裁员以后很难短期内能找到下一家。所以当时还是……我觉得有段时间心里还是挺恐慌的，想自己是不是明天就会被裁了，然后想该怎么办，想到每天早上大家都在上班，而我躺在床上睡觉，这也不是什么好事，所以心里有一些恐慌的感觉。（白领，女，25岁，W，2009）

美国很多大公司破产，感觉特别震惊。像通用，申请破产保护。雷曼兄弟破产也是特别大的事情。我女儿单位是北京外资企业，本来她每年的4月份应该涨工资，今年就没涨。她是做财务的。他们也裁人，全球都裁，财务人员裁几千人。（国企退休干部，女，54岁，H，2009）

……相比（过去）同期降了很多，真的是很多，同级别的……我们是第二年嘛，相比去年，可以说薪水降了40%多……我们这个级别全都没有奖金了，感觉冲击很厉害。我受的影响与我个人直接有关的就是起薪低了。以前他们的起薪很高，当时我去面试的时候人力资源经理给我保证得很好，说你来了给你达到多么多么高的薪酬，一定满足你的期望，怎样升级，怎样升职、加薪，我当时听了觉得很好。2008年，整个部门没有发奖金，我的起薪也降低了，我的其他一切生活水平可能都会随之降低，和我期望的不太一样，心里就不会特别满意。（白领，男，25岁，B，2009）

（过中秋节）发了一盒月饼。本来说要发水果，然后董事长不同意，发钱发得少啊……甚至有些费用或者是应该发的福利都取消不发了，员工的生活水平也受到影响……（白领，男，32岁，J，2009）

（金融危机）对我们的影响非常严重，金融危机以来……因为我们这个行业跟金融密切相关……金融危机发生之后，我们公司大幅裁员，3万个员工整体裁了15%。我们北京办公室，我们的团队里面裁员比例更高，我们整个办公室有1/3的员工因为金融危机被解雇了，就是被炒鱿鱼了。这个过程持续了四五个月，分好几批，不停地请人走，这个过程非常残酷。因为你想想，突然接到一个电话说你被解雇了，有一些女孩子一接到这种电话，就哭起来了。像我手下有几个人真的就……我本来下面有三个人，两个专业人员一个秘书，他们都因为这次金融危机被裁员了。就是每天跟我一起工作的人，就（这样）被开掉了，挺残酷的，影响非常大。（金融，中层职员，男，37 岁，L，2009）

对我们自己的收入也影响很大，去年下降55%，就是我们的工资收入。少了一半还要多。这是一个普遍现象，在我们这个行业里面裁员、降工资，而且工资降得非常多，降幅非常高，这都是普遍现象，所以对我们的影响非常大。（金融，中层职员，男，37 岁，L，2009）

我的单位是国有某某厂，我跟我爱人在一个单位，原来效益还可以，但是近几年效益就不行，遇到金融危机后就更不行了。反正我们单位这段时间好几个月都没发工资了。（国企退休干部，女，54 岁，H，2009）

在国内，因为这次金融危机源头是从美国那边传来的，我们公司的大股东还是属于国内的某某银行，还是属于国内控股的大公司，我们的外方股东虽然是美国，但是他其实在公司里面没有什么决策权、经营权，我们主要经营还是国内这块业务。中国这一块并不是说从业务上面受到多么大的影响……但是，从证券市场上来说，金融危机导致2008 年股指下跌了很多。因为我们基金公司靠资产管理规模去计算的，你的股指下跌了，你的规模肯定是相对缩水很多。从公司经营角度来讲，利润指标肯定是比前年预期的冰火两重天。（金融，业务主管，女，38 岁，H，2009）

我们同学在汉高，去年年底汉高就全部撤出中国市场。他们整个公司全都没有了。（私企，女，45 岁，L，2009）

大学生来了（我们单位）以后，就不敢在这待，一待就还不了贷了，单位说不能发工资就不能发工资，你怎么还贷啊，压力很大。慢慢大学生就要调走，（他们）一调走，（单位）技术上就跟不上了。（国企退休干部，女，54 岁，H，2009）

（3）心态与需求方面：工作压力增大、消极情绪体验、预期改变

谈到金融危机对企业的影响，从企业的角度来观察，改善了企业的两

点：第一点企业的风险管控意识增强了；第二点成本控制意识是越来越强了，包括工资这方面，包括像以前国企过节会给大家发点水果月饼等，然后再发点过节费，（现在）这个水准都降低了。（白领，男，30岁，H，2009）

风险管控就是会议明显增多了，天天汇报。我现在整天负责跟业务人员开会，天天开，开得我都烦了。但是老板逼着你必须要开，每天都要开，小会不断。那大会，公司每年都要举办一个风险管控的会议，讨论一下今年公司哪些项目出风险了，导致公司有损失了。这些会开得特别严肃，相关的项目负责人在会上要做检讨，在会后要到项目出险的地方亲自处理这件事情，其他项目都不用管，其他业务也不用处理了，就把这个项目处理好，拖一天就扣你多少奖金。我们有一个项目经理的钱扣得差不多了，基本上这个月工资都没了，扣得特别厉害……只要某公司出了风险项目，相关的负责人可能就要免职。所以金融危机对企业来说，对个人来说，影响还是比较大的。（白领，男，32岁，J，2009）

留在公司的人其实都不愿意待，因为整个氛围都已经变了，就是受金融危机的冲击……真的挺惨的。（白领，男，25岁，B，2009）

有些费用或者是应该发的福利都取消不发了，员工的生活水平也受到影响，他们的工作积极性也降低了。今年公司的效益挺一般的，大家工资降低之后积极性更不高了。（白领，男，32岁，J，2009）

2008年整个部门没有发奖金，那些分析员和老总们就感觉没有积极性了。（白领，男，30岁，H，2009）

很多时候，因为你裁员在不停地发生，而且在持续性地裁员，你就有一种紧张感，非常不安全的感觉，情绪非常低落，也非常紧张。随时都有可能被叫到办公室去跟你说走人吧。所以对我们的影响非常大，业务会也开不好。（金融，中层职员，男，37岁，L，2009）

那个过程还是挺瘆人的，他给我打电话说，哎哟，那边正在挨个打电话，说整个那一层那天上午连针掉到地上的声音都能听得到。（金融，业务主管，女，38岁，H，2009）

大家都在讲电话。电话一响，然后就说，"我过去了，我走了！"（金融，中层职员，男，38岁，2009）

当时就是非常恐惧。那个恐怖的气氛是很浓烈的。（企业，男，35岁，

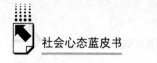

D，2009）

整个生活找不到头绪，因为收入下降了40%。而且未来预期都变了。本来公司是每年都一升嘛，工资都会涨得很厉害，30%地涨。但是现在没有加班费了。相比同级别都降了20%～30%，而且甚至有的不涨工资。落差非常非常大，对心理上是非常强大的冲击，对未来的预期都改变了，使大家对自己未来的预期、未来的方向都受到了冲击。（白领，男，25岁，B，2009）

人的信心也相对变弱了。（IT业，男，28岁，QF，2009）

现在经济危机呢，公司里接不着这么多订单了，裁员裁掉一半，这个对于年轻人，我觉得压力还是蛮大的……（国企退休工人，女，50岁，L，2009）

我们孩子结婚买房，他们也说，贷款啊，还得还款，有压力，都不敢调工作，哪那么好找的。所以像我女儿现在，我就说你看，要一个（孩子）吧，趁着我年轻给你帮帮忙。实际我也明白她了，他们单位，他们那头儿都36了，都没要孩子。你一旦离开这岗位了，就会换一个人顶替你，以后你想进来就不一定进得来了。（国企退休干部，女，54岁，H，2009）

钱不敢花了。（国企退休干部，女，50岁，L，2009）

可买可不买的，都不买了。对我们心理都有影响，我们就不想买。花钱和以前不一样。都不敢随便花钱。（退休小学教师，女，54岁，S，2009）

二　大多数人认为危机会比较快过去

1. 持续并好转

我感觉可能还是要持续一段时间。（企业，女，43岁，H，2009）

我只是凭直觉，我预计它的时间会持续三年，也就是在2010年或者2011年的时候会好转，就是经济基本会处于一个比较好的时期，慢慢会发展起来。（白领，男，32岁，J，2009）

我估计今年可能会缓慢地改善，明年或者后年可能会大幅度地改善，达到以前的水平，或者是过得好一点吧。（白领，男，30岁，H，2009）

我觉得明年应该能够好起来，我觉得没有什么问题。（白领，男，25岁，B，2009）

现在（10月以后）好了，又慢慢开始雇人了。（金融，中层职员，男，37岁，L，2009）

我们公司还好，扩张还挺多。今年肯定是好多了。（金融，业务主管，女，38岁，H，2009）

我觉得应该快了，至少应该会慢慢变好，不会再坏了。（大学生，男，21岁，W，2009）

最坏的时候已经过去了。（金融，中层职员，男，38岁，2009）

应该还得挺长一段时间吧。（农民工，家政服务，女，30岁，Y，2009）

我感觉它不会持续太久。我就会以平常心对待，我感觉它会尽快过去。过去以后的话，会好一点。（来京打工者，男，22岁，Y，2009）

不是有点缓和了吗？是不是？比一开始，好像这个金融危机有点缓和了。（下岗，女，W，2009）

我想是这样的，金融危机、经济危机，它总有一天要过去，现在有人说已经到了谷底了，到没到咱们不知道，就是说，早晚一天会过去的。（退休工人，男，60岁，Z，2009）

你就耐心等，它会好起来。（退休工人，男，60岁，Z，2009）

现在好像略好一点了。（国企退休，女，58岁，Y，2009）

它好不好反正我们的生活好像不会跟着它有太明显的变化。（国企退休，女，58岁，Y，2009）

直接受到冲击也就是大概在二三月份的时候。（企业，男，35岁，D，2009）

现在汽车行业又火起来了，比较热了，汽车行业现在不受什么影响了。（企业，男，35岁，D，2009）

我总想，会越来越好，不会越来越次。（退休，女，58岁，S，2009）

我们对中国还是（抱）有希望。（退休，女，58岁，S，2009）

2. 无法避免、心理上有承受力

为什么发生金融危机，说法不同，但是有一点最基本的，就是说资本的贪婪，资本的贪婪实际造成了这次金融危机，紧接着影响到实体经济，实体经济也危机了。但是无论怎么样，作为金融危机，就像马克思讲的，它是周期性的，它现在总体会过去，现在危机了，慢慢会过去的，还会好起来的。所以这个东西，客观规律是没法抗拒的。（退休工人，男，60岁，Z，2009）

我觉得这是社会发展的现象，市场的价值，市场就是波动性地往前走……社会发展就是这样，一个高一个低，就是你现在到低谷吧，马上这次平台过去，这个经济危机马上就过去，因为社会规律。……着急也不行。（退休小学教师，女，54岁，S，2009）

中国十几年的持续发展，我认为已经是不正常的现象了。而且，现在就是什么样的企业都赚钱，这是不正常的。就是说，这种良莠混杂（的现状）只有通过这种起伏的震荡才能优胜劣汰。（企业，男，35岁，D，2009）

我认为很正常。因为我开公司的时候是1998年。1998年亚洲金融风暴。所以我认为经济就是这样的，必然有起伏的。经济不可能持续发展。（企业，男，35岁，D，2009）

我觉得是有心理准备的，毕竟不会影响到吃饭嘛。（企业，男，35岁，D，2009）

作为普通市民的心理来说，比上不足，比下有余，总不会饿着。实在不行还可以往国外跑。（企业，男，35岁，D，2009）

我们是做国际贸易吧。我也是1998年开始接触国际贸易。那时候也正好是亚洲金融危机。可能我们在这个行业里的人大概都是这样，做贸易肯定是风险无处不在。所以我们心理上肯定有这种准备。（企业，女，43岁，H，2009）

我觉得说得最多的一句话就是，中国人不怕这个（危机）的，中国人是过过苦日子的，这是第一。第二呢，不过苦日子没几天。所以，我认为大家的心理承受力肯定要比欧美国家强得多。（企业，男，35岁，D，2009）

3. 悲观

我对金融危机的预期还是挺悲观的……我的看法是比较感性的，金融危机作为不好的事情，它发生了，即使它以后变好了，可能我一直会觉得它发生过，它还会有遗留问题，还会那么不好。（白领，女，24岁，W1，2009）

金融危机对我们这个行业的冲击是永久性的，可能一下子就把中高端的定位转下去了，然后就很难……即便市场恢复你也很难再起来。（白领，男，25岁，B，2009）

我觉得中国的金融危机才刚刚开始，远没有像说的开始规范。（IT业，男，28岁，Q，2009）

就我个人的想法，我认为还没有到底。但是现在中国可能有一些宣传、一些政策，可能起到鼓舞人心（的作用），（有）一些假象。我是这么想的。（企业，男，35岁，D，2009）

咱们这代最起码有退休费，到时候看病国家能给我报销，到下一代还指不定怎么着呢。（国企退休，女，55岁，L，2009）

对于个人来讲，我觉得没有（好转）。（服装、运输个体户，女，55岁，J，2009）

4. 问卷调查结果

结果表明，有八成市民认为金融危机"还会持续一段时间，影响会越来越小"，有12.6%的市民认为这次金融危机"还会持续很长时间，影响会越来越严重"。仅有7.3%的市民认为这次金融危机"很快就会过去，影响不显著"。这说明，大多数市民认为这次金融危机持续时间会很长，但同时却积极乐观地估计这次金融危机的影响会越来越小。

性别、年龄等因素对预期没有显著影响。教育程度则有显著影响（$p = 0.001$）。大专和本科学历的人群预期比较乐观，均值达到2.05。而研究生学历的人群预期则更为悲观，均值仅为1.84。这可能是由于学历高的人群普遍位于重要的岗位上，因此受到的冲击较大。

对于未来，被访者认为五年以后的生活与现在相比，可能是"差很多"、"差一点"、"变化不大"、"好一点"、"好很多"和"说不清"。

从表2中可以看到，75.7%的被访者都选择了未来的生活会比现在好，另有14.1%的受访者选择了"说不清"。

从户口上看，集体户口的学生普遍对未来抱有非常积极的预期，均值达到5.03。而其他人群的预期则显著低于他们（$p = 0.007$）。而其他被试变量则对结果没有任何显著影响。

表2 "我认为五年以后的生活，将会比现在"描述统计

单位：次，%

选　项	频次	百分比	有效百分比	加和百分比
差 很 多	7	2.5	2.5	2.5
差 一 点	4	1.4	1.4	4.0
变化不大	17	6.1	6.2	10.1
好 一 点	111	39.9	40.2	50.4
好 很 多	98	35.3	35.5	85.9
说 不 清	39	14.0	14.1	100.0
总　　计	276	99.3	100.0	—

询问被访者认为下一代的生活将会比现在如何，给出的选项分别是"差很多"、"差一点"、"变化不大"、"好一点"、"好很多"和"说不清"。从表3中可以看到，68.5%的受访者认为下一代生活会比自己这一代好。但是，有21.7%的人选择了"说不清"。

表3 "与我们这一代相比，我认为下一代的生活将会"描述统计

单位：次，%

选　项	频次	百分比	有效百分比	加和百分比
差 很 多	8	2.9	2.9	2.9
差 一 点	7	2.5	2.5	5.4
变化不大	12	4.3	4.3	9.8
好 一 点	69	24.8	25.0	34.8
好 很 多	120	43.2	43.5	78.3
说 不 清	60	21.6	21.7	100.0
总　　计	276	99.3	100.0	—

三　看待金融危机的视角：辩证、发展、全面

中国传统文化中辩证思维方式也影响到人们看待危机的视角。正是源于这样的视角，个人作出积极的调整和保持一定程度的未来发展预期，成为生活动力的重要成分，同时，从长计议，增加了对危机出现的承受能力。这一思维方式作为积极的社会心理资源显然是值得关注的，也是需要进一步引导的。

1. 危机和机遇同在

我个人感觉经济危机的反面影响虽然很大，但是它也有正面的影响。美国、西欧地区遭受经济危机影响比较大，但是新兴东欧国家、波兰、捷克，还有东亚、中国，还有东南亚一些国家都是很有机会的。"危"和"机"同在。（白领，男，30岁，H，2009）

现在搞基建那些人找工作太容易了，修那种投资的建筑。（IT业，男，28岁，QF，2009）

像中铁、水电这几年都是非常好找的。国家的政策引导嘛。（IT业，男，28岁，QF，2009）

也还好，我在学校里面师兄、师姐、师弟、师妹找工作都还不错。（IT业，男，28岁，QF，2009）

金融危机对我参加工作以后来说影响是很小的。我在一所中外合资办学的学校，它作为一个外企就特别制度化，什么都特别明确，不像国企有一些奖金，它什么都没有，什么都是规定好的，即使经济危机来了也不会降薪……经济危机以后对学校更好，因为学习的人更多了，在职场上受挫了或者是有时间了就过来学习了。但是对于我出国影响特别大，因为它对美国影响很大，然后就导致美国学校也不给奖学金也不招国际学生，所以对我整个职业生涯的规划会产生一些影响。（白领，女，24岁，W1，2009）

整个律师行业是受影响了，但是传统行业不但没有受影响，反而是增长了……劳动争议、破产是我们一块，我们破产（的业务）比以前多了，然后诉讼比以前多了，我们还有一些创新的业务，我们的收入反而提高了一大块。（律师，合伙人，男，36岁，C，2009）

2. 全面、长远看问题

金融危机对这个行业的冲击是永久性的，可能一下子就把中高端的定位转下去了，然后就很难……即便市场恢复你也很难起来。（白领，男，25岁，B，2009）

我直接是从经济危机最底部过去的，所以说以后的希望或者说前景还是

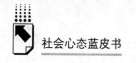
看好的。(白领,男,30岁,H,2009)

选择,一个是薪水待遇方面,另一方面在金融危机下考虑问题更多了,你会考虑这个公司的发展,因为它在金融危机过程当中肯定会受到一定影响,在之后有没有很大的发展空间,它的发展趋势是不是让你相信它将来的发展会更好,能让你随着这个公司一起成长,你能从公司的发展中得到你最想要的东西,权力、地位、金钱,等等。(白领,男,30岁,H,2009)

大家也习惯于每年的奖金都会随着市场发生变化,今年可能特别不好,大家预期明年还是会有好转,不会有长期受挫的感觉。(白领,女,25岁,W,2009)

不管怎么说,首先它不会说全部都封冻起来,所有的经济不可能全部停止。(企业,男,35岁,D,2009)

我就想,你总会有机会的。不管是一个什么样的状态。就是说一个经济特别繁荣的情况下,你自己不去努力,没有一个好的方向也是不行的。那么就是经济再不景气,再不好,总会有好的商机的。因为,可能经济不景气的过程中会产生一些好的商机。(企业,男,35岁,D,2009)

3. 发展中国家的机遇和对中国发展的整体判断与信心

美国、西欧地区遭受经济危机影响比较大,但是新兴东欧国家、波兰、捷克,还有东亚、中国,还有东南亚一些国家都是很有机会的。"危"和"机"同在。所以那些欧洲和美国人都看着这一边,以后会加大在中国和东欧的投资,一起来分散风险,希望在下一个经济危机的时候可以安然渡过。所以金融危机对我们来说是危机和机遇同在。(白领,男,30岁,H,2009)

中国经济其实是很健康的经济,本来就比较简单,处于发展的阶段。除了外需以外,它内部经济是很健康的,因为大家都很穷嘛,需要房子需要车,这些都是需求,需求是很旺盛的,非常容易刺激。汽车市场一直也没有萎缩……对于中国股市的话,现在看最低点就是2008年12月份,不可能再低了,其实那个时候基本已经触底了嘛,我认为那个时候经济也到头了,但是后来因为它一级一级盘活嘛,现在失业率是10%的话,劳动力市场还在最低点徘徊。大家都说明年会好起来,是吧?(白领,男,25岁,B,2009)

在中国，金融领域不会像美国那样，因为中国目前金融化的东西很多还是在监管很严格的范围内，短时间很难一下通过监管，制造一个很大危机的东西然后迅速蔓延。中国在金融领域这块不会特别严重，本身市场发展也没有那么成熟。从投行的角度来说监管机构对新产品会更加严格，公司自己会更加注重合规的管理。（白领，女，25岁，W，2009）

四　应对金融危机的方式有比较大的阶层差异，
　　呈现资源分配的不均衡

1. 个人角度

（1）为未来做准备、充电

　　在这段时间之内都会比较艰苦，这段时间期望高薪可能性不是很大，因为我的工作经验不是很多，可能性也不是很大。那么我应该是为两到三年之后做好准备，我现在是要充分接触，充分学习，这段时间很震荡，好的机会很多，只要接触多了，经验多了，处理复杂事情的能力增强了，在两年之后我相信凭借我这样的能力和经历我可以到一个更高的管理岗位上去。（白领，男，32岁，J，2009）

　　我觉得作为一个刚毕业的学生，我们现在并不去奢求一个比较高的工资水平，达到比较好的生活条件。在金融危机的环境下，我们想的是一方面能够比较平稳地在工作中学到一些东西，另一方面自己在工作之外增加一些知识，我报了CFA，打算一级一级考上去，以后两到三年、四到五年自己可以具备比较高的业务水平和知识水平，以后再考虑生活的改善，能够找到比较好的工作。所以说作为刚毕业的学生，我们对金融危机的估计是，我们没有什么奢望，但是我们会奋斗。（白领，男，30岁，H，2009）

　　在经济危机之前……危机感不是很强，动力不是很大，之后发现自己要在这个市场上更好地立足，还是要自己多接触一些东西。像我现在每周都会买一份《经济观察报》，以前没有这方面的爱好，所以准备不足……（白领，男，32岁，J，2009）

对于我个人规划来说，金融危机发生，机会是有限的，但是你永远可以成为那一小拨人抓住机会，因为我小时候很喜欢看《科幻世界》，经常看到地球毁灭了，但是总有一拨人可以坐飞船逃出去。所以我们就是要做那一拨可以上飞船的人。平时要更加注重自己的学习，充电，这样即使危机不过去，我们也能挺住。（白领，女，24岁，W，2009）

（2）更加努力工作

因为我们公司的裁员是跟你的绩效挂钩，所以肯定要多在工作上表现一些，这样首先让你在这个公司能够待下去，相当于给你一个安身立命的基石一样。你在这个基础上再做你自己的事情，跟以前相比，可能自己在干公司的事情和干自己事情的中间会更偏向干公司的事情，但是这样会比较累一点，两边都要兼顾。（白领，女，25岁，W，2009）

就从我做起呗。上完大学，读研，读完研读博士。你学历越高，才能有立足之地。你没文化，你只能去干那些苦力活儿，是吧。（个体户，女，57岁，X，2009）

（3）改变观念，抓住机遇、提高能力

我觉得金融危机给我们一个教训就是真的要稳健地做事情。（律师，合伙人，男，36岁，C，2009）

金融危机中，其实高端的人才，或者有能力的人才更加吃香，因为大家把经济危机当做人才储备很好的时机，因为奖金都在减少嘛，工资都在降低嘛，那些需要人才的公司反而在这个时候加大力度去外面公司猎取这些人。所以你心里面有底你就无所谓了。我相信某某人如果他原来公司裁了他，他也很快能找到另外一个公司，所以无所谓，不怕，裁了还有一个好处，还能拿到一部分补偿金。其实经济危机中担心的都是平时准备不够充分的人，当然会很紧张。（私企高管，男，45岁，L，2009）

我觉得金融危机对我最大的影响是观念上的影响，就是世界上没有只上不下的。而且下的时候你要抓住机会，这种机会是千载难逢的。（金融企

业，中层职员，男，38 岁，2009）

就是尽量抓住机会吧，有机会，就尽量多挣点呗。（农民工，男，22
岁，Z，2009）

（4）无奈

也没法往下想。（农民工，保安，男，32 岁，B，2009）

这还真应对不了。（国企退休，女，55 岁，L，2009）

你没法理财，我们没财可理。这不是我们能应对的。现在一根山药这么
大，不多吧，6 块钱，你说你考虑不考虑，对不对，咱毕竟是过日子的人，
由你来主这个家。（服装、运输个体户，女，55 岁，J，2009）

（5）节省

能省则省，能少花钱就少花点呗。（农民工，男，22 岁，Z，2009）

没钱了，就别花了呗，待着吧，别出去，节衣缩食呗。（个体户，女，
57 岁，X，2009）

（6）保持平常心、相信能过去

如果有什么不好的影响的话，就以平常心对待呗。（农民工，男，22
岁，Y，2009）

（7）买保险、买黄金

现在反正得提前做准备，（比如）买保险，是吧？因为现在这医疗保险，
国家管你了，现在最起码，这个残疾人有着落了，是吧？就像这养老保险，起
码上班的人都有。（个体户，女，57 岁，X，2009）

手里有钱，把股票换成金条。（国企退休干部，男，64 岁，F，2009）

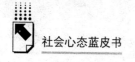

2. 家庭角度

(1) 家庭成员相互支撑

没有办法应对吧。我觉得应对就是……哎哟,我那时候还真担心裁员,当时应对就是她说没关系,她就安慰我,被裁员了话,她就养着我,就是夫妻两个互相打气,共渡难关。我还真遇到。我是最后没事,还是有点担心。(金融,中层职员,男,38岁,2009)

(2) 培养下一代

现在在培养孩子这方面吧,不能不重视,是不是?你看每家每户,都一个孩子,都从小培养,上这个班那个班的,这就是,有知识,不就创造财富了嘛。(退休,女,58岁,S,2009)

3. 机构角度

(1) 稳定信心

我们企业因为也是大企业,所谓对社会负责吧,我们没有减员。我们也是为了稳定大家的信心。一是自己的信心……更重要的是,自己工作的方向和自己努力的程度。(企业,女,43岁,H,2009)

我们的产值,或者说销售收入是在逐年的增加。但是你细分我们的产品结构的话,实际上是每年都有调整的。所以,你永远有一些挣钱的产品,有一些是你广告的产品,还有一些是你正在开发的东西。所以,其实这个工作一直在做。但是在经济危机的时候,我的感觉就是开发的工作量可能更大了。以前一些挣钱的东西可能受影响也大一些了。所以就是说其实还是挺忙的。(企业,女,43岁,H,2009)

当然这个生存不一定就要在很差的情况下,它还是有自己的目标的,比如我们公司的目标分为三个:一个是基本的目标,我们达到这个目标了,大家不会很差;第二个目标达到,基本上保持一定的增长但不是很大;最后一个目标就是所谓的奋斗目标,达到以后你的生活水平是按以前非常高的速度增长。

是这样三个目标……三个不同档次的目标，是这样的，实际上在经营过程中我们是按照最高的目标奋斗的，但是现在的经营由于受市场的影响，所以并不是特别好，主要有两方面原因：一个是市场环境恶化；另一个是员工自身在这种环境下的积极性不是特别高，这样的话我们实际上可能只能达到最基本的目标，所以你必须采取一定的措施保证它不要变差。（白领，男，32岁，J，2009）

(2) 适当减薪、坚持不裁员

我们适当地减薪，但是我们不裁员，也不拖欠员工的工资。（企业，女，43岁，H，2009）

确实也有几个月，去年的时候有几个月，包括今年上半年，确实就是说订单各方面都少了很多。但是呢，也可能是对员工的负责，反正就是愣挺了。（企业，男，35岁，D，2009）

(3) 控制风险

我们所能做到的，就是把我所面对的风险控制在我所能控制的范围内。我们也听到各种各样的信息传来的时候，我们也采取了一些，比如说我做业务的时候，比如说我在买卖过程中，我原来可能10%的定金就给你准备货了，或者20%的。但是现在我可能因为市场行情波动大了，保证金、定金就要增加了。就是通过具体的政策上的东西来控制我能够控制的风险。（企业，女，43岁，H，2009）

(4) 抓住刚性需求和业务机会、管理挖潜、依靠技术

在任何时候可能（都）会有一些刚性的需求，你抓住这种刚性的需求，或者是一些国家的政策刺激的行业，那么你（的企业）就是东方不亮西方亮。可能我这个产品不行了，比如牛奶出问题了，但是我过一阵儿还是得喝，因为这是大家最基本的生活需要的东西。（企业，女，43岁，H，2009）

就算是金融危机或者怎么样也好，它肯定有波峰波谷。只要有贸易，贸

易就是要找这种差价的存在。不管价格高和低，只要有差价的存在，我们就有贸易机会。（企业，女，43 岁，H，2009）

在这个过程中，因为我们工厂比较多，每个工厂也是在成本控制啊，这个方面做很多工作，挖一下潜力。不管是贸易也好，生产也好，还是要找市场的新的机遇。（企业，女，43 岁，H，2009）

我认为还是脚踏实地的比较好。虽然说企业的发展不会那么快，但是它的风险相对是可控的。而且我们做这个产品，主要是靠技术吃饭。（企业，男，35 岁，D，2009）

4. 政府角度

（1）政府介入

只要采取一定的措施还是会慢慢好转的。如果不控制的话，态势会越来越严重。（白领，男，32 岁，J，2009）

这个时候政府可能是要出手的，因为政府是理性的。政府就出了 4 万亿（元）。（白领，男，25 岁，B，2009）

比如咱们国家国有企业已经意识到风险的重要性，在金融危机的影响下要充分控制成本，因为赢利能力会相应的减弱。这都是在做一些控制，为了让企业平稳地度过这段艰难的时期，不要出现国外知名的投行倒闭的现象，起码让企业能够生存下去。（白领，男，32 岁，J，2009）

我觉得还是政府组织，还是政府主导吧。（大学生，男，L，2009）

中国应该控制它的平衡吧，不会让它涨得太多吧。肯定有调控的嘛。（农民工，男，22 岁，Z，2009）

（2）政府要调整战略

我认为，经过这次金融危机、经济危机，我们国家的发展战略应该进行调整，就是说你靠外贸出口，美国现在不行了，市场不行了，需求减少了，而我们很大一部分是出口美国，那企业怎么办，所以现在就得调整一下，不能黏在美国这个战车上。（一旦）美国不行了，我们紧接着就不行了，那哪

行啊。（退休工人，男，60岁，Z，2009）

应该把发展经济真正搞到民生上去。就是说国民生产总值，哪些是用于国防的，哪些是用于政府的，哪些是用于投资的，哪些是用于老百姓消费生活的，咱们这个用于消费的只占40%，也就是说100块钱有40块钱是用于生活、民生了。像美国都是70%~80%。现在中央提的关注民生，不就是这个意思吗？真正把这个经济发展落实到老百姓提高生活水平，是为了人们能够吃好、穿好、住好，退休后能享受晚年，我们的子孙后代有青山绿水。（退休教授，男，62岁，L，2009）

过去，菜不多，而且也挺便宜，现在花样这么多，为什么菜倒贵了，国家也应该好好地替老百姓想想。（国企退休，女，58岁，Y，2009）

国家必须为老百姓想直接的东西。你应该让老百姓受益才对，比如，农民种那个菜、种那个粮食，从他手里卖到二道贩子手里，是等于劳动一年买完农药、买完化肥，不说几乎打一平手，高一点也是有限，剩不了多少。如果国家出来，有一个直接挂钩的关系，老百姓受益，社区受益，不需要二道贩子。（服装、运输个体户，女，55岁，J，2009）

其实政府是干吗的？就是一个天平在保平衡的。（国企退休，女，58岁，Y，2009）

5. 问卷调查结果

大多数被访者选择了开源节流，多达64%的受访者选择了多挣钱。但是也有少部分的受访者选择了保持生活习惯或者消极应对。在选择"其他"的受访者中，有人提到要少买股票、期货，也有人选择多充实自己，为将来的机会做准备（见表4）。

表4　金融危机应对办法

单位：%

应对办法	百分比	应对办法	百分比
找机会多挣钱	64	周围人怎么办我就怎么办	15.1
现在就少花钱	34.5	响应政府号召	15.1
亲朋好友相互帮助	25.2	其他	4.3
保持以前自己的生活消费习惯	17.6		

从性别上看，男性比女性更倾向于靠亲朋好友互相帮助来应对危机（p = 0.023）。在年龄方面，19~24岁的被访者更倾向于节流，即少花钱，并且更不愿意保持以前的生活习惯。而随着年龄增长，被访者选择找机会多挣钱的比例逐渐下降。这说明年轻人比较倾向于主动地应对危机，而老年人则倾向于被动的方式，不改变生活方式，也不倾向于多挣钱。另外，年轻人比较倾向于选择"响应政府号召"，而老人对此则比较抵触。在户口方面，非本市户口的受访者更倾向于"响应政府号召"（p = 0.014）。在学历方面，研究生学历的人最排斥"响应政府号召"。随着学历的升高，对"响应政府号召"的选择比例降低。另外，低学历者更倾向于选择消极的应对方式，即维持原有生活方式。就业方面，学生更倾向于选择积极的应对方式，多挣钱，而在职工作者和无工作者选择这个选项的比例则显著低于平均水平（p = 0.001）。另外，无工作者更倾向于维持原有生活方式，消极应对危机。另一方面，体力工作者和学生都更倾向于多挣钱，而脑力工作者选择这个选项的比例则低于平均水平（p = 0.006）。

就工作单位性质来说，党政机关、事业单位以及国企等"国"字头单位的被访者，选择多挣钱的比例（55.4%和41.7%）显著低于（p = 0.003）在其他企业中工作的受访者（71.7%）。这或许因为在这些单位中工作的人，工资一般是固定数额的，很少能够有多挣钱的机会。

收入上，选择"亲朋好友互相帮助"的比例，差异达到显著（p = 0.005）。收入在0~2000元间的受访者，选择这一选项的比例高达40%。而其他受访者的选择比例都低于平均数25.2%。另外，随着收入的增加，选择"多挣钱"的比例也随之增加，而选择"保持自己以前的生活消费习惯"的比例则降低。富裕阶层更倾向于增加收入等积极应对的方式，而不是消极等待。这也说明这些群体更有机会。

总体趋势上，低收入、低学历、无工作者等人群更加倾向于消极的应对方式。

五 对调查资料的总体分析

1. 危机应对与社会心理资源

仅仅假设中国文化心理资源——社会比较的整体性和辩证性（既向上比较也向下比较）、归因倾向的整体性和辩证性——对应对危机，调整心态，保持主观幸福感将会出现积极的功能还是不够的。从社会分层的角度看，这一假设存在一些偏差。即由于忽略了社会结构因素导致的不同的自我效能感，而无法正确解释不同的人形成的特有的归因倾向，以及单方面内部归因的局限性。

个人对自身内心状态和行为的调整，确实需要与外界环境相互关联。并不是一味调整个人预期、进行向下比较、对内归因等，就可以让所有人积极应对危机的。因此，社会心态的调整与引导必须在一定的经济调控基础上进行。作为社会心理资源的信心，被人们比喻为最大的资本，是一切新开始的动力。从社会心理学的研究来看，人们会根据自己的预期调整行为，最终实现自己的预期。这就是"自我实现的预言"。但是，这不是改变现实的充分必要条件，因此，建立信心仅仅是问题的一个方面。

反身求己的意义自然不可谓不大。它对于挖掘自身潜力，树立目标，调整心态都很重要。但是，对于资源匮乏的社会群体来说，这种调整是比较消极的，是较为求稳的努力方向，通过节俭、压缩基本需求、推迟实行计划等来保平安的底线。这样的内部归因，可能并不利于克服金融危机带来的影响，反而导致社会发展的迟缓。

2. 危机与地位资源

大致来说，低收入阶层对金融危机的感知有些麻木，有一种反向的"天花板效应"（或者称为"地板效应"）。而高收入阶层对金融危机也同样不敏感，他们依然保持极高的奢侈品消费。因此，危机感的分布与财富的分布呈倒"U"型。进而，由于可利用的社会资源不同，低收入阶层和高收入阶层应对危机的做法也不相同，于是，危机的应对就带有社会阶层的特征。这一点与以中产阶级为主体、危机感受覆盖面大的社会相比，就不大相同。换言之，研究金融危机感受与应对也需要引入社会分层的视角。

社会分层的视角最为核心的内容是，社会不是同质的、平面的，而是根据一些社会资源配置的标准形成的层级结构。处在不同结构位置的人和人群，其拥有的资源是不同的，并且根据对资源（权力、财富、知识、声望等）的拥有状况，与本阶层和其他阶层形成不同的关联（认同/排斥、支配/服从等）。有研究表明，风险社会的一大特征就是，风险与财富是弥散性关系而不是对等关系[1]。也

---

① 刘岩：《风险社会理论新探》，中国社会科学出版社，2008。

就是说，如果在社会分层结构较为合理的社会中，面对不确定性应该是人人自危，每个人都有所承担的。但是，在中国的案例中，却不支持这一结论。相反，可以看到金融危机的感知和应对，具有鲜明的阶层结构特性。这一点我们在下述三种应对的性质上可以清楚地看到。

（1）积极性应对。这种应对来源于在社会资源地位结构中处于较高位置，例如，学历较高、有专业技术才能和工作经验，或者在较为稳定的工作部门的个体。处在这些位置上的个体一方面能够通过自身调整把握机遇、利用资源，将损失降到最低，有些人甚至可以利用金融危机的环境，获得超过以往的收入或者提升机会；另一方面，他们的社会支持系统一般比较大，可以动员的力量比较大，于是可以通过其他互惠达到化解危机的目的。在访谈文本中，大多数是高学历、技术性人才、有一定的工作经验和人脉资源的人有这样的反应。他们调整和应对的方式是积极的，一方面调整自身的预期，保持乐观的心态；另一方面，最大限度地挖掘潜力，进修充电，为未来的机会做铺垫。这些人清楚自己遭遇危机的底线，例如，有被访者认为几年打拼有一定积蓄，还有被访者认为，再苦也苦不过创业时期，从而认为自己已经有了承受挫折的承受力。

还有一些人尽管处于社会资源地位结构中的较低位置，但是具有经验、遇事沉稳、乐观积极的心态与性格，还是能尽量用更多的心力来补救。

（2）消极性应对。这种应对一般是人们因失去信心或者策略而对危机采取的应对方式。大部分采用这一策略的人社会资源匮乏，也有人则是放弃努力，随波逐流。这部分人中，有一些对政府的期望变得更高，依赖政府帮持。

（3）剥夺性应对。也可以称为"无奈性应对"。采用这种应对方式的人，可以说是以"不应对"为"应对"，他们无以应对。这些人几乎没有任何经济资源、政治资源、社会资源，他们只好听天由命。上述一位被访者说"我无财可理"就是典型的反映。这些生活在社会底层的人，多数是企业下岗退休职工、农民工、家庭有困难的人、老年人等弱势群体。

从上述分析中我们可以清楚地看到，个体不是孤立的、可根据认知风格等心理特质形成应对金融危机的反应的。相反，个体是镶嵌在社会结构中的，这一结构地位决定了个体对金融危机的体验和可能动员的资源，进而影响个体与权力、市场的博弈能力。

此外，社会建设的薄弱，也使得个体没有得到社会力量的有效支撑，从而孤立无援地面对市场的冲击和权力对资源配置权的垄断。个体无法通过所在社会群体在金融危机到来时发出自己的诉求之声。个体与社会的连接微如游丝,只有通过最为传统的亲属网络得到一些社会支持。甚至仅仅通过对下一代的期望维系生存希望。对于本应通过社会网络形成的社会资源,个体完全是望尘莫及、两手空空。这种不正常的个体与社会的关系,在于长期以来权力对社会空间的挤压、剥夺和控制。当个体没有社会资源来应对经济危机时,一方面,可能的选择是尽可能通过社会与市场的融通,用违反社会规范的方式获取应对危机的资源,例如,走后门为子女安排工作,走关系拉订单,等等;另一方面,可能的选择是依赖权力,形成与权力紧密的依附关系。

3. 高控制和高依赖下的高预期

消极和无奈的应对者往往将最后的期望寄托于政府,因此,个人无所作为,要求政府成为万能的救世主。这种高依赖下的高预期,可能带来的后果是低参与、高抱怨。这是一种比较危险的社会心态,可能加剧金融危机的风险。因此,通过在危机中的参与,使民众形成担当的独立意识是非常重要的,也是对"政府—个人"契约式关系的重新培植,是消解家长式政府、父爱式政府的一次机会。政府的公共责任是不能推脱的,但是,政府不是专权和全能的家长,不是个体应对危机的唯一靠山。政府是社会共同体的组织者,它应该用最佳的方式凝聚个体的力量,通过"动员—参与",将社会各界整合在一起,共渡难关。目前,个体对金融危机的应对,反映出政府与个体关系需要进行大的调整。

下层民众的无奈反应,从一个方面说明政府的税收政策有必要进一步调整。当个体完全没有资源应对经济风险时,说明长期的经济活动本身并没有给个体带来一定的积蓄以防止出现不测。中国人的储蓄动机很强,一般情况下都会采取"未雨绸缪"、"防患于未然"的策略管理风险。但是,对于社会下层来说,个体或家庭的积蓄都过少,处在"因病返贫"、"购房无望"、"就业无门"等经济困境中。这导致相当一部分人完全无力应对经济危机这样的风险。整个社会缺乏个体的活力,实际上给政府带来极大的负担。

从整个国家来看,持续的经济增长已经成为奇迹,但是,对于广大的下层社会来说,财富的积累远远不够。这与中国近年来的收入分配机制有关。只有缩小贫富差距,藏富于民,提供民众创造财富的条件,减小收入差距带来的不公平感,才可能增加大多数人的消费信心,增加市场活力和生活动力。

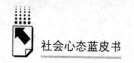
简言之，在政府、市场、社会、个人四者关系的分析视角下，我们看到，调整这四者的关系，是动员和培养社会心理资源的根本之策，也是动员社会心理资源的有效方式。只有保证个体的博弈和协商能力，民众才可能有信心，才能激活个体内部的动机，调动一切资源应对风险，将危机转化为机会。

The Response and Coping Strategies with Financial Crisis among Beijing Residents

Yang Yiyin

Abstract：Since 2009, the global financial crisis attacked all over the world. We interviewed 39 adults in Beijing who belong to different occupational groups and collected 280 questionnaires in a survey. Through these ways, we tried to record their perceptions, judgments, and coping strategies on the financial crisis, and analyse their expectations, dialectical thinking way and other social psychological resources for dealing with the crisis. The research finds that the perspective of social structure is very important when the data were analyzed, and to adjust the relationship between the individual and the market, we must also adjust the relationships between individual and the government, society, and the markets.

Key Words：Response to Financial Crisis; Coping Strategies of Financial Crisis; Social Structure

Ⓑ.8
通胀知觉与通胀预期的社会心态分析[*]

俞宗火[**]

摘　要：了解影响普通民众通胀知觉和通胀预期的因素，对于描述社会心态和做好通胀预期的管理至关重要。本研究采用分层线性模型方法对1995～1999年央行《居民储蓄行为调查问卷》数据进行分析，发现通胀知觉和预期的均值受当下去波 CPI 的显著正向影响，但 CPI 波动的效应不显著；收入能负向预测通胀预期，并受到去波 CPI 的调节；城镇人口与农村人口通胀知觉无显著差异，但前者较后者有更低的通胀预期，且去波 CPI 对户口所在地与通胀预期之间的关系有一个调节作用；士、工、商三者与农业生产者的通胀知觉没有显著差异，但前三者较后者有更高的通胀预期；职业与工作预期之间的关系同样受到去波 CPI 的调节。本研究详细讨论了这些发现背后的心理机制及其对于通胀预期管理的意义。

关键词：通胀知觉　通胀预期　通胀预期管理

2010 年 10 月 20 日，央行三年来首度加息，这被认为是央行决心管理好通货膨胀预期的政策信号，成为各方关注焦点。同年 11 月 11 日，国家统计局公布 10 月份消费价格指数（Consumer Price Index，CPI），年内首次破 4，达到 4.4%，创下两年来的新高，但仍有超过八成的消费者的消费感受超过了实际消费价格指数。与此相关联，对通货膨胀预期的管理甚至被认为是巩固经济好势头的关键。

---

[*] 本文为奥尔多投资研究中心与央行调查统计司联合课题组"中国投资者动机和预期调查数据分析"和中国社会科学院基础课题"中国人经济心理研究"课题的部分成果。数据由央行调查统计司提供。

[**] 俞宗火，北京大学光华管理学院博士后。

这里实际上涉及两个重要概念，一个是通货膨胀知觉或者说通货膨胀感受，另一个是通货膨胀预期。前者是对当下的物价信息进行分析、解释，并对之进行建构的过程，既是对现实经济中商品和服务价格及其变动的反映，但同时又受到已有知识结构、情感等的影响，对现实经济有所偏离，而这种偏离又必然会反过来影响现实经济和人们对官方数字的信任。通货膨胀预期则是消费者对未来物价涨跌的判断，这种判断对消费者的消费、储蓄和投资行为有直接影响，并由此影响未来经济的走势。通货膨胀知觉是影响通货膨胀预期的重要因素，反之，通货膨胀预期也会通过"选择性结果校正"这一心理机制来影响通货膨胀知觉：当消费者预期商品价格会上涨时，在各种商品价格有涨有跌的情况下，消费者会注意到与其预期相一致的价格上涨信息，系统地抑制与其预期不一致的价格变动信息。此外，正是由于通胀知觉是对当下物价信息的反映，而通胀预期是对未来物价走势的判断，所以，相对来说，后者面临着更多的不确定性，更容易受到心理层面因素的影响。

围绕通货膨胀知觉和通货膨胀预期这两个问题，目前的主要研究问题集中在两个方面：通货膨胀知觉和预期是否是理性的？通货膨胀知觉和预期都由哪些因素决定？

计量经济学家大多能很容易地观察到诸如通货膨胀等变量的客观大小，但对于普通民众而言，他们是基于对通货膨胀的主观感受来作出反应的。除了通货膨胀本身的大小和变动方向之外，直接和间接影响通货膨胀知觉和通货膨胀预期的因素包括心理物理理论、知觉的不对称性、易得性启发、社会扩大效应、参考价格、态度等方面。

在报告研究结果分析出来之前，我们先对这些影响因素作一个简单的了解。心理物理理论中的韦伯－费勒定律反映的是消费者对价格变化的感受更多取决于变化的百分比。打个比方说，124元钱的商品，涨了1元钱，你可能不会注意到，但若是2元钱的商品，涨了1元钱，你可能会马上注意到，因为前者的涨幅很小，为1/124，后者则涨了50%。通货膨胀知觉的不对称性，源自诺贝尔经济学奖得主卡尼曼的前景理论，该理论认为人们对损失和得利的反应存在着不对称性，失去1000元的疼远大于得到1000元的喜。物价上涨，对消费者来讲，是一种损失；价格下跌，对消费者来说，是一种得利。根据前景理论，物价上涨比物价下跌对价格变化知觉有更大的效应，其比值在1.5~2.5之间。涨价的信息比降价的信息更容易被激活。易得性启发是指对通货膨胀的大小和方向进行判断时，会受到我们能够想起的商品的价格变化信息的影响，越是买了不久、越是买得频繁、价格变化幅度越大的商品，其价格信息更容易从记忆中激活，并对通货膨胀知觉与预期有更大影响。在现实经济中，物价上涨时，女性的通货膨胀知觉往往甚于男性，就是因为女性有更多的购物行为。社会扩大效应是指个体的通货膨胀知觉与预期受到来自媒体和私人间的口耳相传等间接经验的影响。西方有研究表明，经济指标和对经济指标的报道程度，都同样能够预测通货膨胀知觉和期望。此外，通货膨胀，本质上是一种价格变化，既然是变化，就有一个参照物的问题，通常，这个参照物就是价格，而事实上，人们对商品的价格的记忆往往不够精准，有美国研究者请刚刚从超市购物出来的消费者回忆刚刚购买的商品的价格，结果只有 47%～55% 的人能够准确地回忆刚刚购买的商品的价格。所以，相对生活水平是否降低，会成为判断通货膨胀高低的参照标准之一。对现任政府或现行政治、经济、金融政策等的态度也是影响通货膨胀知觉与预期的一个重要因素。2002 年，欧洲统一货币之后，许多经济和货币联盟成员国的公民普遍感觉到物价飙涨，尤以德国为甚，而实际上，德国没有因为欧元而物价暴涨，相反，德国 2002 年的消费者物价指数是 1999 年以来最低的。民众知觉到的通货膨胀与官方测定的通货膨胀之间的差距因为金融体制的改革而扩大。但态度本身并不直接作用于价格知觉，态度是通过对期望的影响作用于价格知觉的，或者说期望在对欧元的态度与通货膨胀知觉之间有一个中介作用。以上这些因素，其实就是使民众的通货膨胀知觉和预期偏离现实经济的重要因素。

20 世纪 90 年代，我国经济经历了通货膨胀逐步攀升，在 1994～1995 年间达到顶峰，全国当月居民消费指数最高达到 127.7%，然后逐步回落，并于 1998～1999 年间 CPI 持续低于 100% 的过程。所以，这段时期民众的通胀知觉和通胀预期的变动规律，具有典型意义。当前，维持物价稳定，控制通货膨胀，已经成为我国经济工作的重点。所以，回顾这段时期民众的通胀心理，分析在高通胀时期民众的通货膨胀知觉和通货膨胀预期的特点和变化规律，对于当前通货膨胀预期的管理，具有重要的现实意义和理论指导意义。

本次所使用的数据来自 1995～1999 年中国人民银行统计司进行的全国城镇居民储蓄行为问卷调查，该问卷涉及消费者对未来物价是否上涨的预期、对当下物价高低的知觉及与此二者相关的变量。该调查采用分层、与规模大小成比例的概率（PPS）等与概率结合的多级混合抽样方法。样本总体为全国所有城镇居民储户。具体步骤是：在全国650多个城市中抽取34个，分别在大、中、小城市抽取14个、12个和8个储蓄所，其中，城市储蓄所占70%，农村信用社占30%。每季度调查一次，调查时间统一规定在2月20~26日、5月20~26日、8月20~26日、11月20~26日进行，每次在每个储蓄所调查50位储户。累计收到有效问卷356196份，其中户口所在地在城市的有260472人，在农村的有95230人，另有494人未报告户口所在地。

本文依据此次调查数据，以通货膨胀知觉和通货膨胀预期为主题，分别以通货膨胀知觉和通货膨胀预期为因变量，通货膨胀知觉（当因变量为通货膨胀预期时）、收入、职业、户口所在地等为层一自变量，去波CPI（剔除临时性因素引起的波动后的环比居民消费指数，下同）、CPI波动、时间等为层二模型的自变量，采用多层线性模型对数据进行分析，对城乡居民通货膨胀知觉和通货膨胀预期的特点进行分析，并对通货膨胀预期管理提出相应的对策和建议。

一　通货膨胀知觉和预期变化总趋势

1995~1999年，我国居民消费指数总的变动趋势是不断下降，如图1所示，环比CPI和去掉临时性波动因素影响的环比CPI分别从最高点120.3%和115.3%都降到了99.1%，居民消费指数的波动也逐步减弱。与此相一致，通货膨胀知觉中认为当下物价水平"过高，难以承受"的人数比例也呈现下降趋势，认为当下物价水平"正常"的人数比例在稳步上升。认为"偏高，但可以承受"的人数比例虽有所上升，但认为物价"过高"与认为物价"偏高"的人数比例之和在下降（见图2）；通货膨胀预期中认为近期物价水平会"迅速上升"人数比例也呈现下降趋势，认为近期物价水平会"下降"的人数比例在缓步上升，并且二者在1997年末至1998年初出现了交叉。认为"基本稳定"的人数比例先上升，后平稳（见图3）。

通货膨胀知觉的均值模型和通货膨胀预期的均值模型的截距均显著为负数，这也说明，总的倾向是，人们感觉到物价在渐趋正常，并倾向于认为物价会下跌，这是比较符合1995~1999年的通货膨胀水平的变动趋势的；而且，从两个模型中的去波CPI的回归系数都显著大于零、CPI波动的回归系数与零差异不显

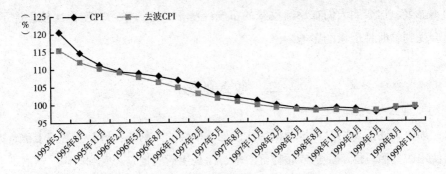

图1 1995~1999年环比居民消费指数变动趋势

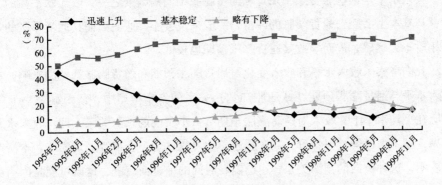

图2 1995~1999年三种通胀预期的人数比率的变动趋势

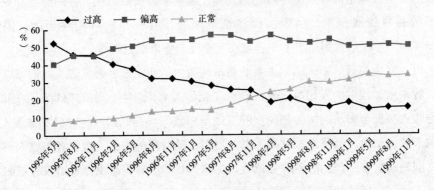

图3 1995~1999年三种物价感受的人数比率的变动趋势

著来看，在控制其他因素的情况下，尽管人们认为物价总水平呈现下降趋势，但一旦去波CPI上涨，人们还是能迅速知觉到，并会更加倾向于预期物价会上涨，但临时性的通货膨胀波动对人们的通货膨胀知觉的均值和通货膨胀预期的均值作

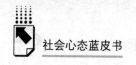
用不显著，这表明人们在逐渐放开的市场经济中，通过学习，变得比较理性了，不会受到临时性因素的影响。

二 收入的影响

如前所述，人们对物价的记忆往往是不精确的。判断物价是否普遍上涨，人们使用的参照可能不完全依靠物价水平，而是生活质量是否受到影响，或者，在收入不变的情况下，是否还能过同样的生活，成为判断通胀水平的重要线索。因此，收入水平是影响通货膨胀知觉和通货膨胀预期的因素之一，收入水平高的人群，其基本生活受到通货膨胀的冲击，一般来说会小一些。因而其通货膨胀的知觉相对不大敏感，进而导致其通货膨胀预期也较低。

我们考察了收入水平和收入变化对通货膨胀预期和通货膨胀知觉的影响。在收入水平与通货膨胀预期（或通胀知觉）关系的斜率模型中，截距显著小于0，说明在平均水平上，收入对通货膨胀预期有一个负向的预测关系，即：收入水平越高，越不大可能觉得物价太高，也越不大可能认为还会持续通货膨胀。本研究也表明，这种负向的预测关系，也会随着时间的前进而衰减，这既可能是因为高收入群体随时间的演变而逐渐认识到通货膨胀水平较高，进而有一个高的通货膨胀预期，也可能是低收入群体慢慢感觉到，通货膨胀被控制住了，进而也有一个较低的通货膨胀预期，从现实经济情形来看，后一种的可能性更大，因为1995～1999年，通货膨胀水平一直处在一个逐步下降的过程中。

收入变化与通货膨胀预期关系的斜率模型中，截距显著为负值，我们可以看到，收入增加较多的人相对于收入没有变化的人来说，有较小的通货膨胀预期，这与收入高低会影响通货膨胀预期的道理是一致的。与此同时，时间和去波CPI会调节收入变化与通货膨胀预期关系的斜率：随时间的推移，增收者与收入不变者之间的通货膨胀预期的差异会拉近，去波CPI的不断提升也会将增收者与收入不变者之间的通货膨胀预期的差异拉近。这与时间、去波CPI会调节收入水平与通货膨胀预期之间的关系，是基于同样的机制。

收入变化与通货膨胀知觉关系的斜率模型中，表现出不同的作用模式：截距和其他影响因素的斜率都不显著。也就是说，收入变化在预测通货膨胀知觉时，效应不显著；通货膨胀知觉不会因收入变化而显著变化。这很可能是因为消费者在收入增加中，解读出国家在确保大众生活质量不下降方面所作的努力，并以此为线索，做出通货膨胀会逐步下降的预期。同时，也可能是因为1995～1999年期间，CPI已然很高，人们已经知觉到通货膨胀较高，收入变化已无法改变原有的通胀知觉。

三 户口所在地

1995～1999年期间，城市CPI水平显著高于农村CPI水平，但1995～1999年后半段，城市CPI下降得更快。在户口所在地与通货膨胀预期关系的斜率模型中，截距的t值为1.806，在0.05水平上进行单尾检验是显著的，但在户口所在地与通货膨胀预期关系的斜率模型中，未发现时间的效应显著。这些说明在控制了收入、职业等因素的影响之后，农村人口的通货膨胀预期显著地高于城市人口的通货膨胀预期；这也充分说明了社会扩大效应对通货膨胀预期的重要性：由于城镇有更加发达的信息传播和信息接收系统，所以，国家政策宣传、相关经济指数的公布，在城市比在农村更容易发挥作用，再加上城镇人口密集，在物价水平渐趋平稳的形势下，口耳相传的社会扩大效应使得其居民的通胀预期低于农村居民。

本研究中，城镇居民的通货膨胀知觉与农村居民的通货膨胀知觉无显著差异，这与1995～1999年城市CPI水平显著高于农村CPI水平的现实不相一致，但也没有像通胀预期那样农村高于城镇。显然，物价较高的情况下，政府宣传也不可能说物价低，相关经济指标也只是在表明CPI在下降，并不等于物价在下降，口耳相传的信息也不会说物价低，所以社会扩大效应并没有直接作用于通胀知觉，而可能是社会扩大效应作用于通胀预期，并经由通胀预期作用于通胀知觉。

与此同时，户口所在地与通货膨胀预期关系的斜率还受到去波CPI和CPI波动的影响，在控制其他变量时，这两个因素中的任意一个因素的走高或两个同时走高，都会缩小城乡通货膨胀预期的差异。这可以从社会扩大效应和可得性启发得到解释：城镇居民生活用品对购买的依赖性较农村居民更甚，对物价的变动更加敏感，物价进一步上涨时，城镇居民不仅会即刻感受到，同时，上涨的知觉会抵消国家政策的宣传效果，而口耳相传的小道消息的社会扩大效应会扩展开来。

总之，从户口所在地与通货膨胀预期关系的截距和斜率来看，通过政府宣传、相关经济指标的发布等渠道发挥社会扩大效应，通货膨胀预期是可以控制和管理的。但是，这种控制仍然要以现实经济为基础，一旦 CPI 波动或走高，社会扩大效应的功能就大打折扣。

四　职业

与从事农业的居民相比，在控制住收入等因素的影响之后，职业（分士、农、工、商四类①，并以农为参照类建构虚拟变量）与通货膨胀预期关系的斜率的截距都显著大于零，这是符合我们的理论预期的，可以从可得性启发和知觉的不平衡性得到解释。相对于从事农业的居民，士、工、商日常生活必需品如蔬菜等对市场的依赖度要高，在通货膨胀中有更多的损失，引发了更多的焦虑，所以，相对来说会更加高估通货膨胀发展趋势。与此同时，职业与通货膨胀预期之间的关系还受到去波 CPI 与时间的调节，随着时间的推移，士、工、商的通货膨胀预期与农民的通货膨胀预期差异缩小了，去波 CPI 进一步升高时，士、工、商的通货膨胀预期与农民的通货膨胀预期差异也缩小了。前者可能是士、工、商随时间推移认识到通货膨胀的可控性，后者可能是因为从事农业的居民在进一步冲高的通货膨胀面前，知觉到较高的通货膨胀水平，进而调高了通货膨胀预期。所以，保持民众日常生活用品、尤其是小件商品的价格稳定，对于维持一个较低的通胀知觉，管理好民众的通胀预期，至关重要。

五　通货膨胀知觉对通货膨胀预期的影响

在通货膨胀知觉与通货膨胀预期关系的斜率模型中，感觉物价正常的人有更低的通货膨胀预期，这与我们的理论预期是一致的。与此同时，去波 CPI 对通货

---

① 为简便计，根据各职业类型参与买卖活动的特点，将各类职业以我国传统职业分类进行表述（内涵已有较大差别），分为士、农、工、商四类。如国家机关、文教卫行业的工作人员，文化程度相对较高，又相对较少以经营者身份参与市场交易，划为士这一类；工商个体户、金融机构、经营性公司等参与市场交易较多，划为商类；一般农户、种粮棉专业户、果果菜专业户等在农村从事农业活动，划为农；工交建筑业划为工类。

膨胀知觉与通货膨胀预期之间的关系有一个调节作用，即去波 CPI 会减弱通货膨胀知觉不同的人之间的上述差别，或者说，去波 CPI 的进一步上升对低通货膨胀知觉者的冲击大于高通货膨胀知觉者，进而会减少不同通货膨胀知觉的人的通货膨胀预期的差异。而且，在高低通货膨胀知觉者之间，通货膨胀预期的差异也会随着时间的推移而变小，这既可能是因为低通货膨胀知觉者随时间的演变而逐渐认识到通货膨胀水平较高，进而有一个高的通货膨胀预期，也可能是高通货膨胀知觉者慢慢感觉到，通货膨胀被控制住了，进而也有一个较低的通货膨胀预期，从现实经济情形来看，后一种可能性更大，因为 1995～1999 年，通货膨胀水平一直处在一个逐步下降的过程中。

六　小结与政策建议

当前，管理通胀预期，控制通货膨胀，已经是我国经济工作的重中之重。在这种形势下，我们选取 1995～1999 年的通胀知觉和通胀预期的数据进行分析，尽管由于数据的限制，我们只考察了收入、去波 CPI、CPI 波动、户口所在地、职业等对通胀知觉、通胀预期的影响。但本研究揭示出的通胀知觉和通胀预期的一些变动规律也给我们一些启发。

首先，从上述研究中我们看到，从通货膨胀知觉和预期的均值的变化趋势来看，民众的通胀知觉和通胀预期是比较理性的。虽然这种理性是不同个体的非理性成分彼此抵消后，在汇总意义上的理性，并不意味着每个个体的通胀知觉和通胀预期是理性的。但它仍然告诉我们，维护价格稳定、控制通货膨胀是管理通胀知觉和通胀预期的重要现实基础。

其次，收入对通胀知觉和通胀预期的影响表明，人们的通胀知觉在一定程度上需要依靠生活质量是否受到影响这一线索。通货膨胀对低收入人群的生活质量的冲击更大，这一更大的经济压力和心理压力，导致他们更高的通胀知觉和通胀预期。所以，在通货膨胀的情景下，政府有必要采取措施保护低收入者的利益。缓解他们的生活压力，有助于民众保持一个合理的通胀预期，从而稳定社会心态。

再次，城镇人口的通胀知觉与农村人口的通胀知觉之间未见显著差异，但城镇人口的通胀预期却显著低于农村人口的通胀预期。通胀知觉与通胀预期之间的背离，主要在于通胀预期较通胀知觉面对着更多的不确定性，更多地受到心理层面的因素的影响。城镇居民接收国家政策、经济指标的信息的渠道更丰富，同时人口更为密集，信息传播渠道更为多样化，比农村更易形成社会扩大效应。但与此同时，社会扩大效应是以现实经济的变动为基础的。所以，一方面我们需要并完全可以通过宣传国家政策、公开相关经济指标等手段来引导民众的通胀预期；但另一方面，通货膨胀的下降是通胀预期下调的现实基础，所以，管理通胀预期，尚需以现实经济的良好运行为基础。

最后，在控制了收入、户口所在地等因素的影响之后，我们仍然发现，不同职业人群之间的通胀预期有显著差异。这种差异，很大程度上是因可得性启发和知觉的不平衡性所致。所以，保持民众日常生活用品，尤其是小件商品的价格稳定，对于维持一个较低的通胀知觉、管理好民众的通胀预期，至关重要。

Social Psychological Analysis on Perception and Expectation of Inflation

Yu Zonghuo

Abstract：The perception and expectation of inflation are judgments about present and future inflation. The econometrician can easily observe the objective magnitudes of inflation whereas individuals can only react on the basis of their subjective magnitudes and suffer more from social amplification, availability heuristics and so on. So, it is very important to investigate the factors that influence their perception and expectation of inflation. In this study, using the method of hierarchical linear modeling, we analyzed the data in the surveys of residents' saving behavior from the People's Bank of China during 1995 – 1999, and found that the means of the perception and expectation of inflation were positively and significantly influenced by HP Trend of CPI (consumer price index), while not significantly influenced by HP Cycle of CPI. Income predicted the expectation of inflation negatively, and HP Trend of CPI moderated the relationship between income and the expectation of inflation. There was no significant difference of the perception of inflation between urban dweller and rural population, while urban dweller's expectation of inflation was higher than rural population's, and HP Trend of

CPI moderated the relationship between place of residence and the expectation of inflation. There were no differences of the perception of inflation among scholars, farmers, artisans and merchants. But formers' expectation of inflation ware higher than others, and HP Trend of CPI moderated the relationship between vocation and the expectation of inflation. We discussed the mental mechanisms behind these findings and their meanings for managing the expectation of inflation in detail.

Key Words: Perception of Inflation; Expectation of Inflation; Management of Inflation Expectations

观念价值篇

Reports on Values

B.9

2010 年城市居民社会信任状况分析

——基于北京、上海、广州三市的调查

杜军峰　饶印莎　杨宜音*

　　摘　要：北京、上海、广州三市市民的调查结果显示，2010 年，三市市民总体社会信任属低度信任水平。其中，居民对政府机构的信任程度最高，对商业行业信任程度最低；上海和广州两市的社会信任状况略高于北京。

　　关键词：社会总体信任　行业/部门信任　失信行为　欺骗现象

　　提高社会信任是降低社会交易成本、优化人际关系、增大社会合作的保证，对社会的经济繁荣与和谐发展具有重要意义。国内外对社会信任状况的调查研究较多，如世界价值观（WVS：World Values Survey）调查中用"一般来说，您觉

---

　　* 杜军峰，北京美兰德信息公司；饶印莎，中国社会科学院研究生院社会学系；杨宜音，中国社会科学院社会学研究所社会心理学研究中心。

得社会上大多数人可以信任呢，还是与人交往的时候越小心越好？"一题对社会普遍信任进行测量，测量数据被学界广泛用来衡量各国信任程度的高低。美国皮尤公司和欧洲社会调查（ESS）通过"信任"、"公平"和"帮助"三个指标测量社会普遍信任状况。而国内的研究如中国社会科学院社会学研究所的社会心态调查、中山大学在广东省进行的社会信任调查等，则侧重于对人际信任和制度（也包括机构/规则）信任状况的调查研究。

信任作为一种预期，其对象可以是自我、他人和制度/机构。社会心理学家通常将对他人的信任称为人际信任，而将对制度或机构的信任称为制度信任。人际信任一般是通过交往形成的对某一行为发生的正向预期，而制度信任则是通过对制度的信任，将信任对象扩展为没有交往的人、处理事务的规则。对社会信任状况的描述，不仅可以从人们对社会上的人和制度是否值得信任的理性判断入手，也可以从人们自身的体验（守信或受骗的经历）以及对周围人守信程度或制度公信程度的具体观察入手。

中国社会科学院社会学研究所社会心理学研究中心与北京美兰德信息公司合作，在国内外研究的基础上，共同构建了社会信任测量指标。并于 2010 年 10 月中下旬对北京、上海、广州三地市民的社会信任状况进行了调查。调查对象为 18 ~ 60 岁的城市常住居民。实地调查中选取三市繁华商业街区，根据样本配额，采用街头拦截访问的方式进行，最终获取有效样本 1171 份。其中，男性占总样本数的 50.4%，女性占 49.6%；小学及以下学历的占 1.5%，初中学历的占 17.5%，高中/职高学历的占 42.7%，大学/大专学历的占 37.0%，硕士及以上学历的占 1.4%；18 ~ 29 岁的占 27.1%，30 ~ 39 岁的占 27.2%，40 ~ 49 岁的占 25.5%，50 ~ 60 岁的占 20.2%。

一 总体社会信任属低度水平

随着改革开放的持续深入，中国的经济发展举世瞩目，人民生活水平得到很大提高。但社会失信现象也伴随改革的深入而增加，"钓鱼"事件、手机/电话诈骗、"碰瓷"甚至"杀熟"等现象严重地影响了社会信任状况。社会总体信任是指人们在一般情况下，对社会上信任状况的基本印象和判断，而不是对具体信任对象（机构、制度或他人）的信任。本次调查结果显示，对社会信任总体情况持肯定态度的被访者不足六成（57.1%），34.8% 被访者勉强认可，8.0% 的被访者对社会信任持怀疑态度。经过进一步赋值分析，社会总体信任程度得分为62.9分①（见表1），如果以60分为"及格"线，则调查结果处在"低度信任"中的较低端水平，但仍然高于"基本不信任"和"高度不信任"，可以说是到了信任的底线水平②。

表1　市民对社会总体信任评价情况分布

单位：%，分

社会总体信任情况	比例	社会总体信任情况	比例
非常信任	4.1	不太信任	6.4
比较信任	53.0	非常不信任	1.6
一般	34.8	赋值后总体信任得分	62.9

二　市民对各行业/部门的信任比较

为了深入分析社会信任的状况，我们将通过交往和角色关系规范形成的人际信任与制度信任分别进行分析。我们将制度信任分为对各类机构的信任，包括与市民生活最为相关的机构，即政府机构、非政府组织、公共媒体、公共事业单位或部门、商业行业五大类。

1. 政府背景的行业/部门的被信任程度较高，商业行业最低

本次调查结果显示，市民对政府部门和其他政府所有或监管的部门信任得分较高，对商业行业信任得分最低。其中，公众对政府机构的信任得分最高，达69.8分，其次是公共媒体，达69.4分，两者均接近"中度信任"；公共事业单位或部门位居行业信任榜第3位，得分为67.3分；非政府组织机构信任得分为60.0分；商业行业信任评价最低，其55.2分的信任得分属"基本不信任"范围（见图1）。

2. 中央政府的被信任程度高于地方政府

本次调查将政府机构细分为中央政府、全国人大、本市政府、公安部门、法院和检察院等机构。

---

① 信任得分计算方法：将问卷中选项"非常信任"赋值100分，"比较信任"赋值75分，"一般"赋值50分，"不太信任"赋值25分，"非常不信任"赋值0分。下同。

② 信任得分所对应的信任程度标准：80分及以上为高度信任，70~79分为中度信任，60~69分为低度信任，50~59分为基本不信任，50分以下为高度不信任。下同。

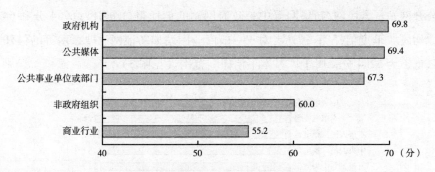

图1 不同行业/部门信任得分对比

调查结果显示，市民对中央政府和全国人大的信任得分分别为 75.8 分和 75.5 分，属于"中度信任"的高端水平；对本市地方政府信任得分为 72.3 分，也属"中度信任"水平；对公、检、法等国家执法机构的信任得分介于 60～69 分之间，属于"低度信任"水平（见图2）。其中，检察院和法院的受信任程度相对较高，而公安部门的受信任程度还有提高的空间。

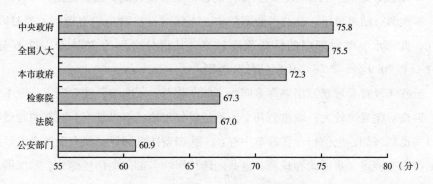

图2 各级政府机构的信任得分对比

3. 传统媒体的被信任程度较高，网站较低

市民对具有一定政府背景的传统媒体信任程度较高。本次调查结果显示，被访者对中央电视台、本市电视台、本市人民广播电台、中央人民广播电台、中央党报（《人民日报》等）均属"中度信任"，信任得分在 73.7～76.4 分之间。本市党报的信任得分为 69.8 分，接近"中度信任"水平。地方都市报/晚报商业性较强，信任得分相对较低，为 67.3 分，属"低度信任"（见图3）。

市民对各类网站的信任程度较低。本次调查结果显示，被访者对本市政府政务公开网站、人民网/新华网等中央政府网站的信任得分分别为67.4分和64.6分，均属"低度信任"；被访者对于一般商业网站如新浪网、搜狐网等的信任得分最低，为52.4分，属于"基本不信任"范围（见图3）。

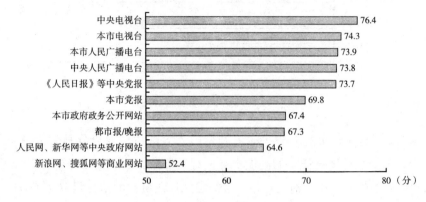

图3　各类媒体的信任得分对比

4. 邮政、燃气、自来水、电力部门的被信任程度较高，医院最低

本次调查结果显示，公共事业部门中，市民对与日常生活密切相关的邮政、燃气、自来水、电力部门的信任程度较高，其得分分别为72.4分、71.6分、71.2分和70.9分，均属"中度信任"范围。

近些年教育领域暴露出来许多问题，如乱收费、入园难、教育资源分配不均等，群众对此意见较大；城市公共交通虽然发展很快，但仍赶不上城市的发展和人口的迅猛增加；电信行业在改革中存在一些未解决的问题，如有受访者表示电信的收费应该进一步明确和规范。这些问题均影响各部门的信任得分。本次调查结果显示，公办教育、城市公共交通和电信部门的信任得分分别为67.0分、66.6分和61.0分，均属"低度信任"范围。

医院成为本次调查中受信任程度最低的公共部门。普通群众看病难、看病贵的问题日益凸显，群众怨声很大。本次调查结果显示，市民对医院的信任评价分数仅为58.0分，属于"基本不信任"水平。调查中很多被访者反映，医院"号难挂，费用高，服务态度也差"（见图4）。

5. 具有官方背景的非政府组织更被市民信任

本次调查将非政府组织细分为工会、妇联、学术性学会、行业协会、宗教组织、居委会/村委会和业主委员会。

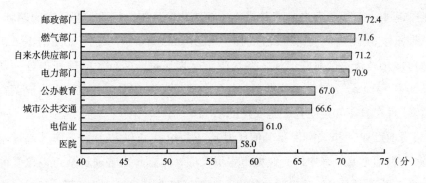

图 4 公共事业部门信任得分对比

调查结果发现，市民对与政府联系比较紧密的妇联、工会和居委会/村委会的信任程度较高，其评价分数均超过 60 分，分别为 68.2 分、64.7 分和 62.2 分；市民对民间组织性质的学术性学会、业主委员会、行业协会的信任程度较低，其评价分数分别为 59.5 分、58.1 分和 57.2 分；市民对宗教组织的信任程度最低，已接近"非常不信任"范围，其评价分数仅为 50.1 分（见图 5）。

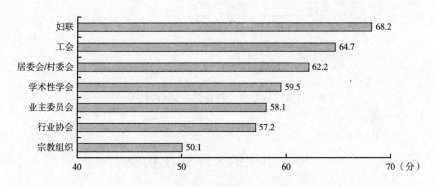

图 5 非政府组织的信任得分对比

6. 银行是最受信任的商业行业，房地产中介和广告业最不被信任

本次调查结果显示，"银行"属于最受信任的商业行业，其信任评价分数为 74.4 分，达到"中度信任"水平。

被访者对"计算机服务和软件业"、"家用电器制造业"的信任评价分数分别为 61.5 分和 61.3 分，属"低度信任"水平。

被访者对"零售商业"、"保险"、"餐饮业"、"物业管理"、"旅游业"、"农副产品"、"药品制造"和"食品制造"等行业的信任评价分数均在 60 分以下，属于"基本不信任"范围。尤其是药品制造和食品制造行业，近年来问题频发，如三聚氰胺、地沟油、狂犬疫苗造假、减肥药成分不明等事件，严重打击了普通民众对食品、药品行业的信任。本次调查结果显示，两行业的信任得分分别为52.8分和51.1分，属于"基本不信任"的下限。部分受访者在接受本次调查时表示，"现在真不知道吃什么是安全的了"。

"房地产业"和"广告业"信任得分仅为49.9分和40.0分，属"高度不信任"。一方面近几年来中国一线城市房价飞涨，远远超出普通群众可以接受的物价水平；另一方面房屋质量问题频出，加深了民众对房地产业的不信任感。广告业则因其良莠不齐的品质而造成诚信缺失（见图6）。

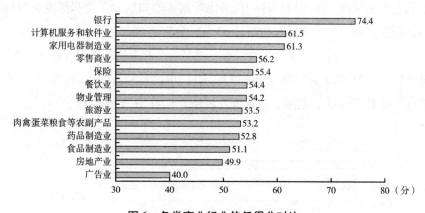

图6　各类商业行业信任得分对比

三　市民的人际信任状况

人际信任由身份伦理规范连带的信任和交往性信任组成。调查结果呈现"家人密友、熟人朋友、陌生人"三大阶梯的信任格局。

由于家庭关系和亲友关系不仅有较为明确的角色责任规范，也有亲情和交往基础，因此是人际信任最主要的来源。本次调查结果显示，被访者对于家庭成员的信任程度非常高，其信任得分高达94.0分，在各类信任对象中最高，属"高度信任"范围。调查中有高达98.7%的人表示对家庭成员"比较信任"和"非常信任"。亲密朋友是除了家庭成员之外关系最为密切的群体，是情感诉求的重要对象，也是社会支持的最重要来源。本次调查发现，亲密朋友的信任得分为

79.9 分，属"中度信任"上限。

经常联系的朋友和同事是通过交往形成的关系，被访者对其有一定的信任。本次调查显示，被访者对一般熟人、单位同事和一般朋友的信任评价分数分别为62.8 分、60.4 分和 60.0 分，均属于"低度信任"水平。对单位领导的信任评价分数为 58.4 分，属于"基本不信任"的上限。随着社会变迁、社会流动的加剧和城乡住房结构的改变，人们对"邻居"这个传统意义上熟悉的人群逐渐疏远，信任程度降低。本次调查结果显示，市民对邻居的信任评价分数为 57.6 分，属"基本不信任"范围。

被访者对陌生人和网友的信任程度极低，其信任得分分别仅为 22.5 分和19.1 分（见图 7），属"高度不信任"水平。调查中，分别只有 2.0% 和 1.5% 的人选择愿意信任陌生人或网友。

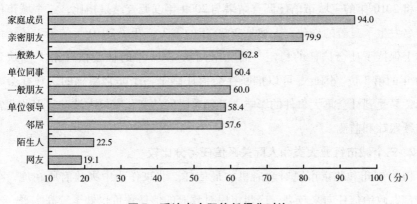

图 7　受访者人际信任得分对比

人际信任局限于家人和密友之内，说明人际信任的状况不容乐观。因为这是比较极端的特殊信任。在现代社会，人们生活在陌生人居多的社会中，人际普遍信任是社会合作的基本条件。如果只信任家人和少数密友，将会影响公共参与和各类亲社会行为。

四　三个城市的信任状况比较

1. 上海社会信任程度最高，广州其次，北京最低

上海的社会总体信任程度最高。本次调查结果显示，上海的社会总信任得分为

65.7 分，位居三城市之首；广州的社会信任得分为 63.7 分，位居第 2 位；北京在本次调查中社会信任程度最低，得分为 59.3 分，属"基本不信任"范围（见图 8）。

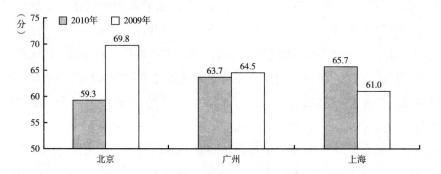

图 8　两年度三城市信任得分对比

将 2010 年的三城市信任调查结果与 2009 年度调查结果相比，三个城市的信任排名发生了显著的变化，上海从 2009 年的第 3 位跃居 2010 年的第 1 位，广州总体上保持了社会信任的稳定，而北京则从 2009 年的社会信任第 1 位跌到了 2010 年的第 3 位。因此，可以推断社会信任感是一个非常敏感的宏观社会心态指标，易受到社会重大事件的影响，且随着时间的变化有较大波动，因此非常值得继续跟踪和监测。

2. 三个城市行业大类和人际关系信任得分比较

（1）广州和北京市民对政府机构最信任。北京作为中央政府所在地，全国的首都，政治信任向来较高；广州市民对政府的信任评价也处于较高水平。本次调查结果显示，广州和北京市民对政府机构的信任程度较高，得分均为 70.6 分，达到"中等信任"程度。上海居民对政府机构总体信任评价分数为 68.2 分，与北京、广州的评价分数相差 2.4 分，但在水平上属"低度信任"的上端。

（2）广州、北京市民对非政府组织更为信任。广州和北京的非政府组织比较发达，运作较为规范，市民对非政府组织总体信任程度相对较高，两地非政府组织的信任得分分别为 66.0 分和 60.0 分，属"低度信任"水平。而上海市民对非政府组织的信任评价分数仅 54.0 分，处于"基本不信任"水平。

（3）广州市民对公共媒体最信任。本次调查显示，广州被访者对公共媒体的信任程度最高，其信任得分达 71.1 分，属"中度信任"级别；北京和上海的公共媒体的信任得分相对较低，分别为 69.9 分和 67.1 分，属"低度信任"水平。

（4）北京、上海市民对公共事业部门更信任。本次调查结果显示，北京、上海两市居民对所在城市公共事业部门的信任评价分数分别为 69.0 分和 68.8 分，属于"低度信任"中的较高水平；广州市民的得分为 64.3 分，属于"低度信任"中的较低水平。

（5）广州市民对商业行业的信任程度最高。整体来说，三市居民对商业行业的社会信任评价均较低，处于"基本不信任"水平。其中广州市民对商业行业的评价稍高，信任得分为 57.6 分；其次是上海市民对商业行业的评价，为 55.9 分；北京市民对商业行业的评价最低，为 52.2 分。

（6）北京、广州的人际信任程度明显高于上海。本次调查结果显示，北京和广州的人际关系信任得分较高，分别是 60.5 分和 60.4 分，达到"低度信任"水平；而上海市民的人际信任得分最低，仅为 50.7 分，处于"基本不信任"范围的下限水平（见表 2）。

表2　分城市的各行业/部门信任得分对比

单位：分

信任对象	信任得分		
	北京	上海	广州
政府机构	70.6	68.2	70.6
非政府组织	60.0	54.0	66.0
公共媒体	69.9	67.1	71.1
公共事业单位或部门	69.0	68.8	64.3
商业行业	52.2	55.9	57.6
人际关系	60.5	50.7	60.4

五　对严重的失信行为的分析

信任经验是个人信任感的重要来源。对社会上守信/失信状况的判断也间接影响到个人的信任感。本研究从信任经验的角度，进行了失信行为的分析，可以从反面看出市民信任状况。

1. 广告、地产行业信任缺失，食品、药品行业信任危机严重

近年来，出现了大量的夸大商品性能和功效的虚假广告，特别是有关虚假药

品、医疗器械和保健食品的广告在广播、电视等媒体中出现，欺骗和误导消费者，影响居民对广告的信任。本次调查结果显示，虚假广告欺骗的严重程度得分为78.3分①，属于"非常严重"范围②。

房价居高不下，房地产市场管理有待进一步规范，许多违规、违法和欺骗行为时有发生，居民对此意见很大。本次调查结果显示，房地产开发和中介欺骗的严重程度得分为71.0分，属"严重"范围。

食品行业、药品行业、商场或超市促销人员欺骗的严重程度得分分别为65.4分、64.0分、60.1分，均属"严重"范围。

陌生人欺骗、政府工作人员渎职不作为、公共媒体欺骗以及社会团体欺骗现象也较严重，其得分分别为59.8分、59.1分、54.5分和52.7分。

被访者认为与亲戚、朋友等熟人之间的交往最安全，认为熟人欺骗的严重程度得分仅为32.8分，属于"不严重"范围（见图9）。

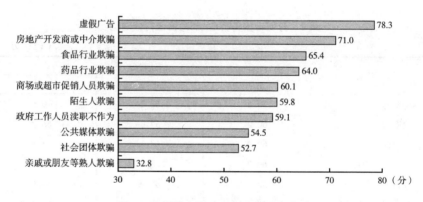

图9　各类社会欺骗现象严重程度得分

2. 上海、北京市民对社会欺骗现象严重程度的判断高于广州

从调查结果总体上看，上海和北京市民认为社会欺骗行为较多，两地社会欺骗现象严重程度得分分别为67.5分和60.8分，属"严重"范围；广州市民认为社会欺骗现象的严重程度相对较低，该地严重程度得分为51.0分。具体情况分述如下。

---

① 社会欺骗现象严重程度计分方法为："非常严重" =100分，"比较严重" =75分，"一般" =50分，"不太严重" =25分，"一点也不严重" =0分，分值越高越严重。下同。

② 根据以往研究经验，"社会欺骗现象"得分在75分及以上属"非常严重"范围，50~74分属"严重"范围，25~49分属"不严重"范围，24分及以下属"轻微"范围。下同。

北京和上海认为虚假广告最严重。北京和上海被访者认为虚假广告欺骗现象的严重程度分别达到 85.5 分和 82.3 分，属 "非常严重" 范围，远高于广州的 67.1 分。

　　北京、上海市民认为房地产开发和中介欺骗现象更严重。本次调查结果显示，北京、上海两地房地产开发和中介欺骗现象严重程度得分分别为 76.5 分和 75.4 分，均属 "非常严重" 范围，高于广州的 61.3 分。

　　上海市民认为商场或超市促销人员的欺骗现象比较严重，其严重程度得分为 68.4 分，属 "严重" 水平；北京市民对商场超市促销人员欺骗的严重性评价稍低 (61.1 分)，但也属 "严重" 水平。广州市民对促销行为的评价相对积极，欺骗严重性评分为 50.8 分，接近 "不严重"。

　　上海市民认为食品行业的欺骗现象尤为严重。上海市民认为食品行业欺骗严重程度为 70.1 分，属 "严重" 范围；广州和北京市民认为此类欺骗现象严重程度相对较轻，得分分别为 63.8 分和 62.1 分。

　　上海市民认为药品行业的欺骗现象特别严重，严重程度得分为 71.9 分，属 "严重" 范围中较重水平；北京和广州严重程度评价相对较轻，严重程度得分分别为 62.3 分和 58.0 分。

　　上海受访者认为公共媒体的欺骗行为更严重，其严重程度得分为 64.7 分，属 "严重" 范围；北京受访者得分相对较低，为 53.0 分；广州受访者分数最低，为 45.7 分，属 "不严重" 范围。

　　上海市民认为政府工作人员的渎职现象最严重，其严重程度得分为 69.2 分，属 "严重" 范围；北京市民对政府工作人员渎职的严重性评价较低，为 57.4 分；广州市民对政府工作人员的评价趋向积极，接近 "不严重" 范围，严重性得分为 50.6 分。

　　上海被访者认为社会团体欺骗较为严重，严重程度得分为 66.2 分，属 "严重" 范围；北京的严重程度得分为 51.7 分，属 "严重" 范围的下限；广州的严重程度得分最低，为 40.2 分，属 "不严重" 范围。

　　三地的受访者均认为亲戚朋友或熟人间欺骗的现象不严重。其中，广州受访者认为熟人间欺骗现象的严重程度最轻，得分为 26.5 分，接近 "轻微" 程度；上海和北京市民对该项行为的严重程度评价稍重，其得分分别为 34.2 分和 37.9 分，均属 "不严重" 范围。

　　上海市民认为陌生人欺骗现象最严重，严重程度达到 72.5 分，属 "严重" 范围；北京人对陌生人欺骗现象程度较低，其严重程度得分为 60.6 分，仍属"严重"范围；广州人普遍对陌生人持较为积极的态度，认为陌生人欺骗现象"不严重"，其得分为 46.4 分（见表 3）。

表 3　分城市社会欺骗现象严重程度得分

社会欺骗现象	严重程度（分）		
	北京	上海	广州
虚假广告	85.5	82.3	67.1
房地产开发商或中介欺骗	76.5	75.4	61.3
商场或超市促销人员欺骗	61.1	68.4	50.8
食品行业欺骗	62.1	70.1	63.8
药品行业欺骗	62.3	71.9	58.0
公共媒体欺骗	53.0	64.7	45.7
政府工作人员渎职不作为	57.4	69.2	50.6
社会团体欺骗	51.7	66.2	40.2
亲戚或朋友等熟人欺骗	37.9	34.2	26.5
陌生人欺骗	60.6	72.5	46.4
总体得分	60.8	67.5	51.0

六　主要结论及建议

1. 主要结论

（1）京、沪、穗三市总体社会信任状况的基本印象属"低度信任"水平。分城市看，上海的社会总信任得分为 65.7 分，位居三城市之首；广州的社会信任得分为 63.7 分，居第 2 位；北京在本次调查中社会信任程度最低，得分为 59.3 分，属"基本不信任"范围。

（2）政府机构、公共媒体、公共事业单位或部门等有政府背景的行业/部门受信任程度较高，接近"中度信任"水平，商业行业最低，属"基本不信任"范围。

（3）人际关系越亲密信任程度越高。其中，对家庭成员"高度信任"，对亲戚朋友接近"高度信任"，而对陌生人和网友则"高度不信任"。

（4）市民认为广告、房地产行业信任缺失，食品、药品行业信任危机严重。

调查显示，虚假广告欺骗现象的严重程度得分为 78.3 分，属于"非常严重"范围；房地产开发和中介、食品行业、药品行业的严重程度得分分别为 71.0 分、65.4 分、64.0 分，均属"严重"范围。

（5）上海、北京市民对社会欺骗现象严重程度的判断高于广州。调查显示，上海和北京市民认为社会欺骗行为较多，两地严重程度得分分别为 67.5 分和 60.8 分，属"严重"范围；广州市民认为社会欺骗现象的严重程度相对较低，其得分为 51.0 分。

2. 主要建议

（1）开展社会诚信建设的社会行动。首先从提高公共服务水平，提高政府的公信力，防止公职人员的渎职行为，发挥公共媒体的引领作用等工作做起。

（2）加强商业监管，严惩假冒伪劣产品，提高行业诚信。特别是与老百姓生活息息相关的房地产、食品、药品行业，应采取各种措施，确保市场健康稳定发展。加大监管和查处力度，杜绝商业欺诈行为。特别是虚假广告和商场/超市促销欺骗行为，是今后监管和查处工作的重点。

（3）通过大力发展民间社团组织，培植社会舆论力量，一方面可以通过社会组织，加大陌生人间的交往，践行契约诚信原则，发展出"生人社会"的诚信行为规范，塑造和培养良好的社会道德风气，创造良好的人际信任环境；另一方面，通过社会力量的培育，抵制市场不诚信行为和参与对制度的完善，有效防止欺骗现象发生。

Urban Residents' Social Trust in 2010

Du Junfeng   Rao Yinsha and Yang Yiyin

Abstract：The public survey in three cities, Beijing, Shanghai and Guangzhou, showed that the general social trust reached a basic level in 2010. Government agencies got the highest trust level while business departments got the lowest. The trust level was slightly higher in Shanghai and Guangzhou than in Beijing.

Key Words：General Social Trust; Trust on Institute/Department; Dishonest; Deceptive

B.10
奥运会前后北京市民的国家认同情况

中国社会科学院"奥运会对主办国国民社会心理的影响"课题组

饶印莎 执笔 *

摘　要：本研究采用问卷调查的方式，在北京奥运会前后分别进行了调查。结果表明，奥运会期间北京市民的国家认同水平整体较高。国家认同可分为三个维度，重要程度由高到低分别是爱国情感、世界公民和公民效能感，奥运会结束后国家认同的水平有显著提升。性别、年龄、受教育程度和工作状况均能对国家认同产生影响，女性的爱国情感和公民效能感显著高于男性；年龄与爱国情感和公民效能感呈正相关，年轻人的世界公民程度最高，中年人最低；离退休人员的爱国情感和公民效能感均显著高于在职工作者，而世界公民的强度由高到低依次是学生、在职工作人员和离退休人员。

关键词：北京奥运会　国家认同　爱国情感　世界公民　公民效能感

国家认同感是公民对国家成员身份的知悉和接受，是一种复杂的心理结构系统，也是国家凝聚力的重要指标。国家认同感会随时间和社会背景而产生变化，影响因素有很多。重大的国际体育赛事在国家认同感形成与强化中具有重要的功能。这种功能主要表现为：通过体育比赛展示国家的优越地位，增强国民的凝聚力；利用体育来寻求认同和合法性；提高公民的认同感、归属感、团结感、荣誉感。体育要想成为强化民众国家认同的途径，应满足四个基本条件：国家体育具有辉煌的历史；女性、残疾人等弱势群体不能被排除在国家体育之外；运动员具有竞技能力；体育赛事必须是全球性或国家重

---

* 饶印莎，中国社会科学院研究生院社会学系。

大体育赛事。

2008 年在北京举办的奥运会，是中国最为盛大的体育事件和重大的国家事件之一，被称为"中国人的百年梦想"。从奥运会的申办筹备开始，关于奥运会的宣传一直持续而热烈地进行着，2008 年，奥运会的宣传氛围达到了顶峰。强有力的国家动员，使得全民都卷入这项浩大的体育盛事中。而在奥运会这样的重大事件的影响下，中国人，特别是身处奥运中心的北京市民，其国家认同感如何被奥运会调节和影响，成为本研究的焦点问题。

本研究通过 2008 年北京奥运会前后对北京市民的入户问卷调查的结果，分析了北京奥运会期间北京市民的国家认同情况。

一　研究背景

事实上，世界许多国家和地区都着力于国民的国家认同的积极构建。如法国近期以官方形式出台了推动法国民众爱国教育的"国家认同"大讨论等系列活动，通过重温自由、平等、博爱，来推动民众的"国家认同感"的提升。在中国香港地区，对香港市民的国家认同程度的测量一直在持续。如香港大学"民意研究计划"小组于 2008 年 6 月 17 日发表的调查结果显示，香港市民对"中国人"身份的认同感正在增加，达到"九七回归"以来的新高。该研究计划主要负责人认为，这个变化与北京奥运会的举办和针对四川灾区的抗震救灾工作有关[1]。香港《大公报》社评认为，三十年改革开放，是港人对中央、对国家最一致、最强烈的认同，"神舟"飞船载人升空，北京奥运会包括圣火传递的过程，都使港人对国家的认同感一次次提升。2010 年，香港回归 13 年后，越来越多的香港人的国家认同感继续增强，2010 年一项在香港对 1004 名市民进行的调查发现，有 28% 的人认为自己是"中国人"，2009 年该数据为 24%；46%的人认为自己是"香港的中国人"，比例比 2009 年类似的调查数据下降了 13%；25% 的人认为自己是"香港人"，比例比 2009 年类似的调查数据下降了 13%。[2]

---

① http://news.sohu.com/20080618/n257571603.shtml.

② http://www.chinaqking.com/shizheng/2010/84382.html.

二 研究样本情况

本研究采用了入户问卷调查的方式，调查时间为奥运会举办前的三个月（2008 年 4～5 月）和奥运会举办后的三个月（2008 年 11～12 月）。采取配额抽样法，前测在北京市选取了六个社区，后测在五个社区中进行，共获得 2004 个18～70 岁的北京市常住居民的有效样本，其中前测 962 人，后测 1042 人，被试者的人口学特征如表 1 所示。

表1 样本分布情况

变量	奥运会前	奥运会后
性　别	男性 409(42.52%) 女性 537(55.82%) 缺失 16(1.66%)	男性 435(41.75%) 女性 593(56.91%) 缺失 14(1.34%)
年　龄	18～29 岁 208(21.62%) 30～39 岁 250(25.99%) 40～49 岁 164(17.05%) 50～59 岁 232(24.12%) 60～70 岁 104(10.81%) 缺失 4(0.42%) 平均值 42.21，标准差 13.57	18～29 岁 174(16.70%) 30～39 岁 204(19.58%) 40～49 岁 212(20.35%) 50～59 岁 291(27.93%) 60～70 岁 149(14.30%) 缺失 12(1.15%) 平均值 44.93，标准差 13.52
教育水平	小学毕业及以下 48(4.99%) 初中毕业 201(20.89%) 高中毕业 335(34.82%) 大专 124(12.89%) 大学本科 182(18.92%) 研究生 63(6.55%) 其他 9(0.93%)	小学毕业及以下 36(3.45%) 初中毕业 212(20.35%) 高中毕业 351(33.69%) 大专 170(16.31%) 大学本科 203(19.48%) 研究生 68(6.53%) 其他 2(0.19%)
工　作	学生 41(4.26%) 在职工作 492(51.14%) 离退 258(26.82%) 其他 171(17.78%)	学生 31(2.98%) 在职工作 499(47.79%) 离退 322(30.90%) 其他 190(18.23%)
合　计	962	1042

三 国家认同水平的调查结果

（一）测量题目简介

国家认同的题目有 12 个①，包括"看到中国运动员在奥运会上获得了很多金牌，我觉得中国人非常了不起"、"我对于自己是中国人感觉很好"、"过传统节日，更让我感到自己是中国人"、"当别人批评中国人时，我觉得就像在批评我自己"、"我会关心发展中国家人民的幸福"一类的正向题目和"我觉得中国有没有我这样的人，一点都不重要"、"我觉得自己拿不出什么贡献给国家"等一类的反向题目。

（二）题目得分

受访者对"每当五星红旗在奥运场馆升起，我总是感到无比自豪"这一说法的赞同程度最高，其得分为 6 点量表的 5.59 分，介于"很赞同"和"比较赞同"之间。奥运会作为最重要的国际性体育盛事，对参赛国国民的爱国情感和国家认同感有着不可替代的激发和提升作用，特别是当中国作为东道主举办奥运会的时候，这种被激发的自豪感更为强烈。国旗（五星红旗）作为国家的符号代表，能够迅速地激发起国民的自豪和骄傲，而国旗在奥运会场馆的升起，意味着本国运动员在比赛中取得了胜利。本研究表明，体育竞争胜利带来的荣耀感和强烈的国家荣誉感相结合，能够唤起最高程度的国家认同感，而国家符号在这个过程中起到了重要的作用。这道题目在奥运会前和奥运会后的测量中得分没有显著变化。

排在第 2 位和第 3 位的分别是"我经常意识到自己是中国人"和"过中国传统节日，更让我感到自己是中国人"，这两个观点的赞同程度得分分别为 5.41分和 5.38 分，介于"很赞同"和"比较赞同"之间。这说明北京市民对自己"中国人"这个身份的总体认同程度很高。北京是国际化的大都市，也是全国的政治文化中心，北京居民能深刻地感受中国在国际化进程中的发展与进步；长期

---

① 本次调查共有前后两次测量，其中后测题目在前测的基础上做了一些微调。

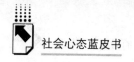
浸润在多元的国际文化环境中，与外来文化的比较和碰撞的过程更容易激发对自身中国人身份的区分和明确认知。此外，从 2008 年开始，国家对新的法定节假日进行了调整，清明节、端午节和中秋节三个中国传统节日被正式定为可以带薪休假的国家法定节假日，刚刚开始在清明节、端午节和中秋节休假的市民对国家的认同也通过其对传统节日的欢迎表现出来，且在奥运会结束后，受访者对"过中国传统节日，更让我感到自己是中国人"的说法赞同程度更高，也体现了市民对国家传统节日的欢迎和喜爱。①

"我对于自己是中国人感觉很好"一项得分为 5.37 分，介于"很赞同"和"比较赞同"之间。感觉很好是对确定的中国人身份的积极感受。社会认同理论认为，社会认同的基本过程是由社会分类、社会比较和积极区分原则组成建立的。而对中国人这个身份的良好感觉就是经过社会比较后，积极区分的典型表现为偏爱自己所属的群体，能从认知、情感和行为上认同所属的中国人这个大群体。奥运会后，民众对中国人身份的积极情感认同有了显著提升，进一步说明奥运会对中国人国民情感认同上的促进作用。

"看到中国运动员在奥运会上获得了很多金牌，我觉得中国人非常了不起"的说法也得到了受访者的肯定。体育竞技中，竞争取胜唤起了国家自豪感，进一步加强了对自己群体的认同情感。奥运会后该说法的赞同程度比奥运会前更高，可能是因为在奥运会前，被访者主要是依据以往中国代表团在奥运会上的成绩进行的评价，而北京奥运会后，中国代表团在本土取得了 51 块金牌的骄人成绩，雄居金牌榜第 1 位，中国体育代表团的历史性突破带给中国民众非常期盼但又没有意料到的惊喜，好成绩给关心比赛的国民带来了极大的震撼和鼓舞。因此，奥运会后民众对金牌带来的自豪感有显著提高，金牌数量增强了对中国人这个群体的骄傲认同。

民众对"我们虽然是普通老百姓，但仍然对国家的建设负有责任"的评价的赞同程度得分为 5.23 分，接近"比较赞同"水平。与前几个选项"几乎不假思索"地肯定的回答相比，感觉肩负建设国家的责任，是公民是否有能力为国家作贡献的一种自我评价，责任的承担是与付出相对应的，因此与直接的情感表达相比，程度没有那么强。由于该题目没有涉及奥运会举办的影响，在奥运会前

---

① http://news.sina.com.cn/c/2010 – 06 – 15/233420481824.shtml.

和奥运会后得分没有变化。

对"当别人批评中国人时，我觉得就像是在批评我自己"的表述的赞同程度平均分为5.04分，接近"比较赞同"水平。当个体认为自己所在群体受到威胁时，个体的群体成员身份很容易凸显出来，自我概念扩大到整个群体，将整个群体的事情看做是自己的事情。表现为：为所在群体的荣誉而兴奋，为所在群体受到的威胁和批评而愤怒和难过。因此，当整个中国人群体受批评的时候，将其看作是对自己的批评，这是对国民身份认同的成员在群体地位受到威胁时引发的一系列心理反应，也是北京市民较强的国家认同感的表现形式之一。对该题目的赞同程度在奥运会之后显著提高，说明经过北京奥运会之后，普通民众对自己的中国人身份更加认同。

"我会关心发展中国家人民的幸福"得分为4.63分，介于"有点赞同"和"比较赞同"之间。这是一道测量个体是否具有世界公民倾向的题目，看个体是否具有开放的视野和宽广包容的胸怀。在全球化加速发展，各国各地区联系日益紧密的今天，即使没有跨出过国门的人，也会通过各个渠道的报道对其他国家及其国内发生的事情有一定的了解和认识，进而表现出关注。北京市民对其他发展中国家人民的生活质量的关注，就是典型的当今中国人开放心态和国际意识的表现。奥运会后对该题目的赞同程度显著提升，说明奥运会给普通北京市民提供了多国界、多民族的文化交流平台，使北京市民对世界其他国家有了更浓厚的兴趣和更深入的了解，这也是奥运会带来的全球沟通和友谊缔结的成果。

题目"我觉得中国有没有像我这样的人，一点都不重要"是反向表达的题目，得分为4.42分（反转计算后的分数），介于"有点不赞同"和"比较不赞同"之间。虽然受访者对自己对社会所能起到的作用的评价比直接的爱国情感程度要低，但民众总体上仍然不能接受"中国没我不重要"的说法。这说明公民对自身个体存在的价值和意义能够予以充分的正视和肯定，也能够客观评价自己相对社会和国家的价值和贡献。这种自我评价在奥运会前后没有显著变化。

市民普遍表示"愿意为外国灾民捐款"，该题目赞同程度得分为4.09分，属"有点赞同"，且奥运会后市民对外国灾民捐款的意愿有了非常明显的提升。受访者表现出能够将邻里之爱扩大到除了自己国家以外的范畴，这可能除了奥运会的影响外，还包含了汶川地震系列事件带来的影响。中国四川遭受了特大地震之后，全国人民的心连在了一起，各行各业的人都倾囊相助，成为新中国成立后最浩大的一次全社会捐助行动。外国友人也对中国的受灾群众提供了极大的帮助，不论是在救灾现场，还是在灾后的重建过程中，许多国家和地区的人们都给予了超越国界的关爱。北京奥运会中也多次体现了地震关爱元素，如开幕式上中国代表团的旗手，其中一位就是来自四川灾区的小英雄林浩，他在灾难中的勇敢和机智，是中华儿女在面对艰难困苦时的智慧顽强的表现。爱心是不断传递的，在奥运会后，中国居民为外国灾民捐款的意愿也有了大幅度的提高，爱心还在国家和民族范围内继续传递。

也有一定数量的受访者对"我有时候也会为人类前途担忧"的说法表示同意，得分为4.01分，属"有点赞同"。不同被访者对这道题的态度有较大差异，一部分人相对会更为人类前途和发展表示关心或担忧，而另一部分人则会安于现状，不会计较和考虑那么多。总体来看，奥运会后民众对"为人类前途担忧"的说法的赞成程度有了明显的提升。如上文所述，这也可能是受到了汶川地震和奥运会的多重影响。

得分最低的说法是"我觉得自己拿不出什么贡献给国家"，这是反向描述的题目，得分为3.90分，接近"有点不赞同"。在回答这一道题目的时候，许多市民的第一反应是自己确实无力拿出具体的钱财或者物质去捐献给国家，而做出正向肯定回答的那部分群众则认为，自己做好本职工作，缴纳国税，就是为国家的建设添砖加瓦，就是为国家作贡献。奥运会后大家对自己对国家的贡献评价比奥运会前更积极。许多群众都参与到奥运会的志愿服务活动中，直接或间接地为奥运会的举办作出了自己的贡献。

四　国家认同的结构

（一）国家认同的结构分析

民众的国家认同可以包含三个维度。

维度一：爱国情感——包括"当看到五星红旗在奥运场馆升起时，我感到无比自豪"、"看到中国运动员在奥运会上获得了很多金牌，我觉得中国人非常了不起"、"我对于自己是中国人感觉很好"、"过传统节日，更让我感到自己是中国人"、"我经常意识到自己是中国人"和"当别人批评中国人时，我觉得就像在批评我自己"五个题目。

维度二：世界公民——包括"我会关心发展中国家人民的幸福"、"我有时会为人类的前途担忧"和"我愿意为外国灾民捐款"三个题目。

维度三：公民效能感——包括"我觉得自己拿不出什么贡献给国家"和"我觉得中国有没有我这样的人，一点都不重要"两个题目①。

表2是国家认同的因素分析结果。

表2 国家认同因素分析结果

序号	题 目	维 度		
		爱国情感	世界公民	公民效能感
a1	当看到五星红旗在奥运场馆升起时,我感到无比自豪	0.82	—	—
a2	看到中国运动员在奥运会上获得了很多金牌,我觉得中国人非常了不起	0.79	—	—
a3	我对于自己是中国人感觉很好	0.78	—	—
a4	过传统节日,更让我感到自己是中国人	0.71	—	—
a5	我经常意识到自己是中国人	0.68	—	—
a6	当别人批评中国人时,我觉得就像在批评我自己	0.59	—	—
a7	我会关心发展中国家人民的幸福	—	0.79	—
a8	我有时会为人类的前途担忧	—	0.77	—
a9	我愿意为外国灾民捐款	—	0.68	—
a10	我觉得自己拿不出什么贡献给国家	—	—	0.86
a11	我觉得中国有没有我这样的人,一点都不重要	—	—	0.85
累计解释百分比(%)		33.57	13.97	13.05

（二）国家认同的程度

通过对国家认同三个维度的得分的计算比较②，结果显示：程度最高的是爱

---

① 此处两个题目得分均为反向，下同。

② 各个维度的得分通过以下计算得到：（1）爱国情感的维度得分 = （0.82 × a1 + 0.79 × a2 + 0.78 × a3 + 0.71 × a4 + 0.68 × a5 + 0.59 × a6）÷6；（2）世界公民的维度得分 = （0.79 × a7 + 0.77 × a8 + 0.68 × a9）÷3；（3）公民效能感的维度得分 = （0.86 × a10 + 0.85 × a11）÷2。

国情感，得分为 3.91 分；得分第二的维度是公民效能感，得分为 3.55 分；得分第三的是世界公民，得分为 3.19 分。奥运会后国家认同的三个方面的程度均比奥运会前高。民众的爱国情感、国际主义、公民效能感等国家认同随着奥运会的成功举办获得了明显的提升。

五　国家认同的影响因素

研究发现，不同性别、年龄和教育背景的民众在国家认同不同维度上存在着差异。

（一）爱国情感的影响因素

1. 女性比男性的爱国情感更强

女性的爱国情感高于男性，两者的得分分别为 3.97 分和 3.83 分。这可能是由于女性比男性在情感体验和感受上更为敏感和强烈。

2. 年龄越大爱国情感越强

随着年龄的增加，民众的爱国情感也不断增强。爱国情感程度最低的是 18 ~ 39 岁年龄段的人群，得分为 3.80 分；40 ~ 59 岁年龄段的爱国情感程度居中，得分为 3.96 分；而 60 岁以上的人群的爱国情感程度最强烈，得分为 4.09 分。

18 ~ 39 岁年轻人的爱国情感比 40 岁以上人群程度要低，这可能是因为不同年龄段的人表达情感的方式和习惯不同。原因之一可能是年轻人更趋于理性的表达，对情感的程度有细致的体验和区分；而随着年龄的增长，人们对态度表达倾向于采用"是"或者"否"的表达，所以在面对爱国这种强烈而肯定的情感时，倾向于给出相对积极的应答。除此之外，也可能是由于不同年龄段的人生活在不同的社会背景下，经历特定时期的社会事件不一样，形成具有时代特色的价值观，因此在爱国情感的表达上也有不同。

3. 教育程度越低，爱国情感越高

研究发现，受教育水平越低的个体，所表达出的爱国情感越高。本科及以上较高学历的人比高中及以下较低学历的人在爱国情感上的得分更低，二者得分分别为 3.68 分和 3.97 分。

4. 离退休人员爱国情感最高

按照个人的工作状况对受访者进行区分，分别探讨学生、在职工作人员、离退休人员和其他工作类别①个体的爱国情感，结果发现，离退休人员爱国情感最高，其次是"其他工作类别"的人，"在职工作"者排名第三，"学生"最低，得分分别是4.04分、3.91分、3.83分和3.82分。从调查样本来看，离退休人员大多都是土生土长的北京人，或者在北京有较长工作时间和较多生活经历的人。由于这些人经历过更多的国家大事，感受到国家发展所带来的翻天覆地的变化，国家政治改革和开放带来的迅速进步，到了退休年龄之后，也能相对充分地享受养老福利，因此他们大多能够发自内心地赞美国家和政府，表达自己的爱国之情。"其他工作类别"的人工作状况比较复杂，其中大部分属于社会弱势群体，却有着较高的爱国情感。这可能是因为北京的社会福利保障相对比较完善，即使是社会弱势群体，也能够享受基本的社会生活保障福利和权益，公民权利能受到国家和社会的尊重，因此，他们对国家也是非常感激的，内心是十分自豪的，对重大的国家民族事件会表现出绝对的支持和赞同。而"在职工作"的人由于承受相对较大的工作和生活压力，身心状态往往比较疲劳，较之离退休人员，他们的情感表达没有那么强烈也在情理之中。

（二）世界公民感的影响因素

世界公民意识或世界公民感是超越国家意识的一种对人类这一个社会类别归属感和对人类生存发展的责任感。由于全球化的进程，越来越多的人感受到了世界公民意识。他们从全人类的利益出发，对环境问题、资源问题、贫困问题等更加关注，思考的范围超过一个国家的利益。这是与国家认同相关的一种认同，一方面，它是人超越一己之私的最高水平，延续和升华了国家认同，体现了国际主义倾向；另一方面，在有些问题上会与国家认同产生一定的冲突。

1. 女性比男性有更强的世界公民感

女性相比男性具有更强的世界公民感，两者的得分分别为3.23分和3.15分。在"我会关心发展中国家人民的幸福"、"我有时会为人类的前途担忧"和

---

① "其他工作类别"包括一直无工作，辞职、失业或下岗，长期病休，现役军人等情况。

"我愿意为外国灾民捐款"三个说法上，女性的赞同程度均比男性强。这可能是因为女性的自我概念更有弹性，更容易扩大到周围，如家庭、社会、国家，甚至是世界范围，对其他国家的人民的灾难也能表现出发自内心的同情，对人类的前途也能表现出关心和挂念。

2. 世界公民感随年龄增加而增强

世界公民感程度随着年龄的增加而增强。不同年龄的人的社会经历和人生任务不一样，年轻人有更多的生活责任和人生任务待完成，如 18～29 岁的人有就业、工作和买房的压力，30～39 岁的人有养老和哺育下一代的任务，是家庭经济的顶梁柱，相比老人而言，无暇也无更多的能力去帮助那些更需要帮助的人。

3. 世界公民感总体随受教育程度增加而增强

总体来看，世界公民感基本表现出了随着受教育程度的增加而先增强再减弱又增强的趋势。而在 30～59 岁阶段的人群中，世界公民感随着受教育程度的增加而增强。

从小学文化水平到高中学历水平，世界公民感依次增强，得分分别为 3.03 分（小学）、3.18 分（初中）和 3.28 分（高中）。小学文化水平的人世界公民感明显较低，这可能是因为在我们的调查样本中，具有小学文化程度的人当中，一部分是年轻人，他们因为低学历进而导致社会地位较低；另一部分人则是年迈者，他们的基本素质和社会经济地位决定了其在国际心态和包容捐助方面的能力有一定的局限性。从高中学历水平到研究生学历水平，随着学历的增加，世界公民感先减弱后增强，得分分别为 3.14 分（大专）、3.09 分（本科）和 3.23 分（研究生），本科学历水平的人世界公民感最弱。

4. 离退休人员世界公民感最强

离退休人员的世界公民感最强，得分为 3.30 分；其次是工作状况属于"其他"类别的人，得分为 3.22 分；再次是"在职工作"的人，得分为 3.13 分；最弱的是城市居民样本中的"学生"群体，得分为 3.01 分。离退休人员仍旧有足够的时间、精力和经济实力，他们读报、听新闻、积极参加各种健身娱乐活动，因此能够表现出超出国界的关爱。而学生群体由于处在世界观和人生观的变革时期，世界公民感可能出现不稳定的状况。

（三）公民效能感维度的影响因素

1. 男性和女性的公民效能感相当

研究发现男性和女性的公民效能感并未表现出不同。这说明，男性和女性对"能否拿出什么贡献给国家"和"觉得中国有没有像我这样的人，一点都不重要"的评价程度一致。

2. 40 岁以下的年轻人公民效能感最高

不同年龄的人公民效能感程度也不同。40～59 岁人群的公民效能感最低，得分为 3.43 分；60～70 岁的人公民效能感稍高，得分为 3.54 分；公民效能感最高的是 18～39 岁的人群，为 3.69 分。18～39 岁的青年人朝气蓬勃，怀揣抱负和理想，满腔热忱地要投身为国家为社会作贡献的大潮中去，他们或者是正在求学，或者是在自己的工作岗位上打拼奋斗，总之，年轻人对自己的能力有着较为积极的认识和评价；40～59 岁的人们，经历了中国社会的改革，经历了国企改革、下岗等一系列相应的社会重大事件，他们中的有些人甚至为改革牺牲了自身的利益，因此对自己能为国家和社会提供什么样的价值会有较为保守的评价；而60 岁以上的人，大多已经正常退休安享晚年，倾向于认为自己已经在年轻的时候对国家、对社会作了足够的贡献，现在已经是年青一代的舞台，评价相对中立。

3. 教育能增强公民效能感

受教育状况也对公民效能感具有影响。随着受教育水平的提高，对"作为一个公民"的自我能力评价也会增强。研究生学历的公民效能感最高，得分为3.90 分；小学和初中学历的人效能感最低，分别为 3.43 分和 3.30 分。一方面，效能感是对自身是否有能力完成某一行为所进行的推断，较高教育程度的人有较强能力，因此，当个体的确对国家作出了贡献的时候，高学历者倾向于作出与事实相应的评价；另一方面，低学历者由于受到学历等条件的限制，其社会地位一般不高，收入也处于中下水平，会导致对自身能力的评估偏低。

4. 学生的公民效能感最强

受访者的工作状况也对其作为一个国家公民身份的效能感有影响。具体来看，公民效能感程度最高的是学生，得分为 3.82 分；其次是在职工作者，得分为 3.65 分；离退休人员和其他工作类型的人的效能感最低，得分分别为 3.45 分和 3.41 分。尚未步入社会的学生对自己能否成为一个合格的公民具有更高的信心，因而具有最高的效能感；在职工作者因为其日常工作本身就是在为国家、为社会、为人民创造财富、创造价值，其效能感理当较高；而离退休人员因为当下已经脱离了工作岗位，社会生产劳动基本停止，对自身是否能够"拿出"或者"贡献出"价值的说法持较为谨慎的态度。

总之，研究发现，奥运会作为一个重大事件，不仅是一个特殊的、容易激发民众国家认同感的社会情境，也作为国际重大赛事引导了民众形成世界公民意识。但是，如果要培育公民的国家认同感和世界公民意识，则需要在日常的社会经济政治生活中进行，特别是需要借助公共参与来提升公民身份的效能感，形成主人翁意识。

The National Identity of Beijing Citizens
during the Beijing Olympic Games

CASS- "The Study of the Citizens' Social Mentality in Hosting
Countries of Olympic Games" Project
Written by Rao Yinsha

Abstract: Questionnaires were distributed and 2004 subjects were involved before and after the Beijing Olympic Games about people's national identity in this research. The results showed that the level of national identity of Beijing citizens were totally high. It included three dimensions: patriotic feelings, global citizenship, and citizen efficiency. National identity reached a significantly higher level after the Olympic Games. The level of national identity was influenced by gender, age, educational background and career situation. Females had higher levels of patriotic feelings and citizen efficiency than males. Patriotic feelings and citizen efficiency were positively correlated with age. Young people had the highest level of global citizenship while the middle-aged had the lowest. Retirees had higher patriotic feelings and citizen efficiency than the working population. However, the descending order in the level of global citizenship are students, the working population and retirees.

Key Words: Beijing Olympic Game; National Identity; Patriotic Feelings; Global Citizen; Citizen Effeciency

北京市民隐私观念调查与分析

王俊秀*

摘 要：本文简要介绍了隐私概念及其特点，并根据对北京市962位市民进行入户问卷调查的数据，对民众隐私观念特点和影响因素进行了分析。结果显示，人们对于个人"领地"具有最强的保护态度；人们在公共权力下对隐私的保护有所让步；年轻、文化程度高、社会经济地位高的群体隐私观念更强。

关键词：隐私 隐私权 隐私观念

2010 年末，一场发生在腾讯公司与 360 公司之间的网络大战引发了网民的参与和大众的关注，直到政府部门出面干预才告停。而这场网络大战是以侵犯隐私和保护隐私的名义宣战的。这就引发了人们对互联网时代、信息时代隐私的关注：与传统社会相比，信息社会下人们的隐私观念会发生怎样的变化？这些年来隐私成为大众越来越关注的话题，从关注社会新闻中的隐私事件，到关心自身权利受到侵害。但我们也看到，也有不少人愿意对个人信息进行实时分享，把本属个人隐私的内容主动暴露于公众面前。

近年来，红外线摄影、针孔摄像头、拍照手机等每一项新科技、新发明的出现都首先引发人们对隐私受到侵害的恐惧，而现实中"偷拍"类事件也确实层出不穷，人们感到了围绕身体隐私方面信息的不安全。而人们熟知的信用卡用户、手机用户、楼盘业主、企业老板、车主等客户信息和高收入者、官员等特殊群体的个人信息被作为商品来买卖，不法分子以他人的个人隐私来牟利。另一方面，出于公共管理目的的银行账户实名制、手机实名制、火车票实名制、网络用

---

* 王俊秀，博士，副研究员，中国社会科学院社会学研究所。

户实名制等都曾引发民众关于隐私的争论。

长期以来，国内学术界对隐私的研究不足，而了解当前、当代社会民众的隐私观念对于社会政策的出台、法律法规的制定、社会管理的实施都是具有重大意义的。

一 关于隐私的几个问题

（一）什么是隐私

国外隐私研究虽然开展较早，有长期持续的研究，但学术界对于隐私也没有公认的明确定义，目前隐私概念基本上包含以下几个方面的含义。

一是把隐私看作与个体尊严相关的内容。因为隐私受到侵犯会削弱个人的自由和独立性，个人将不再与众不同，必须按照常规可以接受的形式来表现[①]。

二是认为隐私是不受他人干扰的权利。隐私是个人不愿为他人所知晓和干预的私人生活，是指私人生活安宁不受他人非法干扰，私人信息保密不受他人非法搜集、刺探和公开等[②]。

三是对个人信息控制的自主性。隐私被视为个体与社会参与之间的关系，保护个人隐私就是以孤独状态、以亲密的小群体状态或在大群体中保持匿名或保密状态，通过物理和心理手段自愿和暂时回避社会。也有人提出隐私是属于个体的一种所有物，隐私使得个体能够对个人信息加以控制，免受不利的干扰，这个角度基本上是出于个人的自我保护。[③]

四是个体回避他人的状态。认为隐私是个体被他人了解的程度，个人被他人接近的程度以及个人成为他人注意对象的程度[④]。

其实，人们对隐私理解的差异并非仅仅是一个视角的差别，隐私是受社会文化背景制约的，不同的文化传统决定了个体具有不同的隐私观念，不同的时代具

① The Law Reform Commission of Hong Kong (1999), Consultation Paper on Civil Liability for Invasion of Privacy, http: //www. info. gov. hk.

② 张新宝：《隐私权的法律保护》，群众出版社，1998。

③ Markku Laukka (2000), http: //www. tml. hut. fi/Research/TeSSA/Papers/Laukka/Laukka _ nordsec2000. pdf.

④ The Law Reform Commission of Hong Kong (1999), Consultation Paper on Civil Liability for Invasion of Privacy, http: //www. info. gov. hk.

有不同的隐私观念，不同的个性特征也可能会持有不同的隐私观。而且隐私具有很大的情境制约性，在不同环境下对于隐私的要求是不同的。隐私并非一种纯粹的客观存在，对隐私的认知是一个非常主观化的过程。

（二）隐私包含了什么

心理学家把隐私看做一种人格特质，并进一步分析隐私中所包含的成分。有人认为隐私包含四个基本的状态：一是独处，就是个体从群体中分离出来，免受他人的审视；二是亲密，就是个人主张与大群体分隔开来，实现少数人之间的亲近和坦诚的关系；三是匿名，设法使个人在公共场合因为没有身份识别和监视而保持自由；四是缄默，通过限制自己与他人的进一步的沟通来保护自己。

也有人认为他人获得了个体的信息，他人对个体保持注意，他人接近个体时隐私就失去了，因此认为隐私由保密、匿名和独处三方面的元素构成，这三个元素彼此独立，但又相互存在着联系。其中，保密强调如果一个人对自己公共场合的信息被公开和被使用不能控制，就是隐私的丧失，一般来说，人们关于这些信息知道得越多，与信息有关的个体遭受的隐私损失就越大。①

这些观点把隐私理解为日常生活中表现出的习惯性行为，这种行为通过把个人的行为和个人的信息控制在一定的自认为安全的范围之内来保护自己。我们看到，这种控制手段或者是采取躲避，把自己与可能的侵犯隔离开，或者是把涉及隐私的内容限制在家人和朋友范围内。隐私的这种策略作为稳定的个性品质应该是与个人的许多行为不可分割的。

（三）隐私有什么用

不管是强调隐私是不受他人干扰的权利，还是认为隐私是对于个人信息的控制，都是为了保护个体的私人生活，是对个人边界的保护。个体为什么要拥有属于自己的私人生活，拥有自己的隐私，要为自己的领域划分一个边界呢？

临床心理学家认为隐私有保护和防御等多方面的作用，可以提升个体的幸福感，为个体发展提供保护，对个体的弱点进行管理，使个人独立于他人权力和影

---

① *The Law Reform Commission of Hong Kong*（1999），"Consultation Paper on Civil Liability for Invasion of Privacy"，http：//www. info. gov. hk.

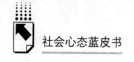

响，少受伤害。①

万斯汀（Westin）归纳出隐私四个方面的功能。

第一，个人自主。隐私可以避免被他人操纵和统治。对个体私人领域窥察就可能获得个体的秘密，也就可能通过公开其隐私而奚落、羞辱和统治个体。每个人都有一个面具，如果个体的面具被撕掉，而他人都戴着面具，就会产生极其严重的心理伤害。前几年台湾发生的璩美凤性爱光碟案、香港发生的"艳照门"事件都是因为个人隐私被他人操控而产生对个人的伤害。

第二，情绪疏泄。情绪的疏泄包括五个方面。首先，每个人在日常生活中都会扮演许多角色，也会相应地产生许多张力，而个人在一定时间之内能够承受的角色冲突是有限的，隐私可以给人以适当的面具来扮演要求的角色，使人保持身心健康；其次，隐私可以使人暂时不用去考虑社会性礼仪，如，独自一人或与朋友、熟人在一起时可以毫无顾忌地不修边幅；再次，隐私具有安全功能，个体可以尽情发泄对于某些权威的不满而不必担心报复，如果没有这种疏泄，人们将会体验到极大的情绪压力；又次，隐私与身体、性有着极其重要的关系；最后，犯罪或事故的受害者在哀伤中要求在隐私保护下疗伤，那些曾在公开场合有惨痛经历的人、丢了面子的人也要在隐私的环境下恢复。

第三，自我评价。个人需要隐私来评价他们为了各种目的得到的信息，把这些信息整合为有意义的信息，沉思、独处，甚至做白日梦都有利于产生创造性的观点。

第四，有限的防护性沟通。隐私为个人提供了与亲密者和其他专业顾问人员分享秘密的机会，这些专业人员包括医生、律师和牧师等②。

二　隐私观念调查

为了初步了解居民隐私观念的特点，本研究采取入户问卷调查的方式，调查时间为2008年4～5月。采取配额抽样法，在北京市选取了六个社区，进行两次等距抽样，获得962个北京市常住居民的有效问卷。

---

① Markku Laukka（2000），http：//www. tml. hut. fi/Research/TeSSA/Papers/ Laukka/ Laukka _ nordsec2000. pdf.

② *The Law Reform Commission of Hong Kong*（1999），"Consultation Paper on Civil Liability for Invasion of Privacy"，http：//www. info. gov. hk.

（一）隐私观念的整体特点

1. 量表题目

问卷中隐私量表共包含了8个题目（题目见表1），题目设计了不同情境下的个人隐私权，第1题为大众与公众人物的隐私关系，第2题为朋友关系下的隐私关系，第3题为家庭监护关系下家长与子女的隐私关系，第4题和第7题为公共权力机关与个人的隐私关系，第5题是企业与员工的隐私关系，第6题是私人空间涉及的隐私问题，第8题是企业与客户的隐私关系。设计这些题目是希望测量人们在不同情境下对于个人隐私权利的态度，其中，第2题、第6题为正向题目，其余均为反向题目。正向题目中"很赞同"表示个体隐私观念最强，"很不赞同"则最弱，反向题目则是"很不赞同"个体隐私观念最强，"很赞同"隐私观念最弱。

表1　隐私观念量表题目各项选择比例

单位：次，%

题　　目		很不赞同	不太赞同	比较赞同	很赞同	不确定	缺失值	合计
（1）应大众需求，媒体公布一些	频次	222	367	200	86	83	4	962
明星的私人信息无可厚非（-）	比例	23.10	38.10	20.80	8.90	8.60	0.40	100.00
（2）即使是好朋友也不应打听	频次	54	102	412	365	27	2	962
对方私生活的情况（+）	比例	5.60	10.60	42.80	37.90	2.80	0.20	100.00
（3）家长出于关心私下翻看孩	频次	296	378	181	80	23	4	962
子的日记，情有可原（-）	比例	30.80	39.30	18.80	8.30	2.40	0.40	100.00
（4）政府机关有权利要求个人	频次	161	309	302	122	58	10	962
提供其详细信息（-）	比例	16.70	32.10	31.40	12.70	6.00	1.00	100.00
（5）企业有权利检查员工工作	频次	397	289	155	60	54	7	962
时收发的所有电子邮件（-）	比例	41.30	30.00	16.10	6.20	5.60	0.70	100.00
（6）没有主人允许或法律部门授	频次	69	53	249	565	23	3	962
权，任何人无权进入私人住宅（+）	比例	7.20	5.50	25.90	58.70	2.40	0.30	100.00
（7）若公安机关要求检查，任何	频次	119	261	286	248	46	2	962
情况下个人都无权拒绝（-）	比例	12.40	27.10	29.70	25.80	4.80	0.20	100.00
（8）为讨回逾期贷款，银行有权公	频次	173	241	267	206	72	3	962
开信用不良客户的个人信息（-）	比例	18.00	25.10	27.80	21.40	7.50	0.30	100.00

注：（-）表示反向题目；（+）表示正向题目。

为了更加直观地比较被调查对象在8个题目上隐私态度的异同，把反向题目和正向题目统一计分，把"很赞同"到"很不赞同"等四种选项分为四个等级，分别记为1、2、3、4，其中，1代表在该情境下个人坚持隐私权态度最弱，相当于正向题目的"很不赞同"，反向题目的"很赞同"，4代表最强，相当于正向题目的"很赞同"，反向题目的"很不赞同"，结果如图1所示，最下端一段为隐私态度最强，最上一段为最弱，下面两段比例之和为正向题目倾向于赞同的比例和反向题目倾向于反对的比例。对比八个题目的四个选项选择比例，可以看出，无论从选择4的比例还是3与4之和的比例，第6题都是最高的，也就是84.6%的人赞同"没有主人允许或法律部门授权，任何人无权进入私人住宅"，排在之后的是第2题和第5题，也就是80.7%的人赞同"即使是好朋友也不应打听对方私生活的情况"，71.3%的人反对"企业有权利检查员工工作时收发的所有电子邮件"，但这两项中态度最坚决的人的比例第5题更高，41.3%的人很不赞同，而第2题很赞同的比例为37.9%；隐私态度由强到弱排在第4位和第5位的是第3题和第1题，有70.1%的人反对家长翻看子女日记，有61.2%的人不赞同媒体公布明星的私人信息；个人隐私态度最弱的三个题目分别是第7题、第8题和第4题，只有39.5%的人不赞同"若公安机关要求检查，任何情况下个人都无权拒绝"，43.1%的人不赞同"为讨回逾期贷款，银行有权公开信用不良客户的个人信息"，48.8%的人不赞同"政府机关有权利要求个人提供其详细信息"（见图1）。

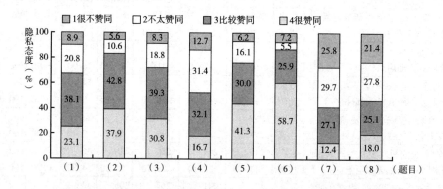

图1　隐私量表中各题目上不同隐私态度倾向的比例

注：（1）～（8）题题目的具体内容见表1。

从以上的比例可以看出，多数人对个人领地的隐私保护态度强于对个人信息的保护；而在个人信息保护的情境下，对于朋友关系、雇佣关系、监护关系下的隐私保护态度较强，然后是大众与公众人物的关系；人们隐私保护态度最弱的情境是面对公共权力之下，在公安机关、政府关系中有最大的隐私让步，由于我国主要的银行为国有银行，因此银行的行为很多时候也可能被理解为国家行为。

2. 量表总分及其分布

隐私观念量表采用 4 点量表，从对个人隐私权要求由低到高分别记为 1、2、3、4 分，最后 8 个题目相加得到每个人在隐私观念量表上的总分。统计结果显示，被调查对象隐私观念量总分最低为 12，最高为 32，平均值为 22.80，标准差为 3.61。从图 2 可见，被调查对象隐私观念量表得分分布为正态分布，也就是隐私观念高低两段的人数少而处于中间程度的多。

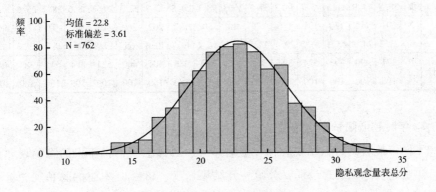

均值 = 22.8
标准偏差 = 3.61
N = 762

隐私观念量表总分

图 2　隐私观念总分分布形态

（二）隐私观念影响因素特点

1. 男性在隐私态度上强于女性

统计分析发现，本次调查中男性和女性在隐私观念的总分上平均得分为：男性 23.08、女性 22.62，男性略高于女性，但差别很小，未达到统计上的显著水平。

对各题目分别进行分析，被调查者在各题目选项上的比例见表 2（所有题目已转为正向计分，也就是按照对应的隐私态度强弱分为了 4 个等级，4 代表隐私态度最强，1 为最弱）。统计结果显示，男性和女性在第（2）、（4）、（5）、（6）和（7）题的选择上存在显著差异，也就是说，男性和女性在朋友、政府、企业、私人住宅、公安机关几个隐私情境中存在分歧，从表2可以看到，男性在这些题目上隐私态度最强的比例高于女性，而且男性在"4"和"3"两项合计的比例上也高于女性。

表2　男女两性在各量表上的态度比较

等级		(1)		(2)		(3)		(4)		(5)		(6)		(7)		(8)	
		男	女	男	女	男	女	男	女	男	女	男	女	男	女	男	女
1	N	35	48	27	27	29	49	58	62	20	39	25	41	111	133	102	101
	%	9.4	9.8	6.9	5.2	7.4	9.3	15.1	12.5	5.2	7.8	6.3	7.9	28.9	25.8	26.6	20.6
2	N	91	104	33	69	75	102	106	189	61	91	26	26	97	183	105	158
	%	24.5	21.2	8.4	13.2	19	19.4	27.7	38.2	15.8	18.2	6.5	5	25.3	35.5	27.4	32.2
3	N	144	220	163	237	174	198	139	164	113	169	89	153	110	148	102	136
	%	38.8	44.9	41.5	45.2	44.2	37.7	36.3	33.1	29.3	33.7	22.3	29.4	28.6	28.7	26.6	27.7
4	N	101	118	170	191	116	176	80	80	192	202	260	301	66	51	74	96
	%	27.2	24.1	43.3	36.5	29.4	33.5	20.9	16.2	49.7	40.3	65	57.8	17.2	9.9	19.3	19.6
合计	N	371	490	393	524	394	525	383	495	386	501	400	521	384	515	383	491
	%	100	100	100	100	100	100	100	100	100	100	100	100	100	100	100	100

2. 年龄越低隐私观念越强

不同年龄居民的隐私观念存在显著差异，总体上看，青年人的隐私观念更强，年龄越大隐私观念越弱，分组统计结果显示，18~30岁组的隐私观念量表平均值为23.63，31~40岁组为23.17，41~50岁组为22.29，51~60岁组为21.77，61~70岁组为22.57。可以看到，除了61~70岁组外，其余各组随着年龄增加，平均值逐渐下降。

3. 文化程度越高隐私观念越强

不同文化程度的居民隐私观念存在极其显著的差异，基本上表现为隐私观念随文化程度的提高而增强。统计结果显示，除小学或以下文化程度被调查者与初中毕业组接近（小学及以下组略高于初中毕业组），高中组、大学专科组、大学本科组、研究生组的隐私总分平均值是递增特征，各组的隐私总分均值分别为，小学及以下组21.86，初中组21.82，高中组22.24，大学专科组22.72，大学本科组24.12，研究生组24.45。

4. 当地人口与外来人口的隐私观念差异不明显

根据调查中的户籍状况可将被调查者分为当地人口和外来人口，统计结果显示本市户口居民隐私观念总分均值为 22.77，非本市户口居民隐私观念总分均值为 22.92，非常接近，未达到统计上的显著水平，差异不明显。

5. 18 岁前成长环境影响个人的隐私观念

我们认为早期的成长环境会影响个人的隐私观念形成，调查中把被调查居民 18 岁之前的成长环境分为农村、小城镇、中小城市和大城市。统计分析结果显示，四种不同成长环境的居民在隐私观念量表上的得分存在显著差异，各组居民在隐私安全感总分上的得分分别为 22.57、22.84、23.96 和 22.58，可以看到 18 岁之前生活在中小城市的居民隐私观念最强，其次是生活在小城镇居民，生活在农村居民隐私观念最弱，而生活在大城市的居民与之接近。

6. 不同家庭类型在隐私观念上有一定差异

不同家庭类型居民的隐私观念有一定差异，隐私观念最高的是夫妻二人家庭，隐私观念最低的是单亲家庭，中间各家庭类型的隐私观念总分得分由高到低排序分别是单身家庭、三代同堂家庭、两代同堂家庭。夫妻二人家庭隐私量表总分均值为 23.56，单身家庭为 23.11，三代同堂家庭为 22.87，两代同堂家庭为 22.48，单亲家庭为 22.25。

7. 无宗教信仰居民隐私观念更高

被调查的居民有宗教信仰的 87 人，无宗教信仰的 637 人。两类居民在隐私观念量表得分上存在显著差异，不信教居民隐私观念高于信教居民，不信教居民的隐私观念量表总分均值为 22.99，信教居民的这一数值为 21.83。

8. 学生和在职职工的隐私观念最强

不同就业状态居民在隐私观念量表上的得分存在极其显著的差异，不同就业状态类型在隐私观念量表上得分均值由高到低的排序是学生（均值为 23.51）、在职工作（均值为 23.34）、辞职失业下岗（均值为 22.81）、退休后返聘（均值为 22.61）、退休（均值为 21.88）和一直无工作（均值为 21.64）。

9. 个人经济收入高的，隐私观念也强

统计结果显示，不同经济收入者在隐私观念量表上的得分存在极其显著的差异，总的特点是收入高的居民总分均值也高。统计结果显示，隐私量表总分均值最高的是个人月收入在 8000 元以上的居民，隐私量表总分均值为 25.35；个人月收入在 4000 多元和 5000 多元的居民隐私量表总分均值接近，分别为 23.83 和 23.48；然后，个人月收入分别在 3000 多元、2000 多元、1000 多元和 500～1000

元的居民的隐私观念量表总分均值递减，分别为23.31、22.28、22.14和21.72；个人月收入在500元以下和无收入的居民的隐私观念量表总分均值没有递减，均值分别为22.94和22.56。

10. 经济收入自我评价中等的人隐私观念最强

问卷要求被调查者对自己目前的收入在当地处于怎样的水平进行评价，分为"上等"、"中上"、"中等"、"中下"和"下等"，统计结果显示，五种不同自我分等的居民在隐私观念量表上的得分存在显著差异，隐私观念量表总分均值最高的是自我评价经济水平处于"中等"的居民，隐私观念量表上的总分均值为23.39，其次为自评为"中下"的居民，总分均值为22.65，排在第3位的是自评为"中上"的居民，均值为22.38，排在第4位的是自评为"下等"的居民，均值为22.23，最低的是自评为"上等"的居民，均值为20.00。但从表3可以看到，居民自我评价的经济水平普遍偏低，自评为"上等"的居民仅有4人，所占比例仅为0.4%，自评为"中上"的居民也只有39人，也只占4.1%的比例，自我评价围绕着"中下"水平分布，自我评价最多的是"中下"水平，其次是"中等"水平和"下等"水平。这也就是经济收入自我评价高低与个人月收入水平在隐私观念量表得分存在差异的原因。

表3 不同个人月收入者经济水平的自我评价

单位：个

收　入	不答	上等	中上	中等	中下	下等	不知道	缺失值	合计
无收入	43	1	2	6	7	20	29	7	115
<500元	0	0	0	4	3	17	2	0	26
500~999元	0	0	3	9	28	54	3	0	97
1000~1999元	0	1	10	59	158	80	16	0	324
2000~2999元	0	0	2	45	73	16	5	1	143
3000~3999元	0	0	4	25	26	6	3	0	64
4000~4999元	0	0	2	22	16	3	0	0	43
5000~5999元	0	0	3	27	15	2	2	0	49
8000元以上	0	0	12	39	15	1	3	0	70
其他	2	1	1	6	2	1	8	1	22
缺失值	0	0	0	2	3	0	0	4	9
合　计	45	4	39	244	346	200	71	13	962

三 结语

从隐私观念的调查中发现，人们的隐私保护观念和个人隐私内容与个人的附属关系的强弱有关，最不能接受的是个人领地受侵犯，其次才是个人信息，而人们对于个人信息保护的态度受个人与对方的关系影响，在公共权力和组织情境下个人的隐私态度最弱，这与我国长期以来组织掌握个人信息（例如人事档案制度）的制度、"大公无私"、"公而忘私"的社会和文化相关。

我们也看到，随着人们公共生活的扩大，对制度的依赖性增加，人们个人信息的使用程度也在扩大。与此同时，对于隐私的了解、法律意识的增强，人们的隐私观念在加强，年青一代、受教育程度高、社会经济地位高的人群的隐私观念相对更强。

隐私权作为一种基本人权理应受到尊重，公共管理、社会管理、企业管理等方面都应该重视保护社会成员的个人隐私，让个体具有一定的自我保护、自我调适的安全空间，这有利于建立良好的、和谐的人际关系，也有利于营造和谐的社会合作关系。

A Survey on the Concept of Privacy of the Residents in Beijing

Wang Junxiu

Abstract：The concept, the characteristics, and the functions of privacy were reviewed. This is a survey research on the attitude about privacy. 962 Beijing residents were interviewed, and the factors that may impact the attitude of privacy were analyzed. The results of the survey showed that people had the strongest protective attitude to personal "territory", but showing concession on privacy protection when facing public power. The groups of younger age, higher education, and high socio-economic status had a stronger sense of privacy.

Key Words：Privacy；Privacy Right；the Concept of Privacy

行为倾向篇

Reports on Behavioral Tendencies

B.12

2010 年中国微博用户行为研究报告

肖明超*

　　摘　要：中国的互联网用户正在高速增长，互联网正在改变着人们的生活方式，也在颠覆人们的沟通和交流模式。自 2006 年 Twitter 网站的创立，微博客作为一个新的互联网平台得到了迅速的发展。随着新浪微博 2009 年的正式上线和很多网站相继推出微博平台，微博已经成为 2010 年中国社会的一个关键词。具有强烈的自媒体属性的微博，改变了人们的媒体习惯和信息传播的模式，并成为社会化媒体中最为即时性、用户最活跃的信息传播平台。微博吸引了中国的主流群体的积极参与，成为中国公众自我宣泄和表达思想与观点的空间，在新媒体运用更加敏捷、广泛的今天，微博不仅给中国公众带来新的话语空间，也在改变着信息、媒体甚至包括政府公共服务信息的传递，如何对待、应用微博以及下一个最新的互联网应用，也对相关部门的决策、沟通、处置能力提出了新的考验。本文通过详细的调研数据，深入

---

　*　肖明超，新生代市场监测机构副总经理。

分析了中国微博用户的特征、使用行为，并提出了政府及相关部门如何使用微博的建议。

关键词：微博　用户行为　媒体属性　传播价值

微博，即微博客（MicroBlog）的简称，是一个基于用户关系的信息分享、传播以及获取平台，用户可以通过手机、IM 软件（即时通信软件，如 Gtalk、MSN、QQ、Skype）以及各种客户端组建个人社区，以 140 字左右的文字更新信息，并实现即时分享，是一种可以即时发布消息的类似于博客的系统。2006 年，一个叫 Twitter 的网站在美国成立，"微博"从此成为互联网炙手可热的应用，并以惊人的速度扩展至世界各地。2009 年 10 月，中国国内的几大门户网站、部分重点新闻网站先后推出微博服务，一年来，国内微博用户数量呈现井喷式增长，一台电脑或者一部手机，随时随地与网友分享信息，交流情感，已成为 2010 年中国互联网应用领域最热门的景观。

微博不仅是社会化媒体中用户最活跃的平台，同时也在改变着中国媒体和信息传播的模式，并进一步改变着中国公众话语的表达方式。那么，微博的本质是什么？中国的互联网用户如何使用微博？关注网民的微博行为，可以发现微博对于舆论宣传以及整个信息传播的价值，无论是政府、企业还是个体，都可以从微博中获得益处。

一　社会化媒体的发展与微博的出现

当今世界，正发生着一场因互联网而引发的社会大变革，互联网正悄悄改变着社会进程，产生新的文化模式、经济模式、商业模式、政治模式、营销模式、思维模式等，带来新的社会变革。互联网的诞生给人类的工作、生活及娱乐等诸多方面带来了巨大变化，互联网的日新月异展现了它的无穷魅力。

CNNIC 的调查数据显示，中国的网民已经达到 4.2 亿，其中包括 3.05 亿城市网民，1.15 亿农村网民，还有 2.77 亿手机网民。在中国互联网发展过程中，这几年最大的变化是从 Web1.0 到 Web2.0 的迅速变革，中国社会化媒体的发展成为不断活跃的互联网的新图景。到 2010 年为止，中国即时通信工具用户 3.04

亿，网络游戏用户 2.96 亿，网络视频用户 2.65 亿，社交网站用户 2.1 亿，BBS/论坛用户 1.2 亿，博客用户 2.31 亿，而微博从 2009 年到 2010 年在短短一年多时间里，获得了至少 5000 万左右的用户。社会化媒体正在推动着中国网民行为和信息传播形态上一个巨大的改变。

社会化媒体，简单说就是"能互动的"媒体，社会化媒体可以分为即时通信工具、BBS/社区、购物类网站、社交网站（SNS）、博客和微博等。过去在传统媒体主导的 1.0 时代，基本的形式是媒体制造好了内容，展现给所有的受众，因此很多内容可以通过传播者的目的和初衷，对表现的形式进行控制，或者说可以对舆论的方向进行有效的控制，但是在社会化媒体高速发展的互联网时代，信息的传播已经从过去的一对多的点面传播变成了所有人对所有人的点对点，甚至凝结成社群之间的互相传播，因此，在这样的社会化媒体的环境下，每个人都可能成为信息传播的中心和新闻的源头，这直接改变和颠覆了原有的信息传播和舆论传播的模式，任何一个机构和个人都需要关注社会化媒体，因为它不仅是一场信息革命，也正在改变着人与人之间的关系和沟通方式。在群邑中国与新生代市场监测机构 2010 年 7 月开展的调查中，用户每天都使用的社会化媒体包括即时通信（例如 QQ、MSN）、社交网站（例如开心网、人人网等 SNS），微博位列第三。总体而言，社交、BBS/社区、博客、分享、网络游戏、微博的用户使用频率分布结构基本相似。每天都使用的重度用户占总量的 40% ~ 55%，2 ~ 3 天使用一次的用户占 30% 左右（见图 1）。

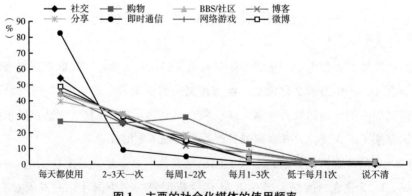

图 1　主要的社会化媒体的使用频率

资料来源：群邑中国与新生代市场监测机构 2010 年 7 月联合开展的在线调查，共调查了北京、上海、广州、成都、沈阳、西安六个城市 15 ~ 55 岁的 900 个微博用户。

作为一个可以互动的互联网 2.0 时代的媒体，社会化媒体普遍具有七种属性特征，分别体现了用户七个方面的利益需求：即在网络中展示身份、展示状态、与人会话、参与群组、维系关系、建立声誉、分享所得。利用这七重属性对当前中国网民使用的主要社会化媒体进行研究，会发现不同的社会化媒体有着鲜明的属性特征。例如，BBS/社区更多是一个群组，这里面的用户是基于共同感兴趣的主题而聚集，然后在 BBS/社区上进行讨论；即时通信工具核心是会话，用户使用即时通信工具核心是为了网上交流和沟通；购物类网站的核心属性特征是声誉，因为无论是买方还是卖方，诚信都变得非常重要，需要用户和商家付诸精力加以维护；基于阅读、娱乐的兴趣建立起来的社区或者是视频分享类网站，则更多体现的是一种分享；社交网站（SNS）的核心属性是关系，比如通过 SNS 维系和同学、朋友的关系。博客和微博，都侧重于状态和分享，但微博的重要属性更在于关注自我、随时随地反映心情和状态：我在想什么、做什么、我知道什么（见图 2）。

在社会化媒体领域，有两个关键词：UGC（用户创造内容）和 CGM（消费者产生的媒体），由于微博的操作最为简单，并且更具实时性，因此微博就成为所有社会化媒体中最具即时性的信息传播平台，微博创造了一种以自我为绝对中心的快速传播方式，可以说，微博就是展示了与用户高度相关的内容，并由此激发用户自我传播的媒体。

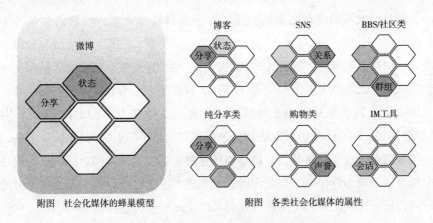

附图　社会化媒体的蜂巢模型　　　　附图　各类社会化媒体的属性

图 2　主要的社会化媒体的属性分析

资料来源：Gene Smith，群邑中国与新生代市场监测机构通过 900 个样本进行的社会化媒体用户的定量实证分析结果。

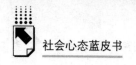

二 微博引发了一场深刻的社会信息变革

由于微博可以让更多的人利用非常便捷的工具发送信息，就使得微博比其他任何一个社会化媒体更具有媒体性，大众、实时、真实、自由，加上微博的短小（140 字），发送信息的方便性（用手机短信就可以发送），让微博彻底地改变了过去媒体的形式和信息传播的模式。

（一）原创性：每个人可以发出自己的新闻，这也使得微博成为新闻的源头

很多人可以通过 QQ 和 MSN 直接写微博，在没有互联网的地方，只要有手机也可随时更新自己的内容，哪怕你就在事发现场。因此，今天所有的媒体的速度都赶不上微博，"水灾，停电，几乎一幢楼的人们都围在这烛火旁"。2010 年 8 月 8 日凌晨 3 时 23 分，这样一条消息在新浪微博上发布，成为从甘肃舟曲灾区传出的第一条信息，这条消息来自 19 岁的舟曲籍大学生王凯的微博，让他成为全国图文"报道"舟曲灾情的第一人，所有的媒体记者在微博时代都一定要学会用微博，否则就很难应对信息快速的挑战。微博具有实时性，微博是现场直播，让信息实时快速扩散。微博不是记者站，但是胜过若干个记者站，微博就是草根新闻公民的媒体舞台，任何一个人，都可以利用微博来实时传递自己身边的第一手信息，微博是绝对的现场直播，每个人都是发布者，控制信息几乎不可能，用户掌控一切，所以也在时刻考验着内容的质量，这是一个挑战和机遇并存的地方，微博是高节奏、碎片化时代的产物，是信息快餐，稳定的质量和色香味俱全的观感让人难以舍弃。2010 年 11 月 15 日发生在上海静安区胶州路一幢公寓楼上的大火，最早是在微博上传播开来。大火发生在 11 月 15 日 14 时，网民"@澄澈媚扬"14：33 开始对现场救援进行微博直播，3 小时内发帖 50 多条，图文并茂报道救火过程，这是当时最早现场直播那场大火的微博之一，也是当日微博中报道内容最为详尽的，与此同时，越来越多在火灾现场的网民加入了微博直播行列，最后这些图片和文字被迅速而又广泛地转发传播。

（二）草根性：微博让个体的微弱信息得到加强

传统媒体统治的时代，单个事件如果没有得到主流媒体的重视，将很快被淹

没，因此微弱的信息在传统媒介中可能被忽视，成为沉默的螺旋。但在微博上，这一切被改变，微弱的信息有可能聚拢起关注的群体，迅速得到加强与传播，并在微博上迅速形成群体共识，很快以权威信息的方式在互联网上迅速散播开来，互联网拓展了中国的言论空间，推进着公民意识的发展。2010 年 9 月 10 日上午，江西省抚州市宜黄县凤冈镇在拆迁期间发生一起烧伤事件，拆迁户三人被烧成重伤，被当地县政府疑为自焚并定义为"钉子户"，而事件发生后，钟家被烧伤的三人在燃烧现场的图片等相关情况迅速被人通过微博传到了网络上，此后，有记者在微博上"直播"事件进展，钟家最小的女儿钟如九也开通微博来公布最新情况，微博"网聚"的力量十分巨大，包括潘石屹等名人在内的网友合力进行的微博传播，使这一事件成为最近一起重大公共事件，而在传播活动热热闹闹进行的过程中，宜黄县的县委书记、县长等人被立案调查的结果，被认为是"微博的维权力量已经发酵"。草根公民意识的觉醒随着微博的使用而让草根公民的利益诉求有了新的平台。同时，在微博客上，140 字的限制将平民和明星拉到了同一水平线上，草根可以随意评论明星，或者近距离与明星对话，这一点导致大量原创内容爆发性地被生产出来。

（三）自媒体性：微博成为新的公众获取新闻的平台

微博的发展，某种程度上使得"人人都是信息的传播者，人人都是信息的受众"，每个人都是一个通讯社。微博自媒体的属性意味着微博是社会化媒体中很重要的力量，有人曾这样描述过微博主：当你的粉丝超过 100，你就是本内刊；超过 1000，你就是个布告栏；超过 10000，你就是一本杂志；超过 10 万，你就是一份都市报；超过 100 万，你就是一份全国性报纸，超过 1000 万，你就是电视台了，这意味着微博将开启一次新的传播时代。微博体现了一种公民新闻，或者说社会化媒体的优势。每个人都是媒体，人人都可以成为新闻来源。"而且你可以得到个人化的报道角度和鲜活的现场感。"调查发现，用户在使用微博后，花在其他媒体上的时间明显有所减少，有 37.6% 的人表示看电视的时间有所减少，29.3% 的人表示阅读报纸的时间有所减少，这说明，很大一部分微博用户都把微博当做一个新的新闻资讯获取的平台。而传统媒体纷纷看到了微博的力量，将微博作为推广和沟通的平台，以《新周刊》为例，早年曾一度引领新锐话语权，近年来有些沉寂。但借微博之风，每天发一些非常有意思的微博段子，引发受众主动的传播，再度声名鹊起，目前粉丝规模达 55 万，其执行总编

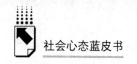

封新城也说："微博让《新周刊》复活。"一个平面媒体要做到 55 万的发行量是非常困难的事情，但是在微博上，这却非常快（见图 3）。

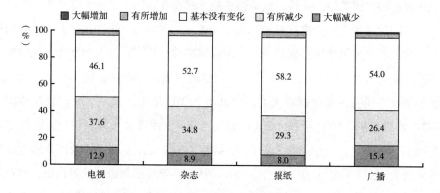

图3　微博对于用户与其他媒体接触时间的影响（N = 4306）

资料来源：新生代市场监测机构使用全球领先的在线调查公司 SSI 的在线样本库开展的微博调查，共调查了北京、上海、广州、深圳、成都、沈阳、西安、杭州八座城市共 4306 个微博用户。

（四）公共性：微博改变公共服务信息传播模式

2010 年 2 月 24 日，广东省佛山市公安局在新浪微博上建立了全国首个公安微博，定名"@公安主持人"，第二天，广东省肇庆市公安局的微博"@平安肇庆"也登录新浪，至 6 月 5 日，"@平安肇庆"已经聚集粉丝 15615 名，"@公安主持人"聚集粉丝 15102 人，成为两个最受网民关注的公安局微博。紧接着，佛山、广州、东莞、中山、珠海等城市也纷纷在微博上建立自己的账号，大多数延续"平安肇庆"的格式，比如取名"@平安东莞"。到目前为止，广东省公安厅及 21 个地市级公安局均已开通公安微博，其中以 8374 名粉丝排在"平安"系列第 4 位的"@平安南粤"是省公安厅的账号。还有很多政府部门开设了微博，开微博等于到庞大的网络中去现场办公，让政府与网民互动起来，让政府部门的公共信息能迅速传播出去，也让公众的疑问能得到迅速解答，消除误解，改变了以往的公共服务信息的传播模式。

（五）颠覆性：微博既是推手又是快刀和利剑

李开复在新浪微博内测的时候，就在微博上写了要离开 Google，然后说要开一个新的公司，逐步地在网友关注下推出了自己的新公司"创新工场"，并一度成为活跃名人微博博主的前三名。在短短时间内，微博成为李开复新公司的一个推手，这也说明微博具有短时间内孵化一个有影响力的品牌和事件的能力。但是同时，微博也是快刀，周鸿祎利用新浪微博平台连发 46 篇微博表达个人观点，力抨金山，导致金山股价 10 天之内市值蒸发逾 16 亿港元，损失惨重。微博还是一柄利剑，就像唐骏学历造假事件，方舟子的微博质疑让唐骏这个非常成功的职业经理人面对着全社会诚信的道德研判。如何利用好微博作为推手，防止快刀和利剑的锋芒是值得去思考的。

（六）亲密性：加强与家人和朋友的关系，拓展社交网络

亲密性是微博的另一特点，每个人都可以选择自己关注的对象，微博用户在微博上的主要关注人群以个人微博为关注焦点，其次是名人和有影响力的人，调查发现，有 73.3% 的微博用户关注朋友，56.2% 的用户关注同事，46.6% 的用户关注与自己兴趣爱好相同的人，其次才是明星。关注的人是微博用户选择的，因此用户 24 小时能够看到他在干什么，了解他的思想倾向，阅读他提供的链接的冲动当然很大。而且，用户可以前期先通过微博来拉近距离，甚至可以借助微博成为朋友，例如，很多兴趣爱好相同的人可以在微博上找到同党。从这个角度来看，微博也为人们提供了一个新的社交平台和社交空间，很多人把微博作为跟老朋友联络、结识更多新朋友的一个工具。微博作为一种新的媒体形式，还有很多想象空间，例如，2010 年 5 月 13 日，一名日本男子如厕时未找到卫生纸，无奈之下用手机发微博求救，消息发出后 20 分钟，居然真有人前来送纸；一名美国作家苦于找不到出版商，而将自己的小说发表在微博上，成为第一本"微博小说"。因微博特定格式所限，每"页"只有 140 字。近日，这本名为《法国大革命》的"书"终于找到真正的出版商，并在法国国庆前不久出版。微博甚至还可能成为超越搜索引擎的实时解决工具，房地产大亨潘石屹在新浪上发布的一篇微博："我家的孩子今年从国际学校转到了中国学校，我天天送他上学，陪他做作业，很多题目都相当复杂，不少算术题我都不会做。其中一道题是：11 除 70 的商的小数点后面的第 200 位上的数字是几？"令他没有想到的是，该微博发布不到 5 分钟，就收到热心网友的解答（见图 4）。

微博的出现具有划时代的意义，真正标志着个人互联网时代的到来，微博是

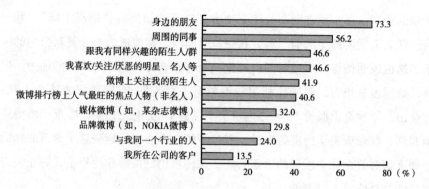

图4 微博用户在微博上关注的人的类型

资料来源：新生代市场监测机构使用全球领先的在线调查公司 SSI 的在线样本库开展的微博调查，共调查了北京、上海、广州、深圳、成都、沈阳、西安、杭州八座城市共 4306 个微博用户。

对社会草根舆论价值的认同，可以让草根的舆论更加集中化，构造短平快的信息共享和思想交流平台；同时，微博更具有信息化的传播价值与个性，每个人都是某个事件的创造者，也是传播者，微博引发的媒体变革和信息革命是空前的。

三　微博：正在加速的公众风潮

从 Twitter 兴起，中国如雨后春笋般的微博客迅速发展，中国的微博客从 2006 年开始，先后有叽歪、饭否等微博网站，但是由于很多原因最后都夭折了，随着新浪微博 2009 年的正式上线和介入中国的微博运营，微博成为中国社会 2010 年很重要的一个关键词，并在加速社会信息流动和发展，而使用微博的用户也在不断地增加，微博逐渐向大众化普及。

（一）微博的受众及上微博的目的：社会主流群体表达自我的平台

微博的用户有什么样的特征？年轻、高学历的职业人群是微博的核心用户群体，年龄集中在男性（63.8%），25～34 岁（56.2%），大学本科或以上学历（74%），遍及公司职员到中层管理者（接近七成）。也就是说，微博吸引了大量的"70 后"、"80 后"，这些群体也是当前城市的主流群体，这些人也乐于表达（见图5）。

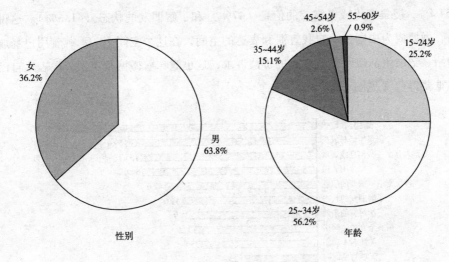

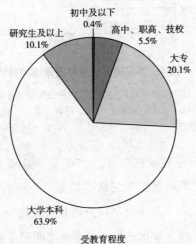

图5 使用微博的用户特征（性别、年龄、受教育程度）

资料来源：新生代市场监测机构使用全球领先的在线调查公司 SSI 的在线样本库开展的微博调查，共调查了北京、上海、广州、深圳、成都、沈阳、西安、杭州八座城市共 4306 个微博用户。

　　在高速发展的信息时代，生活节奏快而人际沟通减少，人们时常陷于被忽视的感觉中。当个体受到的关注不足时，人们迫切需要建立起自我关注并期望引起他人的关注，微博恰恰提供了一个很好的感情抒发的渠道。调查发现，关注自我是用户使用微博的最主要目的，包括：表达自我情感（74.3%）、记录生活与成长（59%），其次才是与别人分享一些信息和观点（55.7%）、休闲放松

社会心态蓝皮书

（54%）、搜集资讯或者需要的信息（47%）和了解朋友的状态（41.6%）。这说明，微博成为中国公众自我宣泄和表达的空间，在这个空间上，承载着用户释放情绪、记录生活以及发表观点的价值诉求，这也意味着微博是草根公民表达自己的重要舞台（见图6）。

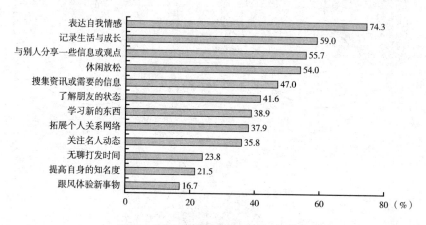

图6　使用微博的用户上微博的目的

资料来源：新生代市场监测机构使用全球领先的在线调查公司 SSI 的在线样本库开展的微博调查，共调查了北京、上海、广州、深圳、成都、沈阳、西安、杭州八座城市共 4306 个微博用户。

而不同的代际有一定的动机差异，"70后"微博上好为人师，制造深度话题，"80后"对微博的话题参与和活跃度较高，"90后"基本是娱乐。"70后"是步入事业成功的一代人，对于分享观点信息、放松一下、拓展个人关系网的需求强于其他人群；"80后"是正在生活与事业之间奋斗的一代，具有更强烈的自我表达欲望，记录生活日记、分享信息、休闲放松的需求也较为强烈；而"90后"多半是尚未离开校园的年轻人群，分享、学习、拓展人际的需要都不如"80后"和"70后"强烈，通过微博排解无聊的需要更切实一些（见图7）。

（二）发表微博的内容：从心情到身边的新闻

在关注自我的使用态度支配下，微博用户的行为自然也表现出关注自我的特点，研究发现，微博用户发布的信息内容以个人为主导，排在前三位的发布内容分别是记录每日心情（中选率61.3%）、兴趣爱好（中选率52.9%）和发生在自己身边的事件或者新闻（中选率49.7%），因此，从自己每天的心情、个人兴

192

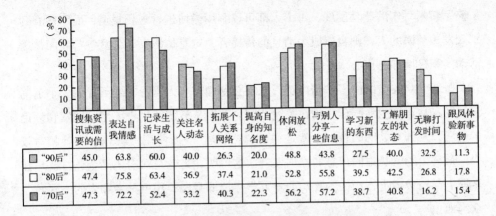

图 7　不同代际微博用户使用微博的目的差异

资料来源：新生代市场监测机构使用全球领先的在线调查公司 SSI 的在线样本库开展的微博调查，共调查了北京、上海、广州、深圳、成都、沈阳、西安、杭州八座城市共 4306 个微博用户。

趣爱好的信息，进一步延展到对于周围发生的事件或者新闻，这也使得每个人的喜怒哀乐，以及对于周围第一手的新闻成为微博上实时流动的信息（见图 8）。

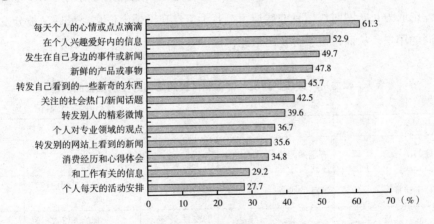

图 8　微博用户的信息发布内容

资料来源：群邑中国与新生代市场监测机构 2010 年 8 月联合开展的在线调查，共调查了北京、上海、广州、成都、沈阳、西安六城市 15～55 岁 900 个微博用户。

　　而在人们通过微博发布的信息中，以完全自创和原创内容为主的微博，占到了 54.2%，用户自创内容在微博上表现得更加淋漓尽致，而还有 11.9% 的用户会转发别人写的微博，从自创到转发，微博形成了一条新的信息传递的链条，只要有人的微博被转发，就可以迅速地让信息得到扩散。微博也在某种程度上促进了公民新闻写作的蓬勃发展,每个人都可以利用微博进行现场报道,而那些看到别人发送微博的人,则自然成为消息的传播者,这直接激发了公众参与新闻传播活动的积极性和自信心。

微博受众关注的内容涉猎广泛,从社会新闻、名人言论、生活常识、小道消息到朋友动态、生活娱乐,均在关注范围内,但是被微博用户关注、转发和评论的话题,则都有共同的特征,就是"新、奇、趣"。微博用户厌恶的内容相对较少,最突出的就是虚假信息和网络谩骂。这说明,无论是政府还是企业,要想在微博上与消费者进行沟通和互动,就要学会放低身段,用更具亲和力的方式与公众沟通。

同时,还需要引起注意的是,受众最愿意转发的内容通常是视频、图片、声音等形式,这同时也是受众经常评论的内容,因此文字结合动态感觉的微博内容更具传播力。从这个角度来看,微博也是一个整合了多个社会化媒体的平台,在这个平台上,有视频、有音乐、有图片、有来自 BBS/论坛的帖子和有趣的段子,微博自然就成为新的互联网信息的整合和集散地,而这些微博的用户不仅是创造者,也成为互联网时代信息的搬运工,若干信息在微博上汇集,最后又被分发到不同的用户,从而颠覆了传统的信息传播的模式。

表1 微博用户关注、转发、评论和讨厌的比例排在前五位的内容

单位:%

关　注		转　发		评　论		讨　厌	
有趣的图片	52.7	有趣的图片	45.4	感兴趣的领域有关的观点	35.6	未经核实的虚假新闻	56.1
日常生活常识	49.5	有趣的段子	43.6	有趣的段子	31.2	博友之间的相互谩骂	51.3
朋友的最新动态	47.8	好听的音乐	39.5	朋友的最新动态	31.0	其他人发表的私密照片	17.2
好听的音乐	46.6	有趣的视频	36.9	有趣的图片	31.0	他人的产品推荐	16.3
最新的社会新闻资讯	45.8	日常生活常识	32.6	有趣的视频	27.1	由其他人发起的抽奖活动	13.7
有趣的段子	44.6	与我感兴趣的领域有关的观点	28.0	好听的音乐	27.0	未经媒体报道的第一手内部新闻	12.2

资料来源:群邑中国与新生代市场监测机构 2010 年 8 月联合开展的在线调查,共调查了北京、上海、广州、成都、沈阳、西安六城市 15~55 岁 900 个微博用户。

（三） 微博信任度与对于新闻传播的影响

微博也改变了很多人的互联网习惯，过去很多人上网首站是新闻，但是在使用微博之后，网民上网第一站首先登录微博的比例达到将近 20%，直逼即时通信工具和电子邮件的首选地位（见图 9）。

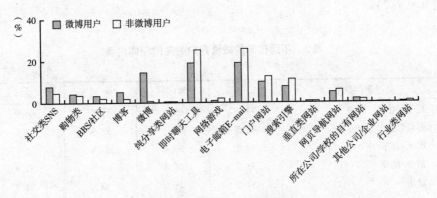

图 9　不同网民每天上网浏览的第一站

资料来源：新生代市场监测机构使用全球领先的在线调查公司 SSI 的在线样本库开展的微博调查，共调查了北京、上海、广州、深圳、成都、沈阳、西安、杭州八座城市共 4306 个微博用户。

七成以上的微博用户，有意愿将微博作为获取新闻的重要平台，微博的媒体效应在进一步凸显。而更值得关注的是，调查显示，微博用户对于微博上发布的新闻的信任度较高，共有六成左右的用户明确表示微博上人们发布的新闻可以相信，其中 50.7% 的用户表示可以相信，10.5% 的表示非常相信。

而有很多人认为，微博上更多的是数以千万用户按照自己的意图编写的内容，何来客观性？但是，事实上，微博的信息发布者在提供新闻线索的同时，发挥着信息传播的第一道"守门人"功能。由于 140 个字符的限制，很多用户在发布信息时会事先进行信息过滤，会考虑怎样才能在简短的篇幅内既能准确表达信息，又能引起轰动效应，这意味着用户发布信息的同时已经进入信息编辑的筛选、修改和压缩工序，同时，由于每个人在微博上都希望自己的内容会被人转发或者关注，导致微博的内容本身就更加接近于真相。以微博客作为新闻线索可以迅速获得真相信息和有用信息，对于新闻传播来说微博就有了更大的价值。

微博上备受关注的新闻话题前五位分别是：社会新闻、时政新闻、娱乐新闻、消费新闻、健康新闻，这些新闻均有超过半数的微博使用者表示感兴趣。从代际的差异上来看，"90后"与"70后"在新闻的关注兴趣方面存在着较大差异。"70后"，在社会、时政、健康、财经新闻等多个方面，关注度均高于其他群体；而"90后"，仅仅在娱乐、明星、游戏新闻方面表现出超出大众的兴趣度。至于"80后"，通常情况下，对于新闻的兴趣介于"70后"和"90后"之间（见表2）。

表2　不同代际的微博用户关注的新闻内容

单位：%

关注新闻类型	"70后"	"80后"	"90后"	总体
社会民生	73.2	65	47.5	66.9
当前时政	63.5	58	38.8	59
娱乐/音乐/电影	47.1	59.4	63.8	55
消费/购物	55.2	55.4	40	54.8
健康	57.2	48.9	30	51.7
财经/理财	55.9	46.8	20	48.5
文化	47.6	46.4	36.3	46.7
明星	35.2	40.6	45	38.8
军事	39.5	37.7	28.8	37.5
教育	38.2	34.7	22.5	35.3
家居	39	32.6	12.5	33.1
公益	33.4	31.1	17.5	31.7
生活琐事	34.7	30.3	16.3	31.1
游戏	29.1	30.8	28.8	30
体育	32.9	27.3	17.5	28.7
宠物	19	21.2	16.3	20.1
别人发布的一些个人私事	14.4	17.4	16.3	16.6

资料来源：新生代市场监测机构使用全球领先的在线调查公司 SSI 的在线样本库开展的微博调查，共调查了北京、上海、广州、深圳、成都、沈阳、西安、杭州八座城市共 4306 个微博用户。

四　微博的社会话语空间与公共传播价值

预计到 2010 年底微博累计活跃注册账户数将达 6500 万，在新媒体运用更加敏捷、广泛的今天，微博正在给中国公众带来新的话语空间，也在改变着信息、媒体甚至包括政府公共服务信息的传递。如何对待、应用微博以及下一个最新的互联网应用，也对相关部门的决策、沟通、处置能力提出新的考验。

微博让每个中国公众有获得公共话语权的可能。在当前中国社会转型期间，各个社会阶层都希望对自己的利益和诉求进行表达，而微博无疑给了中国公众表达的平台，而在所有的媒体平台中，微博扮演了议题设置的作用，草根阶层通过种种议题，逐渐介入了社会事务的处理当中，打破了过去只有特定阶层的群体才能做决定的状况，微博所呈现出来的公共性，让每个公众都享有了公共话语权。这种公共话语权也将会随着人们微博黏性的增加、微博粉丝圈子的扩大以及微博平台影响力的加强而逐渐扩大。

微博作为一种新型的舆论传播工具和重要的信息传播渠道，将成为政府沟通民意的重要平台。美国总统奥巴马在竞选时就申请了微博客 Twitter 账号以获得民心，而奥巴马政府也采用微博客作为政治宣传的工具。白宫网站在 2009 年 5 月 1 日发表博客，提到"我们需要改革我们的政府，以便使它更加有效，更加透明，更加有创新性"。当天白宫 Twitter 出现了，发布的一句话公告是提醒美国人怎样通过微博客与美国疾病控制中心（CDC）沟通，直接了解关于甲型 N1HI 流感的情况，公众应学会使用微博客来获得精确的卫生信息，保护自身健康。到了 5 月 2 日早上 10 点半，白宫 Twitter 已有超过 24000 名的跟随者。白宫微博客定期发布政府信息，内容从经济危机到伊拉克和阿富汗战争，从总统到他的行政团队等，并要确保时刻能与公众保持联系，这种透明的执政方式受到公民赞许。2010 年"两会"期间，部分人大代表和政协委员纷纷在两会间隙织起"围脖"（微博别称），政协委员爱国者电子公司董事长冯军在微博上发出征求网友建议的帖子，每天吸引了 2000 多名新的跟随者，他认为："微博的形式非常适合大家交流，它相当于开通了 24 小时的民意通道。"2010 年 6 月 3 日上午，广州公安微博发布了一条信息："白云区派出所民警在清查辖区某出租屋时，一民警被屋内一名身份不明男子用手枪击伤。事发后，广州市委领导高度重视，迅速赶到现场指挥，并立即展开救治伤员及围捕嫌疑人等工作。"消息立即引来了众多网友转发和跟评，绝大多数网友均认为，警方能借助传播速度极快的新媒介——微博来发布即时新闻，是一个巨大的进步，这不仅是一个特别好的交流沟通平台，更让人民群众对政府微博在突发事件及公共危机中所发挥的越来越重要的作用寄予了更多期望，微博将在未来政府的政务公开中承担着重要的角色。

在肯定微博对于畅通民意渠道的积极意义的同时，微博裂变式的传播也带来了新的管理难题，微博传播不是点对点、点对面的传播，而是裂变式的广泛传播，一个人的微博可以被其"粉丝"转发，再被"粉丝"的"粉丝"转发，不断蔓延，使得微博管理比其他网络应用更为困难。特别是当微博日益成为突发事件传播舆论中心时，亦对政府部门依法处置公共突发事件的能力、新媒体运用能力提出挑战，政府如何做到主动、及时、公开对全体网民公开信息，将成为政府所面对的微博应用和管理的难题。

无论是作为一个信息的发布平台，还是草根秀场、官方代言，无一不在彰显着微博所带来的信息传播变革对人们交流方式的影响，以及它正在深刻地改变着世界。正如互联网趋势研究者谢尔·以色列在其新书《微博力》写到的，"我们正处在一个转换的时代——一个全新的交流时代正在代替老朽的、运转不灵的传播时代。在这个由微博推动的、正在到来的交流时代，如果我们还没能跟上它的脚步，那么就可能会被这个时代所抛弃"。

Research Report on China Micro-bloggers' Behavior in 2010

Xiao Mingchao

Abstract：As Chinese netizens growing rapidly, the Internet is changing people's lifestyles as well as subverting people's modes of communication and exchange. Since the creation of the world's twitter site in 2006, micro-blog as a new Internet platform has developed rapidly. Micro-blog has become a very important keyword of the 2010's Chinese Society. With the start of sina micro-blog in 2009, many websites have launched micro-blog. The micro-blog, with strong self-media properties, changes people's media habits and the mode of information dissemination, and becomes the most immediate and the most active information dissemination platform in social media. Micro-blog attracts the active participation of the Chinese mainstream groups, becomes the space of Chinese public self-venting and self-expressing. At present, as the use of new media is a more agile and wider, micro-blog is not only bringing new discourse space to Chinese public, but also changing the delivery method of the information, media, and even of the government public service information. How to deal with the micro-blog and the next newest Internet applications has become a new test to the decision, communication and handling ability of the relevant government agencies. Through the detailed research data, this article analyses in-depth the characteristics of Chinese micro-bloggers' usage behavior, and provides suggestions on how to use micro-blog for the government and the relevant agencies.

Key Words: Micro-blog; User Behavior; Media Properties; Communication Value

B.13
重大事件的公众参与：
以 2008 年北京奥运会为例

中国社会科学院"奥运会对主办国国民社会心理的影响"课题组

饶印莎 执笔*

摘　要：2008 年北京奥运会期间，通过政府、媒体各渠道的宣传，北京市民对奥运会的关注和了解持续增强，对奥运会的比赛内容、附带价值和明星花絮都极为关注。传统媒介是获取信息的主要渠道，网络也逐渐成为市民交流奥运信息的重要平台，单位和社区是信任度最高的活动组织者。奥运会期间很多市民都参与到志愿活动中，公众的卷入程度普遍较高，市民认为奥运会对中国整个国家和社会都产生了积极的重要影响。

关键词：北京奥运会　公众参与　卷入　志愿服务　奥运影响

本研究采用问卷调查的方式，在北京奥运会之前三个月和之后三个月，分别在北京市抽取 6 个和 5 个社区进行配额抽样的入户调查，调查员是受过训练的心理系学生。前后测共抽取有效被试者 2004 人，其中前测 962 人，后测 1042 人。在这2004 名有效样本中，男性 844 人，占 42.12%；女性 1130 人，占 56.39%；还有 30人未填写性别，占 1.50%。被试者的年龄分布在 18~70 岁，平均年龄为 43.62 岁，其中 18~29 岁的有 382 人，占 19.06%；30~39 岁的有 454 人，占 22.65%；40~49 岁的有 376 人，占 18.76%；50~59 岁的有 523 人，占 26.10%；60~70 岁的有253 人，占 12.62%；还有 16 人未填写年龄，占 0.80%。从被试者的受教育水平来看，小学毕业及以下的有 84 人，占 4.19%；初中毕业的有 413 人，占 20.61%；高

＊ 饶印莎，中国社会科学院研究生院社会学系。

中毕业的有 686 人，占 34.23%；大专学历的有 294 人，占 14.67%；大学本科学历的有 385 人，占 19.21%；研究生学历的有 131 人，占 6.54%；"其他"和未填写的有 11 人，占 0.55%。

调查关注的问题是，民众对奥运会有多大程度的卷入和参与，关注的内容是什么？媒体、社会组织的影响有多大？奥运会是否在一定程度上改善了民众参与的程度和方式？

一 低度卷入的公众参与——关注

从卷入程度可以把公众参与分为关注、交流与表达以及行动三种类型，"关注"只有信息获取的单向过程，"交流和表达"包含信息和意见交换的过程，"行动"则是真正有参加行为。调查首先了解居民关注的特点。调查采用四点量表的测量方式，通过对 14 个题目的考察来了解民众对奥运会关注的内容。四点量表中，1 代表"很不关注"，2 代表"不太关注"，3 代表"比较关注"，4 代表"很关注"。

1. 民众关注的总体情况

综合两次调查的结果发现，被访者总体对北京奥运会的各个方面都表现出了非常浓厚的兴趣。其中，最为关注的是"中国代表团的奖牌数量"及奥运会的"开幕式、颁奖仪式、闭幕式"盛况，这两项关注度得分分别为 3.67 分和 3.64 分；市民对"中国运动员的拼搏精神"、"奥运会期间环境状况的改善"、"体现出来的中国文化特色"等几个方面的关注度也很高，其关注度得分分别为 3.62 分、3.56 分和 3.49 分；对具体的"比赛过程"和"记录突破"的关注紧随其后，得分分别为 3.40 分和 3.38 分；而外媒对北京奥运的评价、奥运新科技、中国人对外国人的态度、中外文化差异、中国民众参与北京奥运会的情况等方面的关注度得分分别为 3.37 分、3.28 分、3.19 分、3.16 分和 3.13 分；对各国明星运动员的成绩，以及对各国运动员、裁判及教练的趣闻轶事的关注度得分分别为 3.11 分和 2.71 分。

奥运会后的调查中市民对奥运各个方面的关注程度相对奥运会前均有提高。检验发现，奥运会后关注的提升度达到统计上显著水平的有："有关项目记录的突破"、"开幕式、颁奖仪式和闭幕式"、"明星运动员比赛成绩"、"运动员、教练和裁判的趣闻轶事"、"中国代表团奖牌数量"、"中国运动员拼搏精神"、"中国文化特色"、"新科技"、"中国民众参与奥运会的情况"、"国外媒体对北京奥运会的总体评价"、"环境状况的改善"。而奥运会前与奥运会后关注程度无显著差异的项目有：比赛的过程、北京奥运会显示出来的中外文化差异、中国人对外国人的态度。可见，从总体上看，奥运会这一大事件提高了市民对其关注的程度。

2. 关注的三个方面

关注的项目可以分为三类：第一，对奥运会附带内容的关注：包括新科技、中外文化差异、中国文化特色、民众参与情况、外媒的评价、中国人对外国人的态度、奥运会期间环境改善的状况；第二，对奥运会比赛内容的关注：包括中国代表团的奖牌数量、开闭幕式及颁奖仪式、中国运动员的拼搏精神、比赛过程、破记录等；第三，明星花絮关注：包括各国运动员、裁判、教练的趣闻轶事，以及明星运动员的比赛成绩等。

结果表明，民众在奥运会前后最为关心的都是比赛内容，而对明星花絮的关注在奥运会后超过了对奥运会附带内容的关注，跃居关注排行榜第二。说明经历和观看了奥运会之后，民众对其有了更为直接的印象和感受，对参加奥运会的运动员和教练们的喜爱程度随之增加。

3. 性别、年龄、教育程度对关注的影响

女性比男性更加关注奥运会的附带内容方面，说明女性对这场重大事件的体验和关注更加整体和细致。

不同年龄组的人在对奥运会比赛内容方面的关注程度上表现出了差异。老年人比年轻人对奥运会比赛内容的关注要强。

从对奥运自身内容的关注来看，事后检验表明，小学教育程度的民众对奥运自身内容的关注显著低于高中及大专学历的民众，而受教育程度为初中的民众对奥运自身内容的关注显著低于大专学历的民众，其他不同受教育程度的民众之间没有显著的差异。

从对奥运附带内容的关注来看，事后检验表明，小学教育程度的民众对奥运附带内容的关注显著低于高中、大专和研究生学历的，而受教育程度为初中的民众对奥运附带内容的关注显著低于大专学历的，其他不同受教育程度的民众之间没有显著的差异。

从对奥运会明星花絮的关注来看，事后检验表明，受教育程度为小学毕业的民众对运动员的关注显著低于高中、大专学历的民众，其他不同受教育程度之间没有显著的差异。可见，受教育程度为小学毕业的民众在奥运会关注的各方面均显著低于高中与大专学历的民众，而初中教育程度的民众在奥运会自身内容关注与奥运会潜在内容关注方面低于大专学历的民众。作为受教育程度最高的研究者群体和大学本科群体，在奥运会关注的各方面并没有十分突出的关注。

二　关注渠道——媒介

科技发展和信息化使得现代社会媒介多样化，传统媒体如报纸、广播、电视等已经不能完全满足大众获取信息的需求，新兴有线载体（互联网）和无线终端（手机）的结合，使得信息的传播更加即时、高效。本次调查以 4 点量表调查奥运会前公众利用不同媒体了解奥运会的情况，1 代表"没有"，2 代表"很少"，3 代表"有时"，4 代表"经常"，5 代表"不确定"，具体运算时，将"不确定"选项得分以均值替代。

1. 信息获取的主要途径

调查发现，在奥运会前的宣传过程中，作用最大的还是传统的电视报道，使用频率得分为 3.79 分。这可能是因为电视的受众覆盖面最广，且针对奥运这样的重大体育事件和国家事件，从地方台到中央台都投入了巨大的力量对赛场内外进行全方位的跟踪和报道，因此能够从电视上获取的资料也非常贴近大众需求。报纸和广播也在传播中起着举足轻重的作用，使用频率得分分别为 3.26 分和 2.89 分。而从人际传播途径中获得奥运有关信息时，当属"家人"的影响最大，得分为 2.91 分；接着是与朋友、单位同事及同学等交流所获取的信息，得分分别为 2.89 分和 2.65 分；通过互联网了解信息的频率得分为 2.49 分，处于"很少"和"有时"之间；通过手机短信了解的情况也较少，得分为 1.92 分；而直接参与奥运活动和亲临现场的情况的频率则相对较低，得分分别为 1.76 分和 1.58 分。

2. 信息获取途径的四个类别

我们将信息获取方式分为四个类别：电视、报纸和广播为"传统媒介"，家人、朋友、单位同事或同学、社交场合为"人际传播"，户外广告或社区公告栏、互联网、手机短信作为"现代媒介"，参与奥运活动以及亲临现场为"直接参与方式"。

分析发现，在社会重大事件的宣传与传播过程中主要采用传统的传播方式，其中以"传统媒介"传播方式为主，并辅以"人际传播"，两者的得分分别为3.32分和2.75分；在奥运前"现代媒介"和"亲临现场"的方式参与较少，得分分别为2.39分和1.68分，各种媒介传播的影响作用有差异。

3. 教育程度和年龄对信息获取途径的影响

总体来说，教育程度较低的居民对各种媒介的有效使用程度均显著低于教育程度较高的人。特别是以互联网、手机短信、户外广告和社区公告栏等为代表的现代传播方式。小学和初中教育程度的人使用现代媒介的频率是最低的，而高中毕业生对其的使用频率处于中等水平，最经常使用这些方式的是大专以上学历人群。

不同年龄的人群在传播媒介的使用上也有差异。具体表现为，随着年龄的增长，现代传播媒介使用频率显著减少。50岁以上的人比年轻人使用人际传播的频率低。

三 中度卷入的参与——交流与表达

1. 民众奥运信息交流整体情况

调查中了解市民对于一些单位或组织的、与奥运会有关的活动的参与情况，在问到"你近来如何对待这些与北京奥运相关的活动"时，被访者相对参与较多的是"与网友讨论"，参与得分为1.70分，处于"较少参加"的水平；也有部分民众选择了通过"手机短信"参与，参与得分为1.56分；而被访者通过"媒体组织的作品征集、评选活动"和"通过热线电话"及"向有关部分提意见、建议"三种方式参与则更少，得分分别为1.45分、1.38分和1.38分。

2. 奥运前后民众交流信息情况对比

奥运会后调查的所有的活动参与度都比奥运会前有所提高，表明总体上奥运会确实促使民众更多地卷入其中。从奥运会前与奥运会后两次调查中，关于奥运会参与的回答来看，除了与网友讨论没有显著差异以外，被访者在参与媒体组织的活动、参与热线电话、参与手机短信活动和向有关部门提意见、建议等方式的参与程度都较奥运会前有了显著的提高。

四　公众参与的促发因素——社区或单位组织

群众对社区和单位所组织的活动的参与度最高。奥运前后，群众积极对待社区组织和单位组织的奥运会相关活动，选择愿意参与单位组织的奥运会活动的比例为 63.57%，选择"主动参与"单位组织的活动的达到了 38.38%；选择愿意参与社区组织的奥运相关活动的有 69.77%，其中"主动参与"的比例达到 39.03%。民众对奥组委组织的奥运相关活动也保持了一定的积极参与热情，愿意参加率为 53.86%，愿意"主动参与"的人达到了 29.17%。而民众对"媒体组织"的和"其他民间团体组织"的奥运相关活动的参与意愿较前几项要低，参与意愿最低的是"以私人名义组织"的奥运相关活动，只有 7.53% 的人愿意"主动参与"。进一步说明了单位和社区这两个组织在聚集民众参与国家重大事件时的重要性和能动作用。

五　深度卷入的公众参与——志愿者活动

1. 居民志愿者活动

居民参与奥运会志愿者活动情况的调查结果表明，总体来说，选择"参与次数较多"的人奥运会前后测中分别占被调查总人数的 3.33% 和 14.97%，选择"参与过若干次"的前后分别占到 7.80% 和 13.24%，"参与过一两次"的在前后测中分别为 22.04% 和 23.70%，选择"从没参与"过奥运志愿者活动的人从奥运前的 65.38% 降到了奥运会后的 46.55%。可见，奥运期间有许多以前从未有过志愿者经验的人都加入到志愿者的服务中。

调查同时对个体在日常生活中参与其他类型的志愿者活动的频率进行了比较分析，发现奥运会志愿活动的参与情况与其在日常生活中对其他类型的志愿活动的参与情况呈正相关。即那些在平常就经常参加各类志愿活动的个体，在奥运会的时候也更容易成为奥运会志愿者。

2. 性别、年龄、教育程度对志愿者活动的影响

在参与奥运会志愿活动过程中，男性和女性有显著差异，女性比男性更乐于参与奥运会志愿者活动。

40 岁以上的居民参与奥运会志愿活动的次数要显著高于 40 岁以下的年轻

人。这可能是因为年长居民有更多的闲暇时间和精力去投入到这种公共志愿活动中，相比之下年轻人则更需要将精力投入到工作中。

具有中等教育水平的人是所有人群中热情和积极性最高的。学历为初中毕业、高中毕业和大专毕业的人们，参与奥运会志愿者活动的次数要显著高于学历较低的人，如小学文化程度的人，或者学历更高，如研究生以上学历的人。这在一定程度上可能是因为学历较低者多为特别年老的人或外来流动人口，而年纪在40～60岁之间的人大多具有中等程度的教育水平。

六　卷入方式

用四点量表考察北京居民为了北京奥运会，做出了什么样的努力，进行了怎样的生活调整和准备，其中 1 代表"很不符合"，2 代表"不太符合"，3 代表"比较符合"，4 代表"很符合"。

被访者认为符合程度最高的两项奥运卷入方式分别是在奥运期间"常留意有关北京奥运会的节目和报道"以及"常与身边人谈论有关北京奥运会的事"，符合程度得分分别为 3.56 分和 3.31 分，且这两项在奥运会后的调查中评分都较奥运前有显著提升。

"因为北京奥运会，我调整了生活安排"这个选项的分数由奥运会前的 2.05 分，增高到奥运会后的 2.94 分，即奥运会前被访者认为这个说法"不太符合"自己现状，而奥运会结束后普遍认为其"比较符合"自己的情况，奥运会期间有相当一部分人为奥运会改变了安排和作息，进一步证明了奥运会对国民产生的影响。

"在奥运期间买了不少纪念品"和"为了买到奥运门票做了很大的努力"的得分分别为 2.33 分和 2.26 分，且都从奥运前的"不太符合"水平提高到奥运会后的界于"比较符合"和"不太符合"之间的水平，这说明确实有部分人在奥运会期间进行了与奥运会相关的消费、投资。

为了北京奥运会而"花不少钱"，得分为 2.04 分，接近"不太符合"水平。

"为了奥运会，我专门学习了一些有关的知识和技能"在奥运会前大多数人都选择了"不太符合"，而在奥运会后分数也提高到了"不太符合"和"比较符合"之间，奥运会前后得分分别为 1.96 分和 2.54 分，这说明确实有部分人在奥运会期间专门进行了一些相关的知识技能的学习。

为北京奥运会而"放弃一些个人发展机会"，符合程度得分为 1.77 分，普遍认为这不太符合自己的情况。

七　公众参与动机

奥运会对中国人到底有什么样的意义，民众认为的奥运会的价值是什么？

认为奥运会最重要的意义是使自己能够"见证重要的历史时刻"，得分最高，为 3.29 分；其次是有机会能够"向外国朋友展示中国人健康乐观的形象"、"近距离感受中国运动员夺取金牌的辉煌"、能够"为中国的大事出一点力"和"近距离欣赏高水平的体育赛事"，得分分别为 3.11 分、3.09 分、3.04 分和 3.02 分。认为通过北京奥运会"近距离为中国运动员加油鼓气"、"更多地了解其他国家的文化"和"获得一次非常难得的人生经历"的符合程度分别为 2.94 分、2.85 分和 2.82 分。通过经历奥运会而"提高自己的个人能力"符合程度为 2.52 分；认为这是一个"可以抓住的赚钱机会"、合适的"展示个人才华"的机会的符合程度分别为 1.71 分和 2.11 分；对奥运会抱着一种"看热闹"的心态的得分为 2.18 分。

本次调查结果显示，民众对重大的事件存在比较高的参与动机，并且在大众媒体和人际传播的影响下，在社区或单位的组织下，会有越来越多的人由低度的关注，到交流表达，再到参与。关键的问题在于，民众的参与需要一定的组织形式，这样才能使人们将关注、交流、参与的意愿变为行动。发展健康的民间社会组织，引导民众关注社会和国家重大事件，将个人角度的关注与国家角度的关注结合起来，是增强社会凝聚力、培养社会合作精神的有效途径，也是北京奥运会留给我们的宝贵财富。

Public Social Participation in Beijing Olympic Games

CASS-"The Study of the Citizens' Social Mentality in
Hosting Countries of Olympic Games" Project,
Written by Rao Yinsha

Abstract：During the 2008 Beijing Olympic Games, through the publicity of

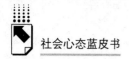
government and all kinds of media, Beijing residents' attentions and understandings on the event continued to increase. Information of the Games, star Highlights and anecdotes were extremely concerned by the Beijing residents. Traditional media played an important role while gradually internet became another key platform for the exchange of Olympic information. Institutions, enterprises and communities were the most credible activity organizers. Many people were highly involved into voluntieering during that period. Poeple believed that the Olympic Game had made significant positive influences to the whole country and society.

Key Words: Beijing Olympic Games; Social Participation; Involvement; Volunteering; Olympic Influence

北京市民体育休闲活动调查

应小萍 *

摘　要： 本报告根据对北京 5 个居民小区 491 人的入户问卷调查数据，描述和分析了北京市民体育休闲活动的基本状况，包括参加体育休闲的项目、参加活动的频率、经常参加活动市民的类型等方面，在此基础上，分析了影响市民参加体育休闲活动的原因。

关键词： 体育休闲　北京市民　参与动机

本调查报告主要关注北京市民的体育休闲活动项目、频次以及参加体育休闲活动的主要原因和动机。调查采用入户的问卷调查形式，调查时间为 2008 年 12 月，选取北京市的东城区、西城区、崇文区和昌平区的 5 个居民小区，采用配额抽样的方法，选取 18～70 岁之间的被调查者，共获得有效样本 491 个。其中，男性 209 人，占 43.4%，女性 273 人，占 56.6%；教育程度上，小学和初中占 19.2%，高中占 32.7%，大专占 18%，大学及研究生占 27.5%；被调查者的年龄分布为，18～29 岁的占 19.06%，30～39 岁的占 21.11%，40～49 岁的占 19.26%，50～59 岁的占 28.28%，60～70 岁的占 12.3%。

一　市民参加的体育休闲项目

（一）散步、球类和跑步是北京市民参加最多的体育活动

北京市民半年内参加最多的活动是散步，占 30.1%；其次是球类活动，包括

---

* 应小萍，硕士，助理研究员，中国社会科学院社会学研究所。

乒乓球、羽毛球、篮球和足球等，占22.5%；跑步占13.9%；健身操、瑜伽活动占到10.4%；有4.9%的人回答半年内没有参加体育休闲活动；参加游泳的占4.4%，旅游、棋类等休闲活动占3.7%，骑车等活动占2.5%，登山为2.3%，跳绳、踢毽和空竹等传统体育休闲项目比例为2.1%，太极拳类为1.6%，跳舞为1.6%。

（二）不同年龄市民参加体育项目情况

我们以参加人数较多的散步走路、球类活动、跑步、健身操、游泳、登山六项体育休闲活动来看不同年龄市民参加活动的情况。数据显示：18～29岁的年轻人群主要参加一些强度较大的活动项目，如球类活动，占45.0%，参加跑步的占到了25.0%，参加散步的占10.0%，健身操占10.0%，游泳占5.0%，登山占2.5%。在30～39岁人群，球类活动也占第1位，占37.9%，散步占18.4%，跑步占12.6%，健身操和登山占8.0%，游泳占5.7%。40～49岁的中年人群参加强度较小的活动，散步成为最主要参加的体育休闲活动，占43.1%，球类活动为15.3%，跑步为13.9%，健身活动为13.9%，游泳为1.4%。50～59岁市民与40～49岁市民类似，散步占38.7%，跑步为14.3%，球类活动为9.2%，游泳为7.6%，参加登山的人数只占0.8%。在60～69岁的老年人群中，超过半数的人（52.9%）选择散步作为主要的体育休闲活动，参加健身操的占13.7%，参加球类活动的占11.8%，且主要是乒乓球和羽毛球的活动，参加跑步的只占3.9%。从年龄分布可以发现，不同年龄阶段的人群主要参与的活动不同，随着年龄的增大，剧烈的球类和跑步等活动减少，相应的散步走路和健身活动等强度小的活动增加。

（三）不同受教育程度市民参加体育项目情况

教育程度为小学毕业及以下的市民主要参加的活动为：散步占54.5%，球类活动和跑步各占9.1%。初中毕业教育程度人群中，散步和跑步为主要参加的活动，分别占26.9%和25.6%，参加健身操的为16.7%，球类活动的为7.7%，游泳为5.1%。高中毕业人群中，散步为主要参加的活动，占43.8%，球类为19.2%，跑步为13.1%，健身操为7.7%，游泳为3.1%，登山为2.3%。大专教育程度人群主要参加的活动为散步和球类活动，分别占26.4%和23.6%，参加跑步的占15.3%，参加健身操的占9.7%，游泳占6.9%，登山占1.4%。大学本科教育程度的人群中，参加球类活动的人数最多，为 40.2%，参加散步的次之，为 22.8%，参加健身操的为 12.0%，跑步为 8.7%，游泳为 5.4%，登山为 3.3%。研究生教育程度的人群和大学教育程度的人群类似，球类活动参加的人数最多，为 40.7%，散步为 22.2%，跑步、健身操和登山均为 11.1%，游泳为 3.7%。

二　市民参加体育休闲活动的频率

北京市民参加体育休闲活动频率为"每天 1 次"的比例是 30.7%，"每周 4~5 次"的占 13.6%，"每周 2~3 次"的为 20.6%，"每周 1 次"的为 15.7%，"每月 1~2 次"的为 12.2%，"半年 1~2 次"的为 7.3%。如果以每周参加体育休闲活动 2~3 次以上为经常参加者，北京市民经常参加体育休闲活动的人数达到了 60.2%。

三　经常参加体育休闲活动市民的状况

经常参加体育休闲活动的北京民众中，散步是参加比例最多的活动项目，达到 42.8%，跑步占 15.9%，而健身体操、瑜伽等活动为 12.5%，球类活动为 12.1%。

从图 1 我们可以看到经常参加体育休闲活动人群的年龄分布，在 18~19 岁人群中，经常参加活动的人数只占 35.6%；在 30~39 岁人群中，经常参加的人数也只占 37.0%；而在 40~49 岁人群中，为 67.9%；到 50~59 岁人群，则占到了 80.5%；60~70 岁老人经常参加活动的人数高达 82.1%。随着年龄增长，经常参加体育休闲活动的人数也随之增加。

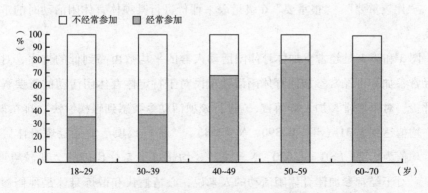

图 1　不同年龄段人群经常参加体育休闲活动的百分比

从图2可以看到，随着教育程度的提高，经常参加体育休闲活动人数的百分比有所减少。小学毕业教育程度的人群，经常参加体育休闲活动的人数比例高达75.0%；初中毕业教育程度人群，也高达74.4%；高中毕业教育程度人群经常参加体育休闲活动人数比例有所下降，为66.2%；大专教育程度人群为59.0%；大学本科教育程度人群降至半数以下，为45.0%；而研究生教育程度人群参加体育活动的比例最低，只有36.7%。

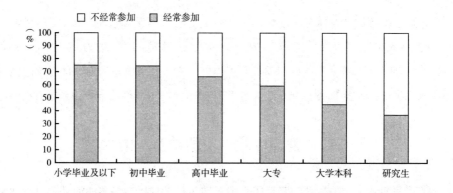

图2 经常参加体育休闲活动人群的教育状况分布

四 影响北京市民参加体育休闲活动的原因

调查中请被调查者用"很不重要"、"较不重要"、"有点不重要"、"有点重要"、"比较重要"、"很重要"6级量表来评价进行某项体育休闲活动时的重要程度。

图3和表1是经常参加体育休闲活动人群的平均数由高到低的排序，对比了经常参加和不经常参加体育休闲活动市民对于特定体育休闲活动的重要程度的评价。对于经常参加人群而言，"进行该项活动令我感到轻松愉快"排在第1位，均值达到5.31（SD = 0.890，N = 268），"进行该项活动能锻炼身体"次之，均值为5.22（SD = 1.020，N = 269），均超过了5分代表的"比较重要"水平。对于经常参加体育休闲活动的人来说，心情愉快和锻炼身体是他们参加活动的原因。

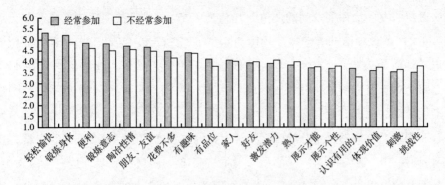

图3 体育休闲活动的重要程度排序

表1 体育休闲活动参与程度

项 目	经常参加人群			不经常参加人群			t 检验	
	均值	N	标准差	均值	N	标准差	t	p
进行该项活动令我感到轻松愉快	5.31	268	0.890	5.00	172	1.060	3.304	0.001
进行该项活动能锻炼身体	5.22	269	1.020	4.91	170	1.078	3.105	0.002
进行该项活动较为便利	4.86	265	1.240	4.62	170	1.176	1.983	0.048
进行该项活动能锻炼自己的意志	4.82	264	1.222	4.52	168	1.290	2.419	0.016
进行该项活动能陶冶自己的性情	4.73	259	1.292	4.56	164	1.229	1.364	0.173
进行该项活动能认识新朋友、加深朋友间的友谊	4.67	259	1.400	4.48	168	1.318	1.415	0.158
进行该项活动花费不多	4.47	257	1.469	4.18	164	1.301	2.718	0.030
该项活动有趣味	4.40	264	1.432	4.37	166	1.167	0.239	0.811
进行该项活动给人一种有品位的感觉	4.11	256	1.595	3.77	164	1.450	2.220	0.027
有家人参加该项活动	4.06	252	1.565	4.01	160	1.317	0.356	0.722
有好友参加该项活动	3.93	257	1.629	3.98	161	1.304	-0.340	0.734
进行该项活动能激发自己潜在的能力	3.90	252	1.622	4.05	162	1.422	-0.981	0.327
有熟人参加该项活动	3.83	254	1.598	4.04	164	1.263	-1.145	0.253
进行该项活动能展示自己的才能	3.70	252	1.661	3.75	166	1.438	-0.292	0.771
进行该项活动能展示自己的个性	3.68	249	1.626	3.77	163	1.425	-0.554	0.580
进行该项活动能认识有用的人	3.66	254	1.700	3.28	162	1.573	2.326	0.021
进行该项活动能体现自己的价值	3.57	251	1.629	3.71	164	1.409	-0.954	0.341
该项活动让人感觉刺激	3.51	250	1.601	3.63	164	1.348	-0.836	0.403
该项活动有挑战性	3.49	245	1.611	3.77	164	1.454	-1.830	0.068

"进行该项活动较为便利"均值为4.86；"进行该项活动能锻炼自己的意志"均值为4.82；"进行该项活动能陶冶自己的性情"均值为4.73；"进行该项活动

能认识新朋友、加深朋友间的友谊"均值为 4.67;"进行该项活动花费不多"均值为 4.47;"该项活动有趣味"均值为 4.40;"进行该项活动给人一种有品位的感觉"均值为 4.11;"有家人参加该项活动"均值为 4.06;这些因素均在 4~5分之间,对于经常参加体育休闲活动的人群,它们都是"比较重要"的影响他们参加活动的因素。

而在以上这些超过 4 分的因素中,对比经常参加和不经常参加两个人群,在"轻松愉快"、"锻炼身体"、"便利"、"锻炼意志"、"花费不多"这五个因素上,两个人群的差异显著(见表 1)。这五个因素也是决定北京民众是否经常参加体育休闲活动的关键因素。

The Investigation of Beijing Residents' Sport and Leisure Activities

Ying Xiaoping

Abstract:Through quota sample and door-to-door interview, we collected 491 valid samples from five communities in Beijing to investigate the sport and leisure activities of the local residents. This investigation revealed the kinds of sport and leisure activities the Beijing residents usually take, the frequency of their participating activities, as well as the motivation for them to take sport and leisure activities.

Key Words:Sport and Leisure;Beijing Residents;Participation Motivation

疏导调适篇

Reports on Psychological Adjustment

B.15

深圳市市民情感护理中心的探索和实践

张月武*

摘　要：本文介绍了深圳市市民情感护理中心以情感护理热线电话88851085为平台，提供免费心理咨询，实施心理危机干预，自杀、他杀危机干预，心理援助，心理教育的探索，以及开展情感护理进社区、进企业、进校园等活动的经验。

关键词：情感护理　心理危机干预　心理援助

我国改革开放30多年取得了举世瞩目的成就，经济快速增长，成为世界第二大经济体。但是，由于我国人口众多、资源短缺，体制处在转轨时期，以财富最大化为目标，物质本位的社会价值取向影响了很多人，也造成了人与自然、人与人（包括群与群）、人与自我三大关系的恶化，精神疾病发病率迅速攀升，

* 张月武，深圳市市民情感护理中心副主任。

国人精神健康状况堪忧。根据相关研究，目前我国约有 1 亿人有不同程度、不同类别的心理问题①，其中有严重精神病患者 1600 万②，每年有 28.7 万人死于自杀③，200 万人自杀未遂，即每 2 分钟自杀 9 人，其中 8 人未遂，已经成为高自杀率国家。自杀者往往是因为遭受挫折或由于情绪困扰，他们或者对自己绝望，或者对社会绝望，有的人把攻击指向自己，结束自己的生命，而有的人则向外攻击，报复社会，杀人后自杀，以至于发生校园惨案等恶性事件。因此，全社会要重视人的心理、精神健康，关心那些处于心理困扰、精神痛苦中的社会成员，给他们以温暖和社会支持，并通过有效的心理援助和干预活动来提供专业的服务和支持。

一　情感护理中心的理念和服务方式

深圳市市民情感护理中心是一家关注情感关爱与心理援助的公益慈善组织，由深圳市民政局主管，深圳市新世纪文明研究会主办。中心内设办公室、咨询培训部、公共事业部、项目部和财务部。组成人员包括行政团队 6 人、专业团队 65 人（1 名顾问、10 名指导专家、24 名特约咨询师和 30 名储备专业人才）。

深圳市市民情感护理中心的创办人是原深圳市体改委主任、深圳证券交易所副理事长徐景安，他在 2004 年出版的《你的选择与中国未来》一书中提出情感护理的理念和建立情感护理系统的构想，从 2005 年 3 月开始，他先后在深圳农产品公司、北京华侨大学、浙江金华市等企业、学校和城市进行试点，于 2008 年 11 月创办深圳市市民情感护理中心并任主任。

徐景安主任认为：精神健康工作分为精神病医治、心理障碍咨询、情感困惑排解。情感困惑排解是保障民众精神健康的基础性的工作。人人都有情感困惑，人人都需要情感关怀，就像汽车需要保养，人的情感更需要护理，如果得不到疏

---

① 《一亿人存心理疾患　委员建议推全民心理健康计划》，2009 年 3 月 8 日，中国新闻网，http://www.chinanews.com.cn/jk/kong/news/2009/03－08/1592570.shtml。
② 《中国/世界卫生组织精神卫生高层研讨会宣言》，1999 年 11 月 13 日，北京。
③ 费立鹏、李献云、张艳萍：《中国的自杀率：1995～1999 年》，2002 年 3 月 9 日英国《柳叶刀》。

导、护理，就会形成情绪问题、心理问题甚至导致心理障碍，心理障碍严重就可能转变为精神疾病，进而导致自杀、杀人、犯罪等行为的发生。目前我国的心理咨询、心理干预机构还远远不能满足社会的需求，仅仅依靠数量有限的心理咨询师难以保障中国 13 亿人的精神健康，成立情感护理中心可以调动社会各方面的资源，关爱那些处于情绪、情感困扰的人，提高民众心理健康水平，降低自杀率和精神障碍发生率。

深圳市市民情感护理中心提出"倾听心声、沟通心灵、情感关爱、免费咨询"的服务宗旨，以情感护理热线电话 88851085（谐音为"帮帮帮我一定帮我"）为平台，提供免费咨询、心理危机干预、心理援助等服务。深圳市市民情感护理热线于 2009 年 4 月 28 日正式开通，周一至周六上午 9 点至晚上 10 点接听，每天 4 名咨询师、每周 24 名咨询师轮流值班，截至 2010 年 12 月 15 日，共接听热线来电 6328 个。

在开通热线电话咨询的同时，市民情感护理中心还开展了以下工作。

免费面询。面向低收入人群、外来务工者、无业人员提供面对面心理咨询共475 人次，合计 800 多个小时。

现场咨询。在公园、广场、图书馆、厂区开展大型现场义务咨询活动 6 场，现场接待咨询 600 多人。

自杀、他杀危机干预。接听 65 例有自杀、他杀倾向的来电，对其中正在实施、即将实施和可能实施的心理危机案例，通过启动危机应急干预处理程序，避免了 20 起自杀、他杀事件的发生。

心理教育、调查研究。举办一期市民幸福沙龙，两次大型义务讲座，三次企业员工满意度调查，一次居民幸福指数调查，一次创建幸福深圳研讨会。

情感护理宣传。在新闻网、《晶报》、《市民生活周刊》开设 3 个宣传专栏，编发简报 60 期，印发宣传画册 1 万份，接受《深圳特区报》、《光明日报》、《深圳商报》、《晶报》、《南方都市报》、凤凰卫视、广东卫视、深圳电视台、日本国家电视台等媒体采访 80 多次。

开展情感护理进社区、进企业、进校园、进信访活动。在宝珠花园建立情感护理站，在农产品公司、巴士集团、怡亚通、金蝶软件、中集集团、深圳机场等企业建立情感护理中心。

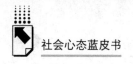

二 情感护理热线的服务对象

通过深圳市市民情感护理热线来电咨询的 6328 位市民的基本情况如下。

男性 2681 人，占 42.4%；女性 3647 人，占 57.6%。20 岁以下的 252 人，占 4.0%；21～30 岁的 2848 人，占 45.0%；31～40 岁的 2561 人，占 40.5%；41 岁以上的 667 人，占 10.5%。已婚的 3386 人，占 53.5%；未婚的 2587 人，占 40.9%；离异或丧偶的 355 人，占 5.6%。高中及以下的 3708 人，占 58.6%；大专以上的 2620 人，占 41.4%。来电者职业类别繁多，有产业工人、公司职员、销售业务员、营业员、服务员、物流员、话务员、保安、司机、保姆、保洁工、技工、社工、司仪礼宾、工程师、技术员、设计师、软件师、程序员、公司主管、财务、公务员、教师、医护人员、翻译、教练员、媒体人员、金融保险证券人员、个体私营业主、公司老板、企业高管、自由职业者、家庭主妇、待业人员以及在校大学生等 40 多类。来电者以外来打工者、低收入及无业弱势人群居多，约占来电者总人数的 74%，其中普通工人约占 23%、普通职员约占 27%、待业人员约占 13%、家庭主妇约占 6%、在校学生约占 5%。来电地区广泛，深圳的占 87.6%，深圳以外的占 12.4%，来电者包含了国内 28 个省（直辖市、自治区）、香港以及美国、新加坡、澳大利亚、日本。来电者的通话时间在 30 分钟以内的占 54.7%，31～60 分钟的占 34.6%，61 分钟以上的占 10.7%。来电者咨询内容涉及家庭困扰的占 41.6%，恋爱困扰的占 26.9%，工作困扰的占 5%，教育困扰的占 5%，人际关系困扰的占 5%，保障和其他问题的占 15.7%。

三 市民情感护理中心接受咨询的主要问题

从情感护理热线的问题来看，民众精神健康问题突出，既有社会的问题，也有个人的问题，问题的出现既有外因的引发，也有内因基础。有些是由于社会分配不公、社会保障不健全、社会利益诉求渠道不畅造成，有些是价值取向、思维方式和个人修养偏差造成，有些则是由于社会普遍不重视人的情感关怀和精神需求、缺乏必要的情绪宣泄和情感抚慰所造成。综合分析，热线反映的主要问题有以下几点。

（一）婚姻问题引发的家庭冲突

来电中反映家庭矛盾和冲突的最多，占来电总数比例高达 41.6%。产生家庭矛盾的原因包括婚外恋、婆媳关系、家庭暴力、性格不合、性生活不协调、买马赌博等，其中尤以婚外恋问题居多，占家庭问题来电的 20%。这与社会开放后人们的婚姻观念、性观念发生变化有关，同时也看到人们（特别是女性咨询者）的思维方式、应对能力不能适应自己遇到的问题。

案例一：来电者为女性，40 岁，事业有成，有自己的公司和商店，有几处房产，儿女都已长大。然而丈夫的外遇使她痛不欲生、愤怒难当，想把丈夫杀了，然后自杀，把钱留给孩子们。咨询师开导她：如果让孩子们选择，你觉得他们愿意选择做拥有很多钱的孤儿还是选择做有父母疼爱的孩子？你觉得钱能抚平他们内心永远的伤痛吗？咨询师从积极的方向引导她，帮助她一起分析老公出轨的原因，她终于明白自己也有责任。在家里，一直是她说了算，非常强势。在事业上也是她独立支撑，而老公只是她的一个帮手，这种家庭角色的不平等无形中给了老公很大的压力。男人在家里没有自尊，不受认可，他就可能通过外遇来寻求对婚姻的补偿。他可能并不愿意失去婚姻，却又对妻子有诸多不满。作为妻子，她几乎把所有的精力都放在了事业和孩子身上，忽略了丈夫的需求和感受。咨询师的帮助让她对丈夫的愤怒减少了很多，表示不想死了，要冷静下来和老公好好沟通。最后咨询师留了几个问题让她自己去思考：事业的成功能否弥补婚姻的失败？赚钱的目的是为了生活得更好、更有质量，是否需要重新审视自己的生活？是否愿意改变自己的一些行为，让自己的婚姻向积极的方向发展？

案例二："我与妻子结婚九年了，感情一直很好，有一个八岁的儿子，因为工作调动，与妻子两地分居。两年前发现她出轨，是跟她的上司。我很气愤，跟她吵，约那个人出来，打了他，事情闹得很大，惊动了110。可是她仍然执迷不悟。你说我一个在公司里做行政管理的人，与那么多的人都可以沟通，却没办法与她沟通，她出轨我还不能说她，我们不停地争吵。她在公司里人缘极差，也是经常与人发生争执。现在我们的生活简直是一团糟。夫妻生活也没有了，我一看见她就提不起兴趣，有时真恨不得死了算了。我想到离婚又害怕，你说我该怎么办？"咨询师建议他："你应该停止对妻子的一切指责，尽管是她的错，但不要再没完没了地责怪、埋怨、批评，这是你们无法沟通的重要原因。在缓和关系的基础上，与妻子在要不要维持这个家的根本目标上好好沟通，如果她不想要这个家了，你就要反思，为什么？如果还要这个家，你就得改进自己，让妻子回心转意。假如你们双方都不想维持了，当然只能选择离婚。从你的来电中可以看出，你为既不想离婚，又找不到解决办法而苦恼，而你的妻子实际上更痛苦，工作中与同事相处不好，回家又受你批评，这是她与上司关系不断的重要原因，她只有通过这个渠道才能得到一些安慰。为了改变这种状况，你就要改变自己，多关心一下自己的妻子，给她一些指导和帮助，使她从人际困扰中走出来。当她能体会到你的爱时，你们俩的关系才会有转机。"经过情感护理的帮助，该来电者改善了沟通方式，妻子也改正了错误，挽救了他们的家庭。

婚姻、家庭既关乎个人的幸福也关乎社会的和谐。婚外情已经成为家庭婚姻问题中最大的困扰，但作为被害方，如何来看待这件事情，选择何种观念将直接影响婚姻向哪个方向发展。婚外情是一种伤害，可是更大的痛苦却可能是来源于自己无力应对。采取情感护理的方式，能够更多地去引导当事人觉察产生问题的原因，让他（她）反思已经发生的事情，找到有效的应对方法。

（二）教育方式偏差导致的亲子关系冲突

在应试教育的体系下，教育以分数为中心，学生考试成绩好，在学校老师喜欢，在家里家长宠爱，反之，就经常受到批评、指责，久而久之，导致师生关系、亲子关系对立、恶化。网上出现"父母皆祸害"的帖子，社会上甚至出现孩子杀父母的恶性事件。情感护理热线也遇到了许多教育方式不当产生的问题。

案例三：玲玲妈妈来电说：刚上初中的女儿最近有一个奇怪的现象，如果爸爸偶尔像小时候那样摸摸她的头，或者碰碰她，她就会发出尖叫，然后生气地马上跑开，几天绷着脸，不跟爸爸说话，弄得家里气氛很不好。在咨询师的鼓励下，玲玲讲了和爸爸相处的一些事情："他总认为他什么都是对的，有一次解一个数学题，我觉得我的方法很好，但他非要用他的方法，他的方法很不简便，还转好多道弯，老师也觉得我的方法好，可他说不好，还批评我不对。在生活中也是这样，他们（指爸妈）总认为自己什么都是对的，我稍稍有不同的意见，就会招来一顿责备……"父母沟通和教育方法不当致使青春期的女儿产生了叛逆行为，在家里表现为冷漠，不跟父母交流，只有通过"尖叫"来发泄对父亲和母亲的不满。咨询师告诉孩子的母亲，青春期的孩子，生理和心理上都会发生一些微妙的变化，主要表现为自我意识增强，情绪容易波动。作为家长，应该了解青春期孩子的心理特点，再不要把她们当做幼小的儿童看待，尊重他们的独立思想，和他们做朋友，才能很好地沟通，继而引导和教育他们。

案例四： 王先生为女儿小文选择了一所好学校读初中，但小文一看到语文老师就烦，根本就不想听语文课，也不想做语文作业，语文成绩越来越差。王先生认为语文老师特别负责任，是个优秀的教师。父女二人因此发生了争执。王先生和女儿沟通不好，心情焦虑，拨打了情感护理热线电话。咨询师告诉王先生，面对孩子不喜欢老师这一事件，应认真倾听孩子的意见，了解孩子不喜欢老师的真实原因。在倾听过程中，不要急于表达自己的态度，不要一味指责孩子和采用简单的说教，尤其是与孩子情感相对立的时候。当孩子谈到老师某些方面不好，家长用一种成人的眼光看待事件，立即否定孩子的情感体验和判断，势必引起家长与孩子的冲突。需以多种方式对孩子进行引导，借助多方面力量，促进孩子对老师的理解，并培养学习的兴趣、发掘学习的潜力。

案例五： "儿子说要自杀，我不知道该怎么办？"咨询师接到一位母亲的电话，约她来面询，年轻的母亲阿华忍不住流下眼泪。儿子读小学一年级，自己督促他写作业，经常叫不动，有时急了就是一阵训骂，每天的作业几乎都在吵架中完成。暑假时孩子又迷上了电脑，经常嚷着要上网，不让上就闹得家里不安宁。老师反映儿子在学校爱打架闹事，课堂上无精打采，经常走神，成绩下降。前几天，儿子又提出要上网玩游戏，看着他的作业一个字没动，阿华气不打一处来，抓起衣架就想教训他一顿，儿子竟然喊："不上学了，我自杀！"阿华惊呆了，几天来提心吊胆，忧郁、失眠、茶饭不思，生意也没心思打理，她说简直要崩溃了。咨询师告诉阿华，她表面上非常注重孩子的成长，但是没有抓住重点，一个六七岁的孩子需要家长的呵护、关注与引导，亲子之间缺少必要的交流，孩子无法体会到家长的关爱，得不到来自家庭的快乐。阿华与孩子的关系就是学习关系，母子每天都为作业纠缠，因为没听好课，作业不会做，学习便成了一种压力，更不用说有什么乐趣，这导致他讨厌学习，不愿上学。独生子女比较孤独，他在网上能找到自己的伙伴，在游戏中可以得到他人的肯定、赞赏，有成就感，容易着迷。咨询师帮助她制订了一份规范行为的项目计划，告诉她对孩子日常行为要及时表扬、肯定，逐项登记，定期总结，给予鼓励，并且一定要坚持。经过几个月的跟踪调查，孩子终于回到正常的学习生活轨道，一改过去无精打采的样子，展现了一个小学生天真活泼的形象。

案例六：一位中年父亲在给情感护理中心打完电话后，又赶到中心，忧心忡忡地告诉中心工作人员，他上中学的女儿不去上学了，在家里嚷着要自杀，家里人拿她没有办法。这位父亲央求中心派人去他家里劝说他女儿，他们夫妻与女儿之间已经没法交流。他说"我已经走投无路了"。咨询师到他家后，通过耐心交谈了解到：女儿今年17岁，性格霸道，脾气不好。上初中时她要买手机，1000元以下的手机不要，逼着父亲买了1600元的手机给她，第二天，自己把手机弄丢了，反怪父母没有告诉她会发生这种事。上高一住校，父亲每周开车接送女儿，女儿让他在离校门较远的地方停车，父亲不解，女儿说他的车太差，让同学看到了丢面子。这次因为学校换了新的班主任，女儿不喜欢她，妈妈跟班主任打了电话，问了一些情况，女儿认为妈妈丢了她的脸，从学校逃课，回家后就开始砸东西。父亲向老师给她请病假说她病了，她说父亲是骗子，说请事假，她也不愿意，怎么都不行，一会儿哭，一会儿笑，闹着要自杀，还把掉地上的菜捡起来吃。父亲六神无主，找来自己的弟弟、妹妹轮流看着女儿。这个案例看起来是孩子的问题，但问题的根源还是在父母身上，无原则地迁就与溺爱，实际上是给女儿创造了一个从不被别人拒绝的环境，一个"无菌"的环境。过度的顺从和溺爱，扼杀了孩子成长的动力，也扼杀了孩子的独立性、承担错误和挫折的能力。在咨询师的持续帮助下，这对夫妻改变了对孩子的教育观念，改善了沟通方式，父母的态度潜移默化地影响到女儿，让她逐渐树立起积极正确的对待生活的态度。

（三）劳资纠纷产生的利益冲突

现在，一些企业过度追求利润最大化，普遍存在"见物不见人"，把员工当做创造效益的工具，忽视员工的利益诉求，也不重视对员工的情感关怀，造成大量的劳资纠纷和利益冲突，加大了劳资双方的矛盾。更有甚者，有些企业实行军事化封闭管理，员工情绪和压力无处排解和释放，出现连续跳楼的惨剧。情感护理热线接到不少这方面的案例，使致电者的心理问题得到较好的排解和处理，避免了恶性案件的发生。

案例七： 深圳巴士集团一名司机来电，因长期在高峰期当班压力太大，多次申请调班，车队长不同意且工作方法简单，双方发生冲突，这名司机想与车队长同归于尽，经及时进行疏导避免了悲剧的发生，而惠州一名公交司机因为同样原因，故意连撞28辆车，酿成5死11伤的惨剧。

案例八： 深圳一名中年打工者来电，他所在工厂的老板养了一只大狼狗，白天拴着，夜晚放出来，他因怕狗咬不愿值夜班被无理辞退，申诉到劳动仲裁机构却拖着不办，他感到被逼到了绝路，几次拿起菜刀，企图报复杀人。经过中心的帮助和劝导，最终放弃。

案例九： 一位东北籍小伙来电，他原在宝安一家外资企业当课长，在管理中与员工发生冲突打了员工，厂方将其劝退，他不服，感到委屈，申请劳动仲裁败诉，起诉到法院一审又败诉，他认定是厂方疏通了关系，于是便怨恨社会不公、官员腐败，踩好点，准备炸药，欲杀法官。经过疏导，最终他放弃报复的念头，重新找到了一份快递工作。

（四）理想与现实错位引发的自我冲突

"80后"、"90后"成长于改革开放的年代，绝大多数是独生子女，加之家庭教育、学校教育、社会教育中存在一些缺失，造成一部分人存在人格、思想偏执，性格缺陷等问题，没有应对复杂的社会环境的能力，一旦在恋爱、婚姻、工作中发生矛盾、冲突、挫折，往往陷入极度痛苦、愤恨、绝望之中，甚至通过自残、自杀来逃避现实。这就需要通过情感护理来帮助他们调整心态、树立正确的观念。

案例十： 河南女孩陈姑娘，刚出生的时候，一心想要个男孩的父亲要把她扔进便桶里。17岁怀揣希望来深圳打工，恋爱、工作遇到挫折，感到生活绝望，几度自杀，咨询师首先给予她情感上的支持，同时帮助她改变认知、重建自信，重新鼓起生活的勇气。如今，勇敢面对人生和挫折的她已成为中心的形象代言人。

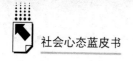

案例十一: 大年初五上午 11 时,一年轻男子因受失恋、失业双重打击产生轻生念头,吞服 60 粒安眠药后来电留遗言,咨询师打 110 送他去医院急救,随后赶到医院对其进行现场抚慰,出院后中心徐主任亲自约谈、开导,帮助他重新找回自我,回到正常生活轨道。

(五)价值困惑导致的角色冲突

现代社会已经转化为物本位的社会,伴随而来的现代快餐文化和物质主义、享乐主义价值观念,不断地在刺激和膨胀人的欲望。当社会盛行用钱来购买、用权力的潜规则来交换需求的时候,有的人在无助坚守,有的人在独自反省,人们的心灵在撕扯和分裂中变得更加空虚、痛苦和困惑,这个时候迫切需要情感的抚慰和倾诉。

案例十二: 王先生,30 岁,未婚,是某执法机关的一名公务员。他在来电中称,在家人、朋友和大多数同事面前,他的形象绝对是正人君子;但自己内心却充满了困惑,无人可以诉说。他有一个女友,已相处多年,感情平稳,但他同时又在不同的社交场合结识各种不同类型的女孩子,和她们发生性关系。对此,王先生认为是人的天性使然,所谓爱与不爱,都不是真实的,而婚姻本身抹杀了人的本性,婚姻就是不合理的,想起守着一个女人过几十年的日子,就觉得很可怕……但又苦于传统观念的压力而承受内心的煎熬。在欲求满足之余,王先生又为自己的人格分裂而苦恼,不知道未来的前景是什么,疑惑自己能否这样过一辈子。咨询师开导他,对于我们的心灵而言,如果仅仅追求的是物质满足和感官刺激,就如一个口渴的人,以喝饮料的方式来解渴一样,一方面我们会越来越依赖于饮料带来的短暂的快乐和刺激;另一方面,我们会变得越来越不耐烦,越来越不安。

案例十三: 一位女性来电者诉说:"我在妇产科工作,我们每天接生一些小生命,那是一件十分开心的事情。但是,不知道从什么时候开始,我工作的地方发生了变化,我的同事想方设法给产妇推销各种各样的保健品、滋补品,如果她们不买,就给脸色看。让我实在看不下去的是,对那些经济并不宽裕的打工者,推销这样那样的东西,价格比外面不知道贵多少倍,就很不应该了。他们有的人来住院的钱都是东拼西凑借来的。但是我却帮不了他们，我不能得罪同事，我还要在这里工作，我的心好矛盾、好痛苦啊。每当看着他们出院的时候拿着大包小包不需要的东西，我的心就很沉重，我仿佛听到了他们心里在埋怨，仿佛听到社会上的指责和抱怨。我内心真的很难过，我从来没有拿过一分黑心钱，但我却要承受少数同事的行为的后果，为他们背黑锅，我觉得好委屈啊！""我知道你们帮助不了我什么，你们也改变不了现实，但是我要有一个倾诉的地方，我的内心好压抑，把这些话讲出来，心里就畅快一些，谢谢你们。"这是一位有良知的医务工作者，在被金钱污染的环境中，保持着对自己职责的坚守。

（六）生活重压下的社会冲突

由于社会分配不公，贫富差距拉大，仍有很多底层百姓收入水平相对较低，在基本生活和医疗方面得不到基本保障，面临着生存压力，从而导致他们产生对社会的仇视心理。这部分社会成员不仅需要物质的帮助，更需要心灵的关爱和情绪的表达。这方面的来电虽然数量不多，但所蕴藏的矛盾很深，一旦爆发，后果不堪设想。

案例十四：一位小伙子在深圳皇岗口岸做保安，每月1000多元，没任何保障，妻子在富士康打工，收入也很低，两岁小女儿患有先天性肝病，治疗欠下3万多元债务，最后还是在来深圳的长途车上夭折，被车上人逼迫扔在路旁，妻子为此受到刺激，精神近乎失常；一个侄子4岁，是两性人，没钱做手术，他到处求助无望，感觉到社会的冷漠，产生了强烈的怨恨情绪，想杀两个外国人泄愤。打情感护理电话，想留下遗言。经过前后三次疏导，他放弃了极端的想法，热泪盈眶地感谢中心挽救了他。

四　情感护理实践的体会

坚持改革开放、发展经济，从根本上来说是为了让人民生活得更加愉快、更加幸福。然而，现实中却有这么多人遭受精神痛苦甚至因精神痛苦而自杀，我们应该反思社会发展的目标与路径选择，我国的现代化必须走一条新路，在资源有限的情况下实现幸福最大化。这就不仅仅取决于财富，更取决于人的价值理念、心理修养和思维方式。

以人为本为核心的科学发展观，是实现从物本位向人本位的转折，这就不仅要关心人的物质需求，也要关心人的精神、情感，更要关爱生命。不仅要生活殷实，也要精神愉悦，更要社会安宁，关心人的物质、精神、情感，让人快乐、愉悦、幸福，这是中国现代化的新道路、新目标、新选择。

情感护理模式的探索和实践对完善社会治理结构、构筑和谐社会、推动中国社会新的转折具有重要的意义和作用。

第一，建立了一个民众宣泄情绪、抚慰情感的渠道，弥补了社会治理结构的缺陷，化解了矛盾，促进了和谐。一个有效的社会治理结构，需要两个机制：一是利益诉求机制（利益平衡系统），二是情感关爱制度（心灵抚慰系统）。不是所有的利益诉求都是合理的，也不是所有的合理诉求都有条件解决。这就需要及时的情感疏导和情绪排解。

第二，建立了精神救助的新型模式，完善了社会保障体系。针对物质救助制度较健全，但人的精神出了问题不易觉察，也没有地方诉说，缺乏救济渠道，情感护理开拓了一个精神救助的新领域。既关心经济发展，也关心人的精神，既有物质保障制度，又有精神保障制度，形成完善的社会保障防线和救助体系。

第三，起到社会"稳定器"的作用。情感护理模式从排解困惑入手，引导民众树立积极的人生态度，正确对待困难和挫折，帮助民众解脱精神痛苦，从而避免不幸事件的发生，维护社会稳定。这种创新的"维稳"机制，重"疏导"不"封堵"，只"减压"不"加压"，不仅成本低，而且效果好、可持续，有利于保持动态的社会稳定。

第四，起到价值导向的作用，弥补了信仰缺失造成的精神危机。当人有困惑的时候，正是需要关心的时候，也是对其传播正确的人生观、价值观、幸福观的时候，情感护理以心理咨询方式切入，但不仅仅是心理咨询，更在于思维方式、性格修养、价值观念、精神追求和人生信仰的引导，是新时期精神文明建设和思想教育工作的新方式、新举措。

总体来说，情感护理项目进展顺利，阶段效果显著，社会影响很大。但是与项目计划目标相比，还存在一定差距：情感护理进社区刚起步，情感护理进学校正在落实试点单位，市民健康状况调查尚未开展。

情感护理中心下一步计划是：进一步加强宣传和培训，确保情感热线畅通、及时、高质、高效；与深圳关爱办公室合作，开通心理救助呼叫中心，承办心灵关爱活动；成立精神关爱基金会，加大资金支持力度；设立项目工作部，全力推动情感护理进社区、进企业、进校园、进信访工作；进一步完善自杀、他杀危机处理机制程序和管理办法，提高应急应变能力。

情感护理中心的远景目标是：在全社会建立全方位情感护理网络，全面打造中国特色的情感护理系统。

The Exploration of Shenzhen Emotional Care Center for the Residents

Zhang Yuewu

Abstract：Shenzhen Emotional Care Centers provided counseling by hotline, which is called Residents' Emotional Care Center Hotline, and provided free psychological counseling, psychological crisis intervention, suicide intervention, psychological assistance, psychological education, etc. This paper describes the above activities of the center and the experiences of the center in its reaching out into communities, enterprises, and campus.

Key Words：Emotional Care；Psychological Crisis Intervention；Psychological Assistance

B.16
社会心态调适的"杭州经验"

杭州市发展研究中心

摘 要：杭州市委、市政府高度重视社会心态调适工作，不断创新实践，通过搭建互动平台，形成了多元化、多渠道、多层次的社会心态调适机制，逐渐摸索出了一套行之有效的"杭州经验"。

关键词：杭州经验 社会心态调适

社会心态是某一时期社会群体普遍存在的共同心理状态。社会心态的产生和变化不仅是社会存在的客观反映，同时也能反作用于社会存在。因此，准确地把握社会心态，有效地引导、调节社会心态，对于建立和谐社会有着重要的现实意义。改革开放以来，随着经济体制深刻变革、社会结构深刻变动、思想观念深刻变化，中国社会呈现利益多元化、价值多元化的局面，由此引发了社会心态的多元复杂化，成为当前社会形态的突出特征。这其中也不可避免地形成了一些消极的不良心态，特别是随着利益格局的重新调整，一些人的心理失落感日益增加，贫富差距的不断扩大使人产生被剥夺感，某些社会不公则引发了人的逆反心理，甚至滋生反社会倾向。社会成员间的这种心理上的相互暗示和感染，就必然会进一步激化社会矛盾，影响和谐社会的建立。因此，有效地调适社会心态，对于化解社会矛盾，预防公共冲突起着重要作用，这也是当前政府服务创新的重要内容。

一 当前社会心态调适存在的主要问题

诚然，在中国社会转型的过程中，政府面临着越来越多的社会舆论危机与冲突。但政府面临的真正问题，并不仅仅是危机数量与调控事件的增多，而是调适方式的转变。计划经济时代,中国社会管理的基本模式是高度行政化,对社会心态问题所采取的处置方式,基本上是自上而下的强制。然而,随着社会主义市场经济体制的逐步建立,政府在经济、社会、文化领域的服务功能日趋强化,越来越多地通过协商、互动、民主参与的方式来处理社会心态问题,通过有效地疏导实现社会心态的健康发展。

面对这种新形势,各级政府都在探索社会心态调适的有效途径和方式,并做出了许多有益的尝试。但从近些年群体性事件频发来看,目前的调适工作还面临着一些亟待解决的问题。

(一) 强调应急管理,忽视常规疏导

目前各地政府在面对冲突时,普遍存在强调应急管理而忽视常态管理的倾向。比如各级政府均设有应急机构。应急管理的确必不可少,但冲突管理的过度应急化,一方面会导致将本来可以常规化管理的冲突激发为暴力对抗冲突,另一方面会使那些本可以通过常规化化解的矛盾累积成大规模的暴力对抗冲突。"亡羊补牢"不如"未雨绸缪",加强对社会心态进行常规疏导,可以有效地防止不满情绪酝酿成公共危机甚至升级为大规模暴力事件。

(二) 强调表达渠道,忽视互动平台

表达渠道是冲突各方表达诉求所需要的合法通路,互动平台是冲突各方之间进行观点交流和利益整合的场所。表达渠道与互动平台之间存在着依赖和互补的关系,二者的发展必须保持相对的平衡。如果表达渠道的开放不能辅之以相应的互动平台,就会使表达渠道的负面效应被放大,最终导致不得不对表达渠道加大限制。

但国内目前在表达渠道和互动平台的建设方式上存在着失衡,即在强调开放表达渠道的同时,互动平台的建设却相对滞后。这种失衡导致了三种负面效应。第一种效应是"表达极化",即由于缺乏交流平台的调节,表达渠道越是畅通,所形成的意见就越是趋于"极化"。第二种效应是"裁决超载",即由于缺乏充分的观点交流和利益整合,大量的冲突都直接选择了诉诸更高行政部门或司法机关裁决的方式,使得高层政府机关和司法机关的工作量大大超过负荷。第三种效应是"权力失威",即由于没有经过充分的交流和利益整合就直接诉诸行政决定

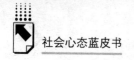

或司法裁决，只要所做出的裁决不符合自己的要求，冲突方就会选择使冲突事态继续扩大的方式来寻求解决，这使得行政和司法裁决的权威性和对冲突的控制力都受到挑战。

（三）强调政府职能，忽视社会作用

不同性质的社会心态危机，应当采取不同的解决方式。行政引发的冲突，应当用行政的方式来加以解决。而社会的冲突，则应当尽量以社会的方式来加以解决。但是由于中国历来社会建设过于薄弱，我们有时会过度强调政府在管理社会心态方面的直接职责。这不仅加重了政府工作的负担，而且也容易使本来存在于各社会主体之间的对抗转变为社会主体与政府的对抗。它不仅使政府无暇顾及那些真正应当由政府直接干预的社会问题，而且会使政府丧失公信力，降低对重大公共事项的处置能力。

二 杭州社会心态调适的做法

近年来，杭州市委、市政府高度重视社会心态调适工作，不断创新实践，通过搭建互动平台，形成了多元化、多渠道、多层次的社会心态调适新机制，逐渐摸索出了一套行之有效的"杭州经验"，即以协商互动、民主参与为基本方式，以舆论引导、法律引导和制度引导为基本手段，以搭建全覆盖的互动平台为载体，以丰富表达渠道为依托，注重常规疏导，发动社会参与，通过社会心态的有效疏导来替代应急补救，在实践中取得了良好的效果。

具体来说，杭州的社会心态调适手段包括以下几个。

（一）社会心态调适的舆论手段

舆论的作用范围广泛，传播迅速，具有灵活性、渗透性和预防性的特点。舆论可以广泛地影响所有的社会成员，并可以渗透到行政手段无法达到的、无能为力的角落和缝隙，它能在任何时刻调节人们的心理，干预人们的行为，能运用逐渐增加的氛围压力，预先调控人们的心理，并消除可能引发的不安情绪。因此，社会舆论的导向能够直接引发社会心理发生变化，从而对群众的思想情绪产生重大影响。

杭州市委、市政府十分重视发挥舆论在社会心态工作中的作用，引导媒体充当"减压阀"、"灭火器"，成为政府与民众沟通的桥梁。通过党政界、知识界、行业界、市民界与媒体界的多界联动，搭建了覆盖各领域、各阶层、各年龄人群的表达、协商、互动和解决问题的平台。如市委办公厅、市政府办公厅、市委宣传部2009年与杭报集团联办的《杭网议事厅》，是国内首个由党委、政府和媒体联办、由社会复合主体运作的民主民生栏目，也是国内首个兼顾"办事"和"议事"的网络民主民生互动平台，不仅为民解忧，也使民智得以"借网出海"，同时还是国内首个网上有频道、网下有实体演播室，市民与党政直接对话的互动平台。频道设有《热点热议》、《问计于民》、《网上服务》等栏目。其中《热点热议》是议事厅的主打议事类栏目，对涉及民生热点和人民群众利益调整的问题，设置话题，主动引导，发动网民一起讨论，在互动中统一思想、达成共识，在协商中化解矛盾、解决问题，实现正确舆论导向与通达社情民意的统一。2010年"两会"期间，该栏目是最为活跃的网民与代表、委员沟通的网上桥梁。专题页面点击量超过60万，收到各类建议340多条，有20多位代表、委员通过视频与网民直接交流互动。《问计于民》、《网民好建议》、《新政问策等》栏目，会将网民意见定期汇总、筛选后送到有关领导和相关部门，使党委、政府决策更加科学。议事厅不仅通过网络与网民互动，而且进驻了"市民之家"，更便捷地为广大市民提供服务。

　　2010年底，市委办公厅、市政府办公厅、市委宣传部、市发展研究中心又与杭州电视台联合推出了《我们圆桌会》这一交流谈话类电视栏目。栏目每周连续五天对1～2个话题进行谈论，每期邀请4～5位专家学者、部门领导、行业企业人士、市民代表、社会评论员共同参与，对舆论热点的社会心理分析进行情绪疏导，提出社会问题的解决方案。话题以群众关心、政府关注的热点为主，通过专家、部门、市民、行业企业人士的交流互动，汇聚各方民智，提出建设性的意见和建议；解读有关政策，疏导社会心理情绪；推动职能部门改进工作方法和思路，更好地为民服务。栏目在内容上努力创新，注重市民生活与经济社会发展的结合，以一种生活的心态、民生的视角去关注经济社会发展的深层次问题，充分挖掘事件、热点背后隐藏的社会心理问题，实现心理宣泄、心理疏导与理性分析、务实解决的良好结合。栏目在形式上也力求有所创新，在谈话过程中通过穿插场外采访、背景资料回顾、电话热线、《杭网议事厅》网络观察员和信息员播

报、调查发布等多种开放式的互动参与形态，增加节目信息量和实效性。开播以来，在观众和网友中反响强烈，市民通过节目热线电话、电子邮件和跟帖留言等渠道和形式，积极参与讨论，气氛空前热烈，达到了多方互动、互相沟通、彼此理解的效果。《我们圆桌会》已成为民主促民生的又一重要平台。

（二）社会心态调适的法律手段

法律通过规范人的行为意识进而调控人们的社会心态。它在人们形成行为意志的阶段，起到指导作用，告诉人们什么是可以做的，什么是禁止的，违反的后果是什么；在社会交往中，法律可以预测人们相互之间会如何行为，起到判断他人行为的评价作用；在违法行为的制裁阶段，法律能对类似的违法企图起到威慑和预防的作用。法治意识能够在人的心里筑起思想防线，使人们在日常活动中自觉地依据法律来调节和控制思想和行为，理性表达利益诉求，从而有效地避免矛盾与冲突的发生。

为了在人民群众中普及法律知识和培养守法意识，杭州市委、市政府先后开展了"律师进社区"和"网络律师团"活动。政府组织律师进社区，主要是依托律师的专业优势和公益热情，无偿为社区居民和社区居委会提供法律咨询、协助人民调解委员会开展工作、加强法律风险防范，切实解决社区居民最关心、最直接、最现实的涉法问题，提高基层矛盾化解和法制宣传的实效。社区律师在工作中坚持"正面引导"的原则，法、理、情相结合，引导群众通过合理合法的方式行使权利，理性表达利益诉求，有效地预防和减少了矛盾冲突。人民内部矛盾、官民矛盾甚至个别突发性事件，由于社区律师的及时介入和依法疏导而得以消除，促进了社会的和谐稳定。2010年底，杭州市委与市律协又联合推出"网络律师团"活动，由杭州市30位知名律师组成的强大阵容24小时在线提供法律指导、及时疏导矛盾，让老百姓足不出户就能解决心中的疑惑。"网络律师团"的成立使得法律调适的触角从城市拓展到了农村，从定时定点服务转向了全天候服务，进一步构建起了覆盖城乡、便捷高效、群策群力的基层矛盾化解平台。

（三）社会心态调适的制度手段

社会心态调适工作的重点在于及时疏导，关键在于建立民情处置的长效机制。只有把社会心态调适作为政府的日常工作职责，常抓不懈，才能更好地听取民情、化解矛盾。

"湖滨晴雨"工作室就是这样一个典型。工作室是杭州市湖滨街道成立的一个社区民主、民生互动平台，民众可以在这里反映民意、表达心声，政府在这里传达政意、服务民生。具体来说，工作室在街道层面建立了"民情气象台"，在社区建立了"民情气象站"，12 名专家学者以及政府有关部门领导担任"民情预报员"，36 名湖滨街道社区居民、人大代表和"新杭州人"担任民情观察员。为了保证民情传达系统的制度化和规范化，"湖滨晴雨"工作室制定了《社会信息收集处理程序（操作流程）》，建立起信息收集—处理—反馈的常态化机制，规定工作室内要有专人每日值守，对群众反映的问题存档登记，在 2～4 个工作日之内通过有效途径做好处理，并做好结果的反馈和解释工作，从而让居民了解、理解、支持党委、政府的决策。

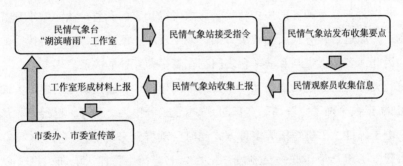

"湖滨晴雨"工作室社会信息处理流程图

三　杭州社会心态调适的启示

杭州社会心态调适，突破过往以行政手段为主的调适模式，取而代之的是法律、舆论、制度等多手段。而这种模式转变的背后，是管理理念的转变，即从注重应急补救到强调常规管理，从单向拓展表达渠道到重视搭建互动平台，从以政府主导为主转到以发动社会力量为主。

（一）重视常规管理

为应对突发性事件，各地都组建了多层次的应急管理机构，并逐年加大人力与装备的投入，但这种着眼于"堵"的应急管理，实际上是治标不治本。"冰冻三尺，非一日之寒"，许多群体性事件的发生不是偶然的，而是民怨长期积累的结果。杭州市把调适工作的重点从事后应急补救，转到日常的疏导交流上，力求把矛盾和问题解决在萌芽状态，促进社会的和谐稳定。比如"湖滨晴雨"工作室建立了社会信息收集处理的常态化机制，经常围绕群众反映的热点难点问题举行恳谈会，邀请部门领导向居民解疑释惑、听取意见，从而及时地疏导了舆论压力，平复了不满情绪。

（二）重视表达渠道与互动平台的平衡建设

表达渠道的功能是信息汇集和压力疏泄，但它同时会产生冲突放大和态度"极化"的效应。互动平台则包含了交流平台和利益整合平台两块。交流平台不仅在于能使问题聚焦，而且可以修正误解、限制极化和开放视野；利益整合平台则进一步在各种互不相容的主张背后，寻求可以相容的利益，从而缩小利益对抗的范围，并通过合作寻找新的解决方案，来发现那些使冲突各方都可接受的共赢方案。因此，表达渠道与互动平台之间存在着平衡互补的关系。

杭州充分重视表达渠道与互动平台的平衡建设。在表达渠道的建设方面，杭州市 1999 年在全国率先开通了"12345"市长公开电话，到今天已经基本形成了电话、电子邮件、手机短信等多种方式同时受理群众来访的网络体系。2008 年，杭州市建立了市长信访联络员制度，从社会上选择、聘任、培训一批"爱管闲事"市民，热心公益事业的杭州市民作为市长信访联络员，对一些具有苗头性、倾向性和群体性的特殊社会问题，以"直通车"形式直接报送市领导。

在交流平台的建设方面，杭州充分利用网络平台，不少社区都建有自己的"社区网站论坛"，居民可以通过社区网了解社区的各类信息，并与社区居委会进行交流和互动。比如建设较早、运作较好的德加社区网站论坛，居委会主任李味奇每天都要花一定时间上网与居民交流，收集社区舆情，并及时加以疏导，防止不良情绪的累积、升级和蔓延。杭州城市建设的"红楼问计"，则是一个纵向的交流平台。在杭州，凡是城市重大工程建设项目实施前，都要在红楼进行公示展览设计方案，群众的投票结果成为方案确定的依据，市民还可以到展示现场或者通过网络提出意见、咨询问题，规划人员收集建议并给予解答，这种互动交流不仅提升了人民群众的主人翁意识，增强了城市的民主氛围，还能起到解疑释惑、引导民情的作用。2009 年杭州又建立了"市民之家"市民代表工作制度，组织市民代表参加议事议政活动,通过与社会各界交流各自的价值取向、观点看法、利益诉求,消除不同群体之间的隔阂,增进相互理解。在利益整合平台的建设上,杭州创办了民主、民生电视和网络互动平台——《我们圆桌会》和《杭网议事厅》,通过对话调和矛盾、解决问题。

(三) 重视发挥社会力量的作用

社会心态问题从本质上来说是社会问题,需要发动社会的力量来共同予以化解。为了发挥社区在社会心态调适中的作用,杭州市近年来在社区中广泛推行的"和事老"机制,就是依靠群众力量,促进社会沟通,有效化解民间矛盾的一种探索。"和事老"一般由社区内的离退休老同志、楼宇和单元居民自治小组长、热心居民担任,充当信息、调解、宣传三大员。他们通过走访居民群众,了解掌握社情民意,向上级传递信息,向群众反馈政策,并及时调解社区内的群众纠纷,使得人民内部矛盾、居民的生活诉求、社区住户的问题反映能够在第一时间被收集、处理和解决。而杭州广泛存在的"老娘舅"民间调解组织则是社会力量参与社区治理的另一种有益尝试。和谐社会的建立,需要全社会力量的聚合。社会力量的介入能够弥补政府和群众之间的"空档",把问题化解在最基层。

(四) 重视典型事件的正面导向作用

正面导向作用,就是对那些符合社会规范,有利于社会秩序和反映良好心态的社会行为给予宣传鼓励的方式,引导人们的社会行为,从而达到对社会心态的有效调控。这尤其要发挥各类先进典型的榜样效应。榜样对人们的社会心态及行为调适的力量是无穷的,因为先进典型树立之后,就如同一面旗帜,指导人们前进的方向。

"光复路分厕事件"就是引导民众以交流沟通解决问题的典型。市光复路148号老房子里的3户居民因对改造后厕所如何分配有不同意见,一直僵持不下。为了这个问题,区、街道、社区组织召开了不下30次的民主协商会,报纸、电视、广播、网络等媒体主动搭建市民参与民主协商的平台,向广大市民征求解决方案。近两万热心市民通过媒体进行投票,汇聚成三种解决方案供3户居民选择。在此基础上,3户居民通过民主协商,终于签下了分厕协议,事情得以圆满解决。这一事件对群众具有巨大的示范作用,在全社会形成了以对话代替对抗的

积极效应，从而对社会舆论起到了正面导向作用。

　　社会心态问题归根结底是人的思想观念问题，很难通过外力予以强制，但是只要应对得当、疏导有方，同样能够产生促进社会沟通、推动全局工作、提升党委、政府形象的积极效应。杭州市通过搭建各种平台，构建起了以沟通为内核的社会心态调适机制，注重正面引导，畅通民意渠道，使广大市民树立起了理性平和、积极向上的社会心态，社会政治保持稳定，经济发展又好又快，杭州市也因而连续七年被新华社评为中国最具幸福感的城市。

Adjustment of Social Mentality Efforts by Hangzhou Municipal Government

Research Centre of Hangzhou Development

Abstract：The municipal government of Hangzhou attaches great importance to adjustment of social mentality. It built an interactive platform between the government and the residents, formed a diversified, multi-channel, multi-level adjustment mechanism of social mentality, and gradually worked out a set of effective experience.

Key Words：Experience of Hangzhou；Adjustment of Social Mentality

图书在版编目（CIP）数据

2011 年中国社会心态研究报告/王俊秀，杨宜音主编. —北京：社会科学文献出版社，2011.5
（社会心态蓝皮书）
ISBN 978 - 7 - 5097 - 2212 - 1

Ⅰ. ①2… Ⅱ. ①王… ②杨… Ⅲ. ①社会心理学 - 研究报告 - 中国 - 2011 Ⅳ. ①C912.6

中国版本图书馆 CIP 数据核字（2011）第 039506 号

社会心态蓝皮书

2011 年中国社会心态研究报告

主　　编/王俊秀　杨宜音

出 版 人/谢寿光
总 编 辑/邹东涛
出 版 者/社会科学文献出版社
地　　址/北京市西城区北三环中路甲 29 号院 3 号楼华龙大厦
邮政编码/100029
网　　址/http：//www. ssap. com. cn
网站支持/（010）59367077
责任部门/皮书出版中心（010）59367127
电子信箱/pishubu@ ssap. cn
项目经理/吴　丹
责任编辑/吴　丹
责任校对/邓雪梅
责任印制/董　然
品牌推广/蔡继辉

总 经 销/社会科学文献出版社发行部
　　　　　（010）59367081　　59367089
经　　销/各地书店
读者服务/读者服务中心（010）59367028
排　　版/北京中文天地文化艺术有限公司
印　　刷/北京季蜂印刷有限公司

开　　本/787mm×1092mm　1/16
印　　张/16　字数/272 千字
版　　次/2011 年 5 月第 1 版
印　　次/2011 年 5 月第 1 次印刷

书　　号/ISBN 978 - 7 - 5097 - 2212 - 1
定　　价/59.00 元

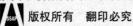

盘点年度资讯 预测时代前程

从"盘阅读"到全程在线阅读
皮书数据库完美升级

·产品更多样

从纸书到电子书，再到全程在线网络阅读，皮书系列产品更加多样化。2010年开始，皮书系列随书附赠产品将从原先的电子光盘改为更具价值的皮书数据库阅读卡。纸书的购买者凭借附赠的阅读卡将获得皮书数据库高价值的免费阅读服务。

·内容更丰富

皮书数据库以皮书系列为基础，整合国内外其他相关资讯构建而成，内容包括建社以来的700余部皮书、20000多篇文章，并且每年以120种皮书、4000篇文章的数量增加，可以为读者提供更加广泛的资讯服务。皮书数据库开创便捷的检索系统，可以实现精确查找与模糊匹配，为读者提供更加准确的资讯服务。

·流程更简便

登录皮书数据库网站www.i-ssdb.cn，注册、登录、充值后，即可实现下载阅读，购买本书赠送您100元充值卡。请按以下方法进行充值。

充值卡使用步骤：

第一步

· 刮开下面密码涂层
· 登录 www.i-ssdb.cn
  点击"注册"进行用户注册

第二步

登录后点击"会员中心"
进入会员中心。

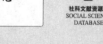

SSDE

社科文献资源库
SOCIAL SCIENC
DATABASE

卡号：30965728505096

密码：

（本卡为图书内容的一部分，不购书刮卡，视为盗书）

第三步

· 点击"在线充值"的"充值卡充值"，
· 输入正确的"卡号"和"密码"，即可使用。

如果您还有疑问，可以点击网站的"使用帮助"或电话垂询010-59367071。